GRETA R. KUHN

Goldene Bremm

GRETA R. KUHN

Goldene Bremm

Veronika Harts zweiter Fall

GMEINER

*Personen und Handlung sind frei erfunden.
Ähnlichkeiten mit lebenden oder toten Personen
sind rein zufällig und nicht beabsichtigt.*

Immer informiert

NEWSLETTER

Spannung pur – mit unserem Newsletter informieren wir Sie
regelmäßig über Wissenswertes aus unserer Bücherwelt.

Gefällt mir!

Facebook: @Gmeiner.Verlag
Instagram: @gmeinerverlag
Twitter: @GmeinerVerlag

MIX
Papier aus verantwortungsvollen Quellen
FSC® C014496
FSC
www.fsc.org

Besuchen Sie uns im Internet:
www.gmeiner-verlag.de

Im Ehnried 5, 88605 Meßkirch
Telefon 07575/2095-0
info@gmeiner-verlag.de

1. Auflage 2020

Herstellung: Mirjam Hecht
Umschlaggestaltung: U.O.R.G. Lutz Eberle, Stuttgart
unter Verwendung eines Fotos von: © DatenschutzStockfoto /
stock.adobe.com
Druck: GGP Media GmbH, Pößneck
Printed in Germany
ISBN 978-3-8392-2715-2

Für Theresa

RAMPENLICHT

1

Kurt Sommerfeld klatschte dreimal in die Hände.

»So, ich brauche euch jetzt bitte alle einmal auf Position. Es folgt eine kurze Probe für die Anmoderation. Kamera eins und zwei besetzen, Licht und Ton bereithalten«, rief er laut in den Raum. Dann wandte er sich direkt an die Moderatorin:

»Gabi, du gehst bitte einmal auf deinen Platz und machst den Aufsager hier in die Zwei, begrüßt jeden Einzelnen deiner Talkgäste, sagst ein paar Worte zu jedem.« Er drehte sich wieder zu den anderen um und fügte hinzu: »In dieser Zeit ist die Eins jeweils auf dem Gast in der Halbtotalen«, er holte Luft und deutete mit dem Finger wieder auf Gabi: »Dann wechselt die Zwei in die Totale und du startest mit der ersten Frage. Okay?« Er tätschelte ihr den Arm. Wenn sie nur den Ablauf im Kopf behielte, wäre er schon froh. Er schloss kurz die Augen, bevor er in die Runde schrie:

»Könnten sich jetzt mal die Lichtdoubles in Bewegung setzen? Bitte alle dorthin begeben, wo sie hingehören. Die Namen der Talkgäste wurden euch zugeteilt und sind an den Rückenlehnen befestigt. Hallo, hört mir überhaupt jemand zu?« Kurt Sommerfeld klatschte erneut in die Hände, ohne die Aufmerksamkeit auf sich zu ziehen. Was war das für eine Unruhe? Man merkte, dass niemand Lust hatte, in dem dunklen Studio herumzustehen. Erst der gellende Pfiff des Aufnahmeleiters sorgte augenblicklich für Ruhe.

»Danke, Wolfgang.« Sommerfeld nickte ihm zu, bevor er den Kameramännern hinter ihren mobilen Studiokameras letzte Anweisungen gab.

Im Studio 1 des Saarländischen Rundfunks liefen die letzten Proben für eine Talkrunde, deren Aufzeichnung für den späten Nachmittag geplant war. Schon den gesamten Tag herrschte geschäftiges Treiben: Die neue Dekoration war erst am frühen Morgen geliefert worden und das Technikteam musste mit dem Aufbau warten, bis die Putzkolonne ihre Arbeit getan hatte. Jetzt kehrte langsam Ruhe ein. Kurt Sommerfeld, der heute die Regie übernommen hatte, atmete tief durch. Es blieb noch eine Stunde, bis die Talkgäste eintrafen. Bis dahin wollte er wenigstens einmal alles geprobt haben. Dann wäre noch genug Zeit für ein letztes Briefing mit den Gästen und der Redakteurin. Er hoffte nur, dass die etwas wunderliche Kollegin nicht wieder kurz vor knapp mit irgendwelchen komischen Ideen oder Einspielfilmen um die Ecke kam, die vorne und hinten nicht in seinen Ablaufplan passten. Das wäre nicht das erste Mal.

Er betrachtete seine rothaarige Kollegin, die sich einen Platz im hinteren Teil des Studios neben dem Eingang gesucht hatte, von der Seite. Sie arbeitete jetzt seit über 30 Jahren in der Wirtschaftsredaktion und war dafür bekannt, ihrer Kreativität bis kurz vor Sendebeginn freien Lauf zu lassen. Zum Leidwesen aller, die das dann im Produktionsteam umzusetzen hatten. Wie dem auch sei, der Intendant hielt große Stücke auf sie, deshalb kritisierte Kurt sie nur stumm.

Ein spitzer Schrei riss ihn aus seinen Überlegungen. Einer der Kabelhelfer, den er als Lichtdouble eingesetzt hatte, war kopfüber vom Stuhl gekippt und krampfte keuchend auf dem Boden. »Was zur Hölle …«, entfuhr es Sommerfeld stöhnend. Heute blieb ihm nichts erspart.

Schnell eilten ein paar Kollegen herbei, um Erste Hilfe zu leisten. Zum Glück waren bei solchen Produktionen immer Sanitäter in der Nähe. Mit so einem epileptischen Anfall war ja nicht zu spaßen, dachte er sich.

Jedem stand der Schreck ins Gesicht geschrieben. In der Stille, die sich gespenstisch über das Studio gelegt hatte, hörte man nur das keuchende Röcheln des jungen Mannes, den die Ersthelfer mitten auf dem Podium in einer stabilen Seitenlage platziert hatten. Das Geräusch war unerträglich. Genervt schaute Sommerfeld auf die Uhr. Viertel nach drei. Wie lange dauerte das denn, bis der Notarzt kam? Er hatte einen Zeitplan einzuhalten.

Plötzlich wurde es still. Kein Röcheln. Kein Keuchen. Nur ein kreischender Schluchzer, der den Oberkörper von Gabi Richter erschütterte. Sie kniete direkt neben dem jungen Mann, der mit Schaum vor dem Mund und weit aufgerissenen Augen starr dalag.

Bitte nicht, dachte sich Sommerfeld, während er eine Reihe Kollegen, die sich um die grausige Szene geschart hatten, zur Seite schob. Ein Blick genügte.

Der Junge war eindeutig tot.

2

Die Rettungskräfte trafen nur wenige Minuten später ein. Das gesamte Team stand unter Schock, einige lagen sich schluchzend in den Armen. Andere starrten stumm vor sich hin. Die eingespielten Handgriffe des Notarzt-Teams waren die einzigen Bewegungen, die sich in dem nun hell erleuchteten Studio abspielten. Eine gefühlte Ewigkeit versuchten sie, ihn wiederzubeleben. Doch ohne Erfolg. Sie legten den offiziellen Todeszeitpunkt auf 15.25 Uhr.

Der junge Mann, Felix Degenhardt, war Student an der Uni in Saarbrücken und verdiente sich seit Jahren beim Saarländischen Rundfunk als Produktionshelfer etwas dazu. Viele kannten ihn ebenso lange und niemand hatte von einer Krankheit gewusst, die einen solchen Anfall hätte auslösen können. Die Umstände und der grausige Anblick ließen die Kollegen betäubt zurück.

Kurt Sommerfeld wechselte ein paar leise Worte mit dem Produktionsleiter Günther Müller, den die Notfall-Nachricht aus einem Termin mit dem Intendanten geholt hatte. Da es den Rettungskräften nicht erlaubt war, den Toten zu transportieren, waren sie gezwungen, auf den Leichenwagen zu warten. Die Polizei befand sich ebenfalls auf dem Weg, um sich ein Bild von den Todesumständen zu verschaffen. Die Sendung war somit geplatzt, für eine Aufzeichnung wäre jetzt niemand in der Lage. Sommerfeld eingeschlossen.

Er beobachtete Marlies Böhme, die Redakteurin, aus dem Augenwinkel. Ihr Gesicht war aschfahl unter den leuchtend roten Haaren, während sie versuchte, die eingeladenen Talkgäste telefonisch zu erreichen, um den Termin abzusagen.

Wolfgang Berg, der Aufnahmeleiter, der vor wenigen Minuten mit seinem Pfiff für Ruhe im Chaos gesorgt hatte, tippte ihm auf die Schulter.

»Kurt, die Polizeibeamten sind jetzt da. Sie haben ein paar Fragen an uns. Kommst du?«

Sommerfeld nickte ihm zu und folgte ihm zu den vier uniformierten Beamten, die sich mitten im Fernsehstudio aufgebaut hatten.

»Guten Tag. Sommerfeld. Ich bin hier der Regisseur. Wie kann ich Ihnen weiterhelfen?«, begrüßte er sie, während er jedem Einzelnen die Hand schüttelte. Die drei jüngeren Polizisten nickten ihm zu und wandten sich ab, um sich den Fundort der Leiche näher anzuschauen. Der vierte stellte sich vor.

»Hallo. Ich bin Polizeiobermeister Schreiner. Danke für Ihre Zeit. In erster Linie würde uns interessieren, was hier genau vorgefallen ist. Die Sanitäter haben von einem Krampfanfall gesprochen. Unser Job ist es herauszufinden, was die Ursache dafür war. Selbst wenn eine Vorerkrankung naheliegend ist, sind andere Möglichkeiten nicht außer Acht zu lassen.«

»Selbstverständlich. Es ist für uns unbegreiflich. So plötzlich. Entschuldigen Sie bitte das Chaos. Wir waren in den letzten Vorbereitungen für eine Sendung. Es passierte alles so schnell. Der junge Mann heißt Felix Degenhardt, er arbeitet schon einige Jahre hier als Produktionshelfer. Ich hatte keinen persönlichen Kontakt zu ihm, aber einige der anderen Helfer waren enger mit ihm befreundet. Zumindest schien es so.«

Der Beamte nickte und notierte sich einige Fakten.

»Okay, es ist wichtig, dass alle bleiben, bis wir ihre Aussagen aufgenommen haben. Außerdem brauchen wir einen Raum, in dem wir die Befragungen kurzfristig durchführen können. Lässt sich das koordinieren?«

Diesmal nickte Wolfgang Berg.

»Das ist kein Problem. Wir stellen Ihnen gerne den Aufenthaltsraum zur Verfügung, im Wartebereich vorne finden Sie alle Mitarbeiter.«

Schreiner nickte zufrieden. »Was können Sie uns zu dem Opfer und zu den Vorkommnissen sagen?«

Berg überlegte kurz. Dann berichtete er von Felix und den Vorbereitungen auf die Aufzeichnung. »… danach stand die Stell- und Kameraprobe der Anmoderation auf dem Plan, als er zusammengebrochen ist. Und …«

»Entschuldigen Sie«, schnitt ihm der Beamte das Wort ab. »Was ist eine Anmoderation und was genau sind die Aufgaben der Produktionshelfer?«

»Oh, sicher. Die Anmoderation ist letztendlich die Begrüßung durch die Moderatorin. Sie stellt zuerst das Thema und dann die einzelnen Gäste vor. Das proben wir einmal mit der Kamera, damit wir wissen, welcher Gast wo am besten im Bild ist und ob die Stühle optimal ausgeleuchtet sind. Dafür brauchen wir die Produktionshelfer als Lichtdoubles. Wir kennen die Größe unserer Gäste und teilen die Helfer entsprechend ein. Sonst ist das mit dem richtigen Licht schwierig. Ansonsten sind die Jungs und Mädels dafür verantwortlich, dass die Kabel nicht im Weg liegen, dass die Dekoration steht und sich die Kameraleute bei der Aufzeichnung frei bewegen können und nicht durch ihre Kabel gestört werden«, erklärte Berg ausführlich.

Der Beamte kritzelte in seinen Notizblock. Während die anderen Kollegen mit der Befragung der Anwesenden begonnen hatten, schaute er sich im Raum um. Er war zum ersten Mal in den Katakomben des Saarländischen Rundfunks. Seine Frau hatte sich oft gewünscht, eines der Kabarettstücke anzusehen, die hier aufgezeichnet wurden, aber es war schwierig, an die Karten zu kommen, und so hatten sie sie stets im Fernsehen angeschaut. Das Studio hatte eine besondere Atmosphäre, das überraschte ihn.

Es war schwarz gestrichen, an der hohen Decke hingen zahllose Scheinwerfer, die in alle möglichen Richtungen zeigten. An den Wänden standen verschiedene Holzelemente, von denen er einige aus anderen Sendungen wiedererkannte. An der hinteren Seite des Studios, wo er mit dem Regisseur stand, war mittig ein Podest aufgebaut worden. Davor hatte man rund 50 rote Holzstühle für das Publikum aufgereiht. Auf dem Podest waren sechs etwas bequemer anmutende gepolsterte Stühle in einem Halbkreis aufgestellt. Sein Blick blieb an den Stuhllehnen und den darauf befestigten Namensschildern hängen. Auf die Entfernung konnte er sie kaum entziffern, er näherte sich langsam. Der Stuhl, von dem der junge Mann gefallen war, stand rund einen halben Meter hinter den anderen. Der Name, der darauf zu sehen war, ließ Polizeiobermeister Schreiner zusammenzucken.

»Veronika Hart, Landespolizeipräsidium«, stand dort in schwarzen Buchstaben.

Sommerfeld hatte seine Reaktion bemerkt und folgte dem Blick des Polizisten.

»Ach ja, Ihre Kollegin hatten wir ebenfalls für heute eingeplant. Das Thema der Sendung war ›Frauen in Führungspositionen‹. Ich hoffe, unsere Redakteurin hat sie und die anderen rechtzeitig erreicht, damit sie nicht umsonst auf den Halberg fahren.«

Schreiner bemühte sich nicht einmal, ein Augenrollen zu verkneifen. Frauen in Führungspositionen – dass er nicht lachte. Schlimm genug, dass sie überall mit diesen Quoten umherwedelten. War es wirklich nötig, jetzt auch im Fernsehen darüber zu diskutieren? Er kannte die Meinung der meisten seiner Kollegen dazu. Fähigkeiten entschieden, wer oben war, nicht das Geschlecht.

In diesem Moment betrat Veronika Hart das Studio. Den Anruf von Marlies Böhme in ihrem Büro hatte sie knapp verpasst.

3

In Sekundenschnelle erfasste ihr geübter Blick die Situation und scannte die Gesichter der Anwesenden, bis sie ihre Kollegen in der Menge ausmachte. Sie trat auf sie zu.

»Hallo, Herr Schreiner. Was ist hier los?«, begrüßte sie den erfahrenen Beamten.

»Frau Hauptkommissarin, wir haben in diesem Moment

von Ihnen gesprochen«, entgegnete er für ihren Geschmack etwas zu gestelzt.

»Wir sind wegen eines Todesfalls mit ungeklärter Ursache hier. Ein junger Mann, ein …«, er versuchte, seine eigenen Notizen zu entziffern, und betonte dann jede Silbe des folgenden Wortes: »… Pro-duk-ti-ons-hel-fer ist hier mitten auf dem Podium, genau auf diesem Stuhl, mit Krampfanfällen zusammengebrochen und wenig später verstorben. Die Sanitäter konnten nichts mehr für ihn tun. Man wartet auf den Leichenwagen. Wenn Sie ihn sehen …?«

Veronika winkte ab. Sie war nie scharf darauf, sich einen Toten anzusehen. Wenn jemand nach Krampfanfällen verstorben war, konnte sie sich grob vorstellen, wie das aussah. Das reichte ihr erst einmal. Sie würde sich den jungen Mann später bei Thiel in der Pathologie in Ruhe anschauen.

»Und wie komme ich da ins Spiel?«, fragte sie in die Herrenrunde, von der sich einer als Regisseur Kurt Sommerfeld, der andere als Wolfgang Berg, Aufnahmeleiter, vorgestellt hatte. Alle drei schauten betreten auf den Stuhl, der etwas außerhalb des Halbkreises auf dem Podest stand. Sie folgte ihren Blicken bis zu dem Schild, auf dem ein Name prangte. Ihr Name.

Der kalte Schauer, der ihr daraufhin den Rücken hinunterschoss, traf sie unerwartet. Was für ein komischer Zufall. Sie schüttelte sich unmerklich und wandte sich wieder den Herren zu.

»Ich verstehe. Ist die Spurensicherung schon informiert? Stellen Sie umgehend sicher, dass niemand mehr hier etwas anfasst, geschweige denn das Studio überhaupt betritt. Ich denke, es wird Zeit, dass die verbleibenden Personen den Raum verlassen. Bitte halten Sie mich über die Ermittlungen auf dem Laufenden und melden Sie sich umgehend, wenn sich etwas Auffälliges findet.« Ihr Blick fiel erneut auf ihr Namensschild, sie zögerte. »Wer ist das Opfer?«

»Felix Degenhardt. Ein 23-jähriger Student, der öfter bei unseren Produktionen jobbte«, antwortete ihr Marlies Böhme, die sich der kleinen Gruppe unbemerkt genähert hatte. »Frau Hart, ich habe Sie leider telefonisch nicht erreicht. Wir werden die Aufzeichnung verschieben, Sie verstehen sicher …«

»Aber natürlich. Wir werden hier sowieso erst die notwendigen Ermittlungen durchführen, bevor wir das Studio wieder freigeben. Bitte halten Sie sich für weitere Rückfragen bereit. Sind denn die Angehörigen schon informiert?«

Veronika hatte in den professionellen Modus geschaltet. Die Irritation wegen ihres Namens auf dem Stuhl des Opfers verdrängte sie. Sie versicherte sich selbst, dass es ein merkwürdiger Zufall sein musste. Wenn sie das ihren Freundinnen erzählte, flippten die bestimmt aus. Die schauten schlicht und einfach zu viele von diesen amerikanischen Special-Unit-Serien, in denen aus allem eine Bedrohung gemacht wurde.

Aber jetzt würde sie erst einmal ins Präsidium zurückfahren. Das Lampenfieber, das sie seit Tagen wegen dieses ersten Fernsehauftritts in einer Talkrunde quälte, war erst einmal umsonst gewesen.

Vor zwei Monaten hatte man bei ihr angefragt, ob sie in der Fernsehsendung als Expertin auftreten würde. Das Thema waren Frauen in Führungspositionen und die Herausforderungen und Chancen, die einem in diesem Umfeld begegneten, vor allem in Männerdomänen wie der Kriminalpolizei.

Instinktiv hatte sie zunächst abgelehnt. Sie wurde täglich schon mit genügend Spießruten, Vorurteilen und kleinen Spitzen konfrontiert und war nicht scharf darauf, sich dazu auch noch öffentlich im Fernsehen zu äußern. Das Getuschel danach konnte sie sich lebhaft vorstellen. Der Pressesprecher des Präsidiums hatte daraufhin zweimal versucht, sie umzustimmen, sie bekniet und mit Engelszungen bequatscht, wie wichtig das für die Frauen in ihrem Beruf wäre, ihre Vorbildfunktion und so weiter. Doch sie war standfest geblieben.

Bis ihr Chef, Dezernatsleiter Lothar Klein, sie zu sich bestellt und ihr den Termin verbindlich aufgedrückt hatte. Es war der persönliche Wunsch des Polizeidirektors, dass man die Beteiligung am landesweiten Frauenförderprogramm, durch welches Veronika ihre Stelle bekommen hatte, nach außen trug.

Ihr blieb keine Wahl, und so hatte sie sich gezwungenermaßen in der letzten Woche gemeinsam mit dem Pressesprecher ein paar Kernbotschaften überlegt, die sie heute hätte platzieren sollen.

Doch aufgeschoben war ja nicht aufgehoben.

4

Am nächsten Mittag traf sie Polizeiobermeister Schreiner auf dem Weg in die Kantine. Es war Currywurst-Tag, und da die Wurst frisch von der ortsansässigen Großfleischerei um die Ecke kam, erfreute sich dieses Essen regelmäßig großer Beliebtheit bei den Kollegen und sie strömten bereits um halb zwölf in Massen an die Essensausgaben.

Und auch wenn Veronika fast ausschließlich vegetarisch lebte, so gönnte sie sich ab und zu diese herzhafte, würzige Sünde.

»Gut, dass ich Sie treffe, Hart. Ich hätte Sie gleich nach der Mittagspause angerufen. Es gibt Neuigkeiten zu dem Todesfall im Fernsehstudio. Haben Sie ein paar Minuten Zeit?«

Veronika nickte und sie stellten sich etwas abseits der Schlange an einen der Stehtische, die sonst für die Kaffeepausen genutzt wurden. Schreiner fuhr fort.

»Die Eltern des jungen Mannes haben einer Obduktion zugestimmt. Da keinerlei Vorerkrankungen oder sonstige Umstände wie Drogenmissbrauch oder Ähnliches bekannt waren, haben wir ihnen dazu geraten. Die Art der Krampfzustände und der gelbliche Schaum hatten ja schon die Mediziner vor Ort verblüfft. Thiel hat die Obduktion übernommen und darum gebeten, dass Sie sich bei ihm melden. Die ersten Schnelltests haben anscheinend etwas Ungewöhnliches ergeben. So auffällig, dass er dazu Ihre Abteilung benötigt. Mir wollte er jedenfalls nichts sagen.«

Er schüttelte dabei langsam den Kopf. Veronika spürte seine Verbitterung. Sie würde mit Thiel reden, er konnte keine Zweiklassengesellschaft aufmachen und entscheiden, welcher Beamte welche Informationen erhält. Dies überstieg eindeutig seine Kompetenz. Sie bemühte sich um Schadensbegrenzung.

»Perfekt, vielen Dank, Schreiner. Hat die Spurensicherung schon ihren Bericht abgeschlossen? Die sind doch gestern sofort angerückt, oder?«

»Nein, leider nicht. Sie wissen ja, wie das momentan ist. Alle Abteilungen sind unterbesetzt. Die waren noch auf einem anderen Tatort zugange und haben erst …«, er schaute auf seine Uhr, »vor knapp einer Stunde mit ihren Untersuchungen angefangen.«

Veronika seufzte. Wie sollte die Polizei unter solchen Bedingungen ordentliche Arbeit leisten? Sie erinnerte sich an ihren ersten Eindruck vom Fernsehstudio gestern. Diese bedrückte Stimmung, die zu grell ausgeleuchtete Kulisse, die im Fernsehen später so anders aussah, ihr Namensschild auf dem Stuhl. Es war schon komisch.

»Okay, dann wende ich mich direkt an die Spurensicherung. Ich nehme an, unsere Dezernatsleiter haben die Übergabe inzwischen in die Wege geleitet? Bitte lassen Sie mir alle Unterlagen zukommen, die Ihnen bisher vorliegen. Zeugenaussagen, Kontaktdaten. Wir werden den Fall gemeinsam lösen. Ich freue mich auf die Zusammenarbeit.«

Schreiner nickte abwesend, es war ihm deutlich anzusehen, dass er sich darüber ärgerte, den Fall abzugeben. Aber Veronika würde es nicht ändern können. Und wollen schon gar nicht. Sie war die Hauptkommissarin bei der Mordkommission, ob es diesem Schreiner passte oder nicht.

Ihr war der Appetit vergangen. Dabei hatte sie extra nichts gefrühstückt, um sich eine große Portion Pommes als Beilage zu gönnen. Aber jetzt wollte sie sich so schnell wie möglich einen Überblick verschaffen. Der junge Mann war bereits 24 Stunden tot und viel wussten sie bisher nicht.

Sie ließ den Blick durch die Kantine schweifen. Langner und Becker saßen mit ein paar Kollegen kauend und lachend an der Fensterseite. Sie hatten ihr einen Platz frei gehalten. Immerhin. Sie lächelte. Vor einigen Monaten wäre das undenkbar gewesen, aber mittlerweile hatten sie einen besseren Zusammenhalt im Team, und da gehörte so etwas dazu.

Sie schnappte sich ein Käsebrötchen, bedeutete den Kollegen mit Handzeichen, dass sie sich sobald wie möglich treffen würden, und lief zu ihrem Büro, um Thiel anzurufen und sich die Informationen abzuholen.

5

Sie stand beim Bäcker in der Schlange, als sich zwei Frauen vor ihr darüber unterhielten. Von ihrer Position aus konnte sie die Gesichter nicht erkennen. Die Frauen schienen ebenfalls in der Putzkolonne des Saarländischen Rundfunks zu arbeiten, denn sie wussten erstaunlich viele Details über den Vorfall vom Vortag.

Obwohl sie fließend Französisch sprach, war der Dialekt hier in der lothringischen Grenzregion für ihr Pariser Schulfranzösisch doch eine Herausforderung. Und wenn dann jemand so schnell und dramatisierend erzählte, brachte sie das an ihre Grenzen.

Es war jemand gestorben, so viel verstand sie. Das war kein Wunder – bei der Dosis, die sie dort versteckt hatte. In den Nachrichten hatten sie nichts darüber gebracht, vielleicht wegen der Sperre durch die Polizei? So etwas setzten die doch ein, wenn einer aus ihren eigenen Reihen starb. Ein Lächeln umspielte ihre Mundwinkel. Es war so perfide und doch so simpel vonstattengegangen. Fast schon langweilig, aber letztendlich zählte das Ergebnis. Eine tote Kommissarin. Elendig verreckt.

Plötzlich stutzte sie. Was hatte die Alte da gesagt? Jeune homme? Un étudiant? Ein junger Mann, Student? Am liebsten hätte sie die Frau am Kragen gepackt und so lange geschüttelt, bis ihr die ganze Geschichte aus dem Hals sprudelte.

Diese Veronika Hart war weder jung noch ein Mann und sicher keine Studentin mehr. Sprachen die überhaupt noch von derselben Sache?

Es brannte ihr auf der Seele, sie musste das jetzt unbedingt herausfinden. Aber wen konnte sie fragen?

War am Ende etwas schiefgegangen? Sie hatte alles so perfekt vorbereitet, doch nach dem Putzen hatten sie sofort das Studio verlassen, und heute war sie nicht mehr zur Arbeit erschienen. Dazu gab es keinen Grund. War sie zu voreilig gewesen? Hätte sie unter einem Vorwand noch einmal nachschauen sollen? Die Ablaufpläne für diese bescheuerte Sendung hatten ja überall an den Türen gehangen. Hatte sie etwas übersehen?

Ihr wurde übel und sie drängte aus der Bäckerei nach draußen an die frische Luft. Die Schlampe würde nicht davonkommen, das schwor sie sich.

6

Thiel meldete sich nach dem zweiten Freizeichen. Er schien abgelenkt und in irgendein Problem vertieft zu sein, denn er nuschelte seinen Namen unwirsch in das Telefon, nachdem er abgehoben hatte. Veronika freute sich, seine Stimme zu hören. Der Pathologe war ihr in der Zeit, in der sie jetzt in Saarbrücken arbeitete, ans Herz gewachsen, auch wenn er manchmal etwas kauzig wirkte. Nach ihrem letzten großen Fall mit den toten Mädchen in Perl hatten sie sich ein paarmal außerhalb der Kantine zum Mittagessen getroffen und sich blendend unterhalten. Er verfügte über ein immenses Allgemeinwissen und hatte gefühlt schon alles erlebt. Veronika fand das faszinierend und war sich sicher, von ihm einiges lernen zu können.

Als sie Thiel ihren Namen nannte, wurde seine Stimme gleich freundlicher. Wenigstens wirkte er positiv überrascht, dass sie am anderen Ende der Leitung war.

»Frau Hart, wie es scheint, haben Sie mit dem Kollegen Schreiner gesprochen. Prima, dass Sie sich gleich melden. Ich nehme an, Sie sind an den ersten Analyseergebnissen interessiert?«

»Ach, Herr Thiel, Sie können wohl hellsehen«, lachte sie. »Ich habe Schreiner eben in der Kantine getroffen, wir müssen bei Gelegenheit über Ihre Informationspolitik sprechen. Aber jetzt interessiert mich erst einmal der tote Student beim Saarländischen Rundfunk. Was haben Sie herausgefunden?«

»Frau Hart, immer gleich mit der Tür ins Haus. Das gefällt mir, bissig wie ein Terrier.«

Veronika hörte ihn am anderen Ende der Leitung milde lachen. Sie brauchte jetzt endlich ein paar belastbare Fakten, um loslegen zu können.

»Dann fange ich mal mit dem Wichtigsten an. Im Blut unseres Opfers habe ich eine hohe Dosis Natrium-Pentobarbital nachgewiesen. Das ist ein Narkotikum, welches in manchen Ländern zur Sterbehilfe eingesetzt wird. Die Dosis war so hoch, dass sie sehr schnell nach der Injektion gewirkt haben muss. Die vor Ort beobachteten Krampfanfälle sind dafür bezeichnend.«

»Injektion? Wie kann das sein?«, unterbrach ihn Veronika unwirsch. Das passte alles nicht zusammen. Wo kam denn so ein Mittel her?

»Nur Geduld, meine Liebe. Alles nacheinander. Das habe ich mich natürlich auch gefragt und den Körper nach Einstichen untersucht. Fündig wurde ich schließlich am Gesäß des Opfers. Hier gab es mehrere Einstichlöcher auf einer etwa briefmarkengroßen Fläche. Lennart schickt Ihnen gleich ein Foto davon per Mail. Ich habe bereits die Kollegen von der Spurensicherung gebeten, vorsichtig auf entsprechenden Sitzflächen nach Nadeln oder Ähnlichem zu suchen. Gehört habe ich aber noch nichts, die sind erst losgefahren, soviel ich weiß.«

Veronikas Kopf brummte. Das war kein Unfall gewesen, keine Vorerkrankung. Das war ein gezielter Anschlag. Aber warum der Student? Wieso tötete jemand auf diese Weise? Eine Tötungsabsicht lag ja bei der Konzentration auf der Hand. Ihr fiel das Namensschild auf dem Stuhl ein. Doch den Gedanken schob sie sogleich weit weg.

Auch Thiel schien parallel wieder mit anderen Dingen beschäftigt zu sein. Veronika bedankte sich brummend. Sie musste unbedingt wieder ins Studio und sich selbst ein Bild machen.

Sie hatten das Opfer und die Todesursache, was ihnen fehlte, waren Motiv und Täter. Als sie gerade anfing, ihre obligatorischen Strukturen auf dem Whiteboard aufzumalen, schob sich die Tür auf und Max Langner und Peter Becker standen in ihrem Büro. Sie sahen satt und zufrieden aus und hielten beide einen Einwegbecher dampfenden Kaffee in der Hand.

»Was gibt es, Chef?«, fragte Max Langner sie nuschelnd. »Neuer Fall?«

Veronika umriss in kurzen Worten, welche Informationen ihnen vorlagen. Ein sanfter Dreiklang aus ihrem PC-Monitor zeigte ihr an, dass der Bericht von Schreiner eingetroffen war. Schnell ließ sie drei Exemplare aus dem Drucker. Parallel dazu eröffnete ihr eine Mail ihres Chefs, dass sie nun offiziell mit den Ermittlungen beauftragt war.

Es galt, keine Zeit mehr zu verlieren.

»Max, ruf du bitte bei der SpuSi an. Wenn die noch beim SR oben sind, gehen wir mit denen ins Studio. Becker, leiten Sie schon einmal eine Recherche über das Opfer, Felix Degenhardt, ein! Wie verbrachte er seine Freizeit, mit wem war er befreundet, hatte er irgendetwas auf dem Kerbholz? Telefonieren Sie mit den Eltern, seiner Freundin, falls vorhanden. Wir dürfen nichts übersehen.«

Langner und Becker nickten und verzogen sich in ihre Büros. Beim Rausgehen drehte sich ihr junger Kollege noch einmal um.

»Sag mal, der Tote, ist das nicht der, der auf deinem Stuhl gesessen hat?«

Veronika nickte abwesend, im Präsidium sprachen sich solche Details in Windeseile herum. Sie verdrängte den Gedanken schnell wieder. Das war ein unglücklicher Zufall. Was sonst?

7

Im Studio war es kühl und dunkel. Es roch leicht muffig und der Geruch der Holzelemente, die sich an den Seiten stapelten, stieg ihr in die Nase. Aufnahmeleiter Wolfgang Berg hatte sie ins Studio begleitet, in dem sich seit Kurzem die Spurensicherung ausgebreitet hatte.

»Wissen Sie, der Schock bei den Kollegen sitzt immer noch tief. Dieses Studio, in dem wir seit Jahren arbeiten, wird für uns nicht mehr dasselbe sein. Ich kannte Felix seit knapp drei Jahren. Er war jung, fit und immer bestens gelaunt. Dass so etwas einfach so passiert …«, erklärte er ihnen, den Tränen nahe.

»Das verstehen wir, Herr Berg. Ich verspreche Ihnen, wir werden herausfinden, was passiert ist und wer Felix das angetan hat«, versuchte Veronika ihn zu beruhigen.

»Wie meinen Sie das, angetan hat? Ich dachte, das hier sei eine Routineuntersuchung. Glauben Sie, dass das Absicht war?«

»Nach aktuellem Stand lässt sich eine Straftat nicht ausschließen. Deswegen nehmen wir hier alles genau unter die Lupe. Wenn Ihnen noch weitere Details zum Opfer einfallen, dann nimmt mein Kollege Langner diese gerne auf. Je mehr wir über ihn wissen, desto eher können wir die Hintergründe ermitteln.«

Wolfgang Berg wurde blass. »Jemand hat ihn umgebracht?«, presste er fassungslos hervor.

Veronika zuckte mit den Achseln. »Dazu lässt sich erst nach weiteren Ermittlungen etwas sagen. Von Ihnen bräuchten wir eine vollständige Liste aller Personen, die am vergangenen Montag sowie an den Tagen zuvor im Studio waren beziehungsweise Zugang hatten. Mitarbeiter, Gäste, Lieferanten. Gerne gleich mit Kontaktdaten. Das wäre prima.«

Veronika wollte diesen fahrigen Mann jetzt unbedingt loswerden. Sie verstand zwar seine Reaktion und zu ihren Aufgaben zählte auch, sich mit Zeugen auseinanderzusetzen, aber sie brannte darauf, sich endlich in Ruhe dem Tatort zu widmen. Eindrücke zu sammeln. Alles auf sich wirken zu lassen.

Sie nickte ihm bestimmt zu, drehte sich um und wandte sich direkt an die Kollegen von der Spurensicherung. »Ich schlage vor, wir fangen mit den Stühlen an. Die scheint keiner mehr angerührt zu haben. Lassen Sie sich von Herrn Berg zusätzlich den Aufenthaltsraum zeigen. Hier hat das Opfer die Zeit kurz vor dem Zusammenbruch verbracht. Suchen Sie nach Hinweisen auf Injektionen, Spritzverpackungen, Medikamente – alles ist wichtig. Thiel sprach von etwas, was wie ein Stempel aussieht.«

Die Mitglieder der kleinen Gruppe nickten, legten ihre weißen Ganzkörperanzüge an und begannen stumm mit Klebestreifen, Pinzetten und kleinen Plastiktüten bewaffnet mit der Arbeit. Veronika bat den älteren Herren, der sich verstohlen zu ihnen gesellt und sich als Hausmeister Willy Behrens vorgestellt hatte, das Studio weiter auszuleuchten, damit den Kollegen kein noch so kleines Indiz entging.

Es dauerte keine fünf Minuten, bis ein gezischtes Fluchen die Aufmerksamkeit der Beamten auf sich zog. Eine junge Kollegin hatte akribisch tastend die gepolsterten Sessel auf dem Podest näher untersucht und hielt einen blutenden Finger in die Höhe, den sie leicht panisch anschaute. Niemand wagte zu atmen.

Veronika erkannte sofort, dass ihre Hoffnungen auf eine weniger offensichtliche Lösung gerade zerplatzten. Sie verdrängte den Gedanken.

Die Kollegin stand vor dem Stuhl, der ein wenig aus der Reihe geschoben war und auf dem Felix Degenhardt als Letztes gesessen hatte. Sie betrachtete die Sitzfläche eingehend, während sich die anderen ihr interessiert näherten.

Veronika schickte die junge Kollegin vorsichtshalber zum Arzt und kniete sich dann vor den Stuhl und inspizierte die Oberfläche des Polsters aus der Nähe. Aus dem bunten Stoffbezug ragten mehrere silbrig glänzende Spitzen. Sie zählte vier Reihen à fünf Nadeln, die nur wenige Millimeter durch das Polster stachen.

»Fotografieren Sie das bitte aus der Nähe«, wies sie den Fotografen an und schlich um den Stuhl herum, während sie mit den Fingern am Rand des Polsters entlangtastete. Am hinteren Rand fand sie einen harten Wulst, der von einem getrockneten Kleber zu stammen schien.

»Okay, das hat keinen Zweck hier. Nehmen Sie den mit ins Labor, bitte. Was immer da drin ist, es sollte Schaden verursachen. Wir brauchen alles Relevante – DNA-Spuren, Fingerabdrücke. Und untersuchen Sie die anderen Räume, die Müllcontainer, Toiletten. Überall, wo jemand Hinweise hinterlassen haben könnte.«

Das Team schaute sich genervt an. Sie waren keine Berufsanfänger mehr und Veronikas Anweisungen schienen hier mehr als fehl am Platz zu sein.

Doch die versuchte lediglich, ihre Nervosität zu überspielen, denn während sie sprach, war ihr Blick erneut auf das Namensschild an der Rückenlehne des Stuhls gefallen und hatte ihr einen Schauer über den Rücken gejagt: »Veronika Hart, Landespolizeipräsidium«.

8

Sie musste zu Dimitri, um Näheres herauszufinden. Nicht einmal im Internet hatte sie irgendetwas zu dem Vorfall gefunden. Was war da los? Dimitri kannte jemanden bei den Bullen, und der wiederum würde wissen, wenn es die Kommissarin erwischt hatte.

Er hatte ihr, seit sie hier lebte, schon mehrfach den Weg geebnet. Hatte ihr neue Papiere verschafft, sie in die richtigen Kreise eingeführt und sie, gegen ein paar Gefälligkeiten ihrerseits, über seine Frau in die Putzkolonne bei dieser Fernsehanstalt eingeschleust. Ein paar Tage war sie dort mitgelaufen, hatte sich umgeschaut und alles erfahren, was sie für ihren Plan brauchte. Ihr Plan.

Wie lange beschäftigte sie nun schon dieser unbändige Wunsch, die nervige kleine Möchtegern-Miss-Marple zu vernichten? Sie hatte sich ungefragt in ihr Leben eingemischt, hatte ihren Rachefeldzug gegen diese Schlampen durchkreuzt, indem sie in dem Kaff herumermittelte. Wegen ihr hatte dieser Schwächling von Paul einen Fehler nach dem anderen begangen und war nicht einmal in der Lage gewesen, seinen Job zu beenden. Und nicht nur das. Der Idiot schoss sich außerdem medienwirksam aus dem Leben, aber völlig bescheuert. Mehr Aufmerksamkeit hätte er nicht auf sein Versagen ziehen können. Und dann diese dusselige Kuh, die er im Schlepptau gehabt hatte. Bis heute wusste sie nicht, was er da im Schilde geführt hatte. Er war ihr völlig egal. Ein Wichser weniger auf der Welt schadete nicht. Doch man hatte ihr das Spielzeug weggenommen und sie gezwungen unterzutauchen. Wer wusste schon, welche Spuren er hinterlassen hatte – das wollte sie nicht riskieren.

Aber sie wäre nicht sie, wenn sie den nicht vorhandenen Schwanz einziehen und sich in ein weit entferntes Drecksloch zurückziehen würde. Nein, sie war so voller Hass und berstender Wut, dass sie nur Rache wollte. Rache für all das, was ihr widerfahren war. Für die Ungerechtigkeit, die ihr Leben von heute auf morgen in ein anderes verwandelt hatte. Es war unfair. Und diesen Hass richtete sie jetzt auf sie. Auf Veronika Hart, die ihren ersten Plan durchkreuzt hatte. Die den Verlierer in den Tod getrieben hatte. Wegen der zwei Schlampen, die noch auf ihrer Liste gestanden hatten, bisher verschont geblieben waren. Diese Hart war schuld daran.

War das rational und plausibel? Nein. Das war ihr egal. Sie brauchte ein Ventil für ihren Hass. Und Veronika Hart würde dies zu spüren bekommen.

Keine vier Kilometer Luftlinie wohnte sie von ihr entfernt. Auf der anderen Seite der Grenze. In einem heruntergekommenen Viertel von Stiring-Wendel, in Schœneck. Wobei der deutsche Begriff ein Witz für die Ansammlung an ranzigen ehemaligen Bergwerkswohnblöcken war, die hauptsächlich von Migranten und Arbeitslosen bewohnt wurden und von denen ein Großteil der kriminellen Aktivitäten in der Region ausging. Hier war sie gut aufgehoben, das hatte sie schon beim Aussteigen aus dem Linienbus gemerkt, der sie vom Saarbrücker Hauptbahnhof hergebracht hatte.

Ihr Kontaktmann war ein alter Freund der Familie, auf das russische Netzwerk war eben Verlass. Er wohnte seit mehreren Jahren in der Siedlung und hatte sich zu einem der Drahtzieher in der saarländischen Prostitutionsbranche hochgearbeitet, die seit dem Verbot der käuflichen Liebe in Frankreich vor allem in Saarbrücken boomte. Billige Mädchen für billigen Sex, das war sein Motto.

Sie selbst störte das nicht. Sie war in solchen Kreisen aufgewachsen und zudem mit Yevgeni zusammen gewesen, der ebenfalls sein Geld mit so etwas verdiente. Zu ihren goldenen Zeiten war sie ein gern gesehener Gast auf den größten Partys gewesen, zu denen regelmäßig die Reichen und Schönen im Exil von russischen Millionären eingeladen wurden. Ihr Name war noch nicht verblasst und heute aufgrund ihrer Geschichte von einer mystischen Aura umgeben. Das wusste sie jetzt zu nutzen.

Dimitri, ihr Kontaktmann und väterlicher Freund, war ihr stets mit Respekt begegnet. Sie wusste, dass sie ihm vertrauen konnte.

Seit ihrer Ankunft in diesem Kabuff vor wenigen Wochen hatte sie sich erneut an die digitalen Fersen der Kommissarin geheftet. Es war fast zu einfach, über eine gefakte Freundschaftsanfrage Zugang zu ihrem privaten Facebook-Profil zu bekommen. Sie hatte im Vorfeld alte Schulklassenaufnahmen von Veronika gescannt, ein paar Namen verglichen und dann ein Profil von einer Klassenkameradin erstellt, die keins bei Facebook besaß. Sogar auf ein kurzes oberflächliches Geplänkel nach ihrer Kontaktaufnahme hatte sie sich unter falschem Namen eingelassen.

Sie hatte sich Benachrichtigungen bei Google eingerichtet, wenn über Hart an irgendeiner Stelle berichtet wurde, war mehrfach an ihrer Arbeitsstelle und ihrem Haus vorbeigekommen und hatte sogar den dämlichen Kater, von dem sie auf Facebook so schwärmte, am Fenster gesehen. Wenn sie ihn doch nur von der Fensterbank hätte schießen können. Peng! Und weg.

Dann, vor zwei Wochen, verlinkten die Google-Benachrichtigungen die Seite des Saarländischen Rundfunks, auf der eine Talk-Sendung zum Thema »Frauen in Führungspositionen« und deren Gäste angekündigt wurden. Neben einer Vertreterin des Innenministeriums, dem IHK-Präsidenten und einer Psychologin stand auch Veronika Hart auf der Gästeliste. Wenn das keine passende Gelegenheit war. Live-Sterben im TV. Ein Anruf bei Dimitri hatte genügt und der Weg war geebnet. Sie hatte Zugang zu den heiligen Hallen und musste nur noch ihr giftiges Netz spinnen. Irgendetwas schien schiefgelaufen zu sein. Nur was? Doch sie stresste sich nicht.

Plan B lag schon in der Schublade und wartete nur darauf, ausgeführt zu werden. Sie wäre nicht sie, wenn sie keinen Plan B in der Tasche hätte.

9

Veronika staunte nicht schlecht, als sie wenig später im Labor der Kriminaltechniker ein komisches Gebilde aus dicken spritzenähnlichen Röhrchen in der Hand hielt, nicht länger als fünf Zentimeter, aber mit insgesamt 20 zusammenhängenden Teilen fast imposant.

»Das sind Autoinjektoren, die manipuliert und sehr effektiv zusammengeklebt wurden. Die Spritzen scheinen erst durch die Berührung ausgelöst worden zu sein, als sich das Opfer auf den Stuhl gesetzt hat«, unterbrach eine junge Kollegin Veronikas Gedanken.

»Das Polster des Stuhls ist am Rand aufgeschlitzt und dann an der entsprechenden Stelle komplett ausgehöhlt worden, sodass der Gegenstand auf der Sitzfläche mit bloßem Auge kaum zu erkennen war. Das komische geblümte Muster des Stoffs hat das zusätzlich erschwert«, ergänzte sie, während sie mit der mit Latex behandschuhten Hand auf den Stuhl wies.

Das war ja gemeingefährlich. Ein gezielter Anschlag. Präzise vorbereitet und kaltblütig vollstreckt. Wie eine giftige Schlange, die in ihrem Versteck auf ihr Opfer wartete. Wie lange war dieses Ding schon in dem Stuhl? Wer hatte Zugang dazu gehabt?

Sie musste wissen, wann die Namensschilder an den Stühlen befestigt worden waren. Oder ob jemand kurz vorher die Platzierungen vertauscht hatte. Sie konnte einfach nicht glauben, dass jemand solche Mittel gegen sie richtete. Vielleicht stand einer oder eine der anderen Talkgäste im Fokus? Sie würde die Kollegen von der Recherche darauf ansetzen, ob es rund um die anderen Gäste in der letzten Zeit Schlagzeilen oder Ermittlungen gegeben hatte.

Außerdem würde sie noch einmal mit den Verantwortlichen vom SR reden müssen. Der Student war nur ein Zufallsopfer. Hier sollte jemand anderes sterben.

Sie dankte der Kollegin und wandte sich gerade zum Gehen, als diese ihr hinterherrief:

»Ach so, noch etwas. Wir haben Herrn Thiel gleich Proben ins Klinikum geschickt, für eine genauere Analyse des Spritzeninhalts. Aber wir sind hier schon ziemlich sicher, dass es sich um Natrium-Pentobarbital handelt. Es ist unwahrscheinlich, dass das Opfer noch woanders damit in Berührung gekommen ist. Bei der Dosierung ist der Tod sicher schnell eingetreten.«

Veronika atmete tief durch, als sie nach draußen trat. Es war Anfang September und nach einigen heißen Sommerwochen war die Luft heute angenehm frisch. Eine wahre Erholung nach der stickigen Hitze, die ihre Freundinnen und sie nach Feierabend am besten am Saarbrücker Staden ertragen hatten. Mit einem kühlen Radler in der Hand und auf einem schattigen Plätzchen unter einem der zahlreichen Bäume. Die lange Wiese am Flussufer der Saar war mit ihren Biergärten und Spielplätzen im Sommer der Hotspot für Studierende und junge Familien. Hier fand man jeden Abend bis spät in die Nacht eine entspannte Biergartenatmosphäre vor – so wohl wie in den letzten Wochen hatte sich Veronika seit ihrem Umzug nach Saarbrücken vor knapp einem Jahr noch nie gefühlt. Sie war in ihrer neuen Heimat endlich angekommen.

Es war fast Viertel nach fünf. Die Zeit war verflogen, seit sie Schreiner heute Mittag in der Kantine getroffen hatte. Und in dieser kurzen Spanne hatte sich der Fall von einem tragischen Unfall zu einem heimtückischen Anschlag gewandelt.

Und ihr Name stand auf der Liste der vermeintlichen Anschlagsopfer. Sie brauchte Zeit zum Nachdenken. Wer steckte dahinter? Und warum?

Sie zog ihr iPhone aus der Gesäßtasche ihrer Jeans und wählte zunächst die Nummer der Rechercheabteilung und gab ihnen den Auftrag, alles rund um die anderen Talkgäste rauszusuchen. So kurz vor Feierabend löste sie damit bei den Kollegen keine Begeisterungsstürme aus. Zumindest schloss sie das aus dem gepressten »natürlich, Frau Hauptkommissarin«, mit dem ihr Gesprächspartner das Telefonat abrupt beendete. Dann rief sie Max Langner an.

»Hey Max, ich bin's. Morgen früh fahren wir noch einmal zum SR hoch. Es gibt neue Erkenntnisse zu dem Stuhl, wir müssen dringend rausfinden, wer Zugang dazu hatte. Klingel da mal durch und kündige uns an. Am besten wäre es, wenn alle Verantwortlichen anwesend wären. Ach so, bevor ich es vergesse. Ich habe ein Poolfahrzeug für morgen reserviert. Könntest du das in Empfang nehmen und mich dann damit abholen? Ich hab am Nachmittag eine Fortbildung in Wiesbaden, da brauche ich das Auto und hab so beim SR später keinen Zeitdruck. Das wäre prima. Danke dir. Bis morgen.«

Sie legte auf. Dass Langner am Ende ein besorgtes »Pass auf dich auf« hinterherschob, hörte sie nicht mehr.

In der Tiefgarage stieg sie auf ihr Rennrad und fuhr in Richtung Saar. Ein paar Kilometer am Fluss dem Sonnenuntergang entgegen brachten sie schnell auf andere Gedanken. Trotzdem wurde sie dieses beklemmende Gefühl nicht los, dass hier etwas faul war. Es legte sich wie eine Schlingpflanze um ihre Luftröhre. Wenn sie tatsächlich jemand im Visier hatte – wer zum Teufel sollte das sein?

10

Sie stand sich jetzt schon seit Stunden die Beine in den Bauch. Normalerweise waren diese lauen Spätsommerabende prädestiniert für einen erfolgreichen Arbeitstag. Dann kamen die Freier wie die Schmeißfliegen in ihren kleinen und großen Autos vorbeigefahren, manche in protzigen Karren und andere in ihrem Familienkombi mit den Kindersitzen hinten drin. Sie fuhren erst mehrfach langsam an ihr und den anderen Mädels vorbei, betrachteten die Ware in der Auslage, dann drehten sie vorne beim Hauptfriedhof und fuhren erneut vorbei.

Das war der Zeitpunkt, an dem ihr Job begann. Wenn sie vorgaukeln musste, sie hätte den ganzen Tag auf niemand anders gewartet, ihnen zuzwinkerte oder einen dezenten Hinweis auf ihre Vorzüge gab. Dann drehten sie noch einmal und hielten neben ihr an, fragten nach dem Preis und nach den Services, verwickelten sie in ein anzügliches Gespräch, als sei das ein Flirt und keine Geschäftsbeziehung. Danach kam die wirkliche Arbeit.

Aber heute war tote Hose. Nicht einmal einer der Lkw-Fahrer, die normalerweise in der Nähe des Grenzübergangs übernachteten, ließ sich blicken. Einige ihrer Kolleginnen hatten schon genervt ihre Sachen gepackt und sich abholen lassen. Doch sie konnte noch nicht nach Hause. Nicht mit der Ausbeute, das würde Ärger geben und darauf hatte sie keine Lust. Beim letzten Mal hatte sie drei Tage nicht arbeiten können, weil er sie grün und blau geschlagen hatte. Er hatte sie als faules Miststück beschimpft und ihr vorgeworfen, sie würde sich im Wald verstecken, wenn die Freier kämen. So ein Scheiß.

Sie hasste den Job, aber was blieb ihr anderes übrig? Sie war illegal in Deutschland, alles, was sie in der Sprache sagen konnte, hatte er ihr beigebracht. Und es hatte fast alles mit ihrem Job zu tun. Mehr brauchte sie aus seiner Sicht auch nicht.

Er hatte ihr versprochen, dass sie in Deutschland als Verkäuferin arbeiten könnte, hatte ihr Komplimente gemacht und ihr schnell seine Liebe gestanden. Also war sie ihm aus Bulgarien gefolgt. Dass sie ihren Körper würde verkaufen müssen, hatte er nicht erwähnt. Auch nicht, dass er noch andere Frauen so sehr »liebte«, dass sie alle für ihn arbeiteten, während er sie überwachte, zur Arbeit fuhr und abholte und das Geld kassierte, das sie ihm angeblich für ihren Unterhalt schuldeten. Lediglich ein mickriger Betrag blieb ihr im Monat, den sie zu ihrer Schwester und ihren drei Neffen nach Hause schickte. Immerhin.

Es wurde schon dunkel, als endlich zwei helle Scheinwerfer kurz vor ihrem Stammplatz abbremsten. Diesmal hielt sich der Fahrer nicht mit den üblichen Spielchen auf. Er ließ die Scheibe runter, nickte ihr zu und sie stieg ein.

Der dunkle Mercedes fuhr im Schritttempo in den Wald hinein, kurz nach einer Unterführung parkte er in einer Ausbuchtung. Sie waren knapp 300 Meter von der Landstraße entfernt. Er hatte beide Fenster geöffnet, das Wasser des kleinen Flüsschens, das direkt neben der Straße floss, und ein paar Vögel, die den Tag verabschiedeten, waren zu hören.

Der Typ wirkte freundlich, redete aber nicht viel. Gesehen hatte sie ihn vorher noch nie. Er wusste, was er wollte, und sie spulte ihr Programm ab.

Nach knapp 20 Minuten waren sie fertig. Er drückte ihr die vereinbarte Summe in die Hand und bedeutete ihr, auszusteigen.

Arschloch, dachte sie, als er mit quietschenden Reifen davonfuhr. »Bis zur Straße hättest du mich wenigstens noch mitnehmen können!«

Auf hohen Hacken und im engen Lederminirock stolperte sie auf dem schlecht asphaltierten Waldweg in Richtung Landstraße. Der Wald erschien ihr unheimlich. Was war das für ein Geräusch? Ein Knirschen hinter ihr ließ sie herumfahren, doch sie sah nichts. Ihre Schritte wurden schneller. Dann ein Knacken. Vielleicht ein Tier? Panik stieg in ihr auf. Sie versuchte zu rennen, stolperte und schlug der Länge nach hin. Tränen stiegen ihr in die Augen. »Scheiße, scheiße«, hauchte sie. Dann spürte sie die Hand an ihrem Knöchel.

11

Langner holte am nächsten Morgen um Viertel nach acht eine Mercedes B-Klasse beim Fuhrparkmanagement ab und hielt noch ein kurzes Pläuschchen mit den Kollegen. Irgendetwas gab es ja immer zu erzählen und er war heute früh dran. Es kam öfter vor, dass nicht der Kollege das Fahrzeug abholte, der es im Vorfeld bestellt hatte. Eine Unterschrift genügte, dann machte er sich auf den Weg zu Veronika nach Sankt Arnual, nicht ohne noch einmal für zwei Kaffee beim Bäcker in der Mainzer Straße anzuhalten. Die paar Minuten würde er locker wieder aufholen, indem er einfach eine kurze Strecke über die Stadtautobahn fuhr und dann an der Ostspange ab in Richtung Daarler Markt, wo seine Chefin wohnte. Das war in jedem Fall schneller, als sich durch den morgendlichen Verkehr rund um die Großfleischereien zu quälen. Oder sollte er sich dort schnell noch ein Fleischkäsebrötchen kaufen? Ihm lief schon bei dem Gedanken daran das Wasser im Mund zusammen, aber er wusste, dass Veronika allein den Geruch nur in Ausnahmefällen ertrug – entweder, wenn sie am Vorabend einen über den Durst getrunken hatte oder sehr hungrig war. Frühmorgens war das selten der Fall, also bog er in Richtung Stadtautobahn ab.

Während er den voreingestellten Radiosender vom Oldiesender SR 4 auf Radio Salü wechselte, fuhr er auf die Brücke auf und fädelte sich in den Verkehr ein.

»Wer hat denn nur so einen Musikgeschmack?«, murmelte er vor sich hin, nachdem ihm ein alter Hit von Cindy und Bert um die Ohren geschmettert war. Er schüttelte sich lachend.

»Immer wieder sonntags, ja, ja. Wenn doch nur Wochenende wäre.«

Das war beileibe nicht seine Musik.

Der 29-jährige Kommissar stand eher auf etwas Härteres wie Rock oder Heavy Metal. Nichts, was die Radiosender in der Regel spielten. Schlager schmerzte in seinen Ohren, das ging gar nicht.

Da er die nächste Ausfahrt runterfahren wollte, blieb er mit dem Auto gleich auf dem Beschleunigungsstreifen und gab etwas Gas, um einen luxemburgischen Lkw zu überholen, der bedenklich in seine Richtung zog. Doch die Lenkung des Mercedes wurde immer schwammiger, irgendetwas stimmte hier nicht. Er schaute auf den Asphalt, war die Straße etwa nass oder war Öl ausgelaufen? Sein Adrenalinspiegel stieg. Innerhalb weniger Sekunden ließ sich das Fahrzeug nicht mehr richtig lenken, es reagierte nur stark verzögert auf seine Lenkbewegungen. Was war hier los? Ein kurzer Blick auf den Tacho zeigte ihm, dass er mit knapp 90 Stundenkilometern unterwegs war. Zu schnell dafür, dass er nicht mehr lenken konnte. Er bremste. Dabei löste sich der rechte Vorderreifen und rammte neben ihm die Leitplanke. Alles lief rasend schnell ab. Der Mercedes schlug mit dem rechten Kotflügel auf dem Asphalt auf. Schleuderte mit dem Heck in die Luft. Überschlug sich und blieb mit dem Dach auf der Leitplanke liegen. Knapp 40 Meter hinter dem Reifen, der sich kreiselnd in die Mitte der Autobahn bewegte und dort für mehrere Auffahrunfälle im morgendlichen Berufsverkehr sorgte.

Ächzend hing Langner in seinem Sicherheitsgurt. Der heiße Kaffee, den er neben sich in die Konsole gestellt hatte, war durch den Überschlag in seinem Gesicht und auf der Brust gelandet. Er atmete ruckartig und versuchte, sich zu sortieren. Was war passiert?

Die verbleibenden Sinne konzentrierten sich instinktiv voll und ganz auf seinen Körper. War er verletzt? Tat ihm etwas weh? Ließen sich Arme und Beine bewegen? Der Gurt schnitt ihm in die Schulter, aber er kam nicht an den Verschluss. Panisch schaute er sich um. Er musste hier raus. Unter ihm, auf dem Dachhimmel des Autos, lag alles voller Scherben. Wann holten sie ihn endlich raus? Mit den Händen berührte er sein Gesicht, es war heiß von den Verbrühungen durch den Kaffee, außerdem fühlte er eine brennende Schnittwunde über dem linken Auge. Langsam beruhigte er sich. Er lebte, konnte sich bewegen, alles würde gut werden.

In diesem Moment krachte es erneut. Ein roter Seat hatte versucht, einem anderen Unfall auszuweichen, und dabei die Motorhaube des Mercedes erwischt. Langners Wagen rutschte ruckartig von der Leitplanke und schlug mit dem Dach unsanft auf dem Asphalt auf. Er hörte ein knackendes Geräusch in der Halswirbelsäule, während ein scharfer Schmerz seine Schulter durchfuhr. Fuck, dachte er, bevor er bewusstlos wurde.

Währenddessen schaute Veronika unentwegt auf ihr Handy. Wo blieb Max nur? Sie wartete jetzt schon fünf Minuten vor ihrer Haustür. Unpünktlichkeit konnte sie nicht ausstehen. Es war doch wohl nicht so schwer, das Auto abzuholen und sie dann rechtzeitig einzusammeln. Schließlich hatten sie in 20 Minuten einen Termin auf dem Halberg. Sie versuchte, ihn anzurufen, doch er hob nicht ab. Nur die Mailbox antwortete.

»Sie sind verbunden mit Max Langner. Momentan bin ich leider nicht erreichbar, aber wenn Sie mir …«, tönte die blecherne Frauenstimme aus ihrem Handy. Veronika legte auf.

Dann wählte sie die Nummer des Fuhrparks. Hatte er etwa verpennt? Doch dort bestätigte man ihr, dass Max das Auto vor knapp 20 Minuten abgeholt hatte. Vielleicht irgendein Stau auf der Stadtautobahn. Aber dann könnte er wenigstens an sein Telefon gehen. Sie wählte erneut seine Handynummer. Wieder nichts. Sie schaute auf die Uhr. Sie hasste es, zu spät zu kommen. Bis zum Halberg brauchte sie morgens mindestens 15 Minuten. Sie musste los.

Okay, dann fahre ich selbst, dachte sie sich, muss er halt nachkommen. Sie tippte eine schnelle WhatsApp-Nachricht an ihren Kollegen und stiefelte genervt zum Parkplatz ihres Mini-Coopers. Als sie wenige Minuten später auf die Ostspange auffuhr, sah sie im Augenwinkel einen schweren Unfall. Mehrere Krankenwagen und Einsatzfahrzeuge der Polizei tauchten die Szene in flackerndes Blaulicht.

»Oh je, und das mitten im Berufsverkehr. Also steckt Max dort doch im Stau. Aber wenn er nicht an sein Handy geht, ist er selbst schuld«, murmelte sie vor sich hin und schlug den Weg zum Saarländischen Rundfunk ein. Das Sendegebäude thronte auf dem Halberg über Saarbrücken und war aufgrund des rot-weißen Sendemasts, der die Bauten überragte, nicht zu übersehen.

Im Radio informierte der Sprecher per Eilmeldung über die Vollsperrung der Stadtautobahn in Richtung Kaiserslautern. Ortskundige wurden gebeten, das Gebiet weitläufig zu umfahren. Was für ein Chaos am frühen Morgen.

12

Plan B hatte sich schneller umsetzen lassen als gedacht. Sie rieb sich die Hände. Wäre doch gelacht, wenn die Tussi jetzt nicht dabei draufging. Es war schon praktisch, dass Dimitri zufällig mit einem Mann Geschäfte machte, der als Mechaniker für die Polizeiflotte zuständig war und der ihm dann auch noch einen Gefallen schuldete.

Dimitri hatte damit vor wenigen Tagen geprahlt und sie hatte sich dieses kleine Detail für Plan B gemerkt. Und der war eingetreten, als Dimitris Frau, durch die sie in die Putzkolonne eingeschleust worden war, vom Tod des Studenten berichtet hatte. Das war DAS Thema unter den Putzfrauen. Wie sensationsgierig die Leute doch waren. Die Fernsehsendung und das Studio hatte sie dann vergessen können. Warum setzte sich dieser Idiot ausgerechnet auf den Stuhl? Wie unnötig das war. Um den Typen tat es ihr allerdings nicht leid.

Mitgefühl kannte sie nicht. Schon vor ihrem »Unfall« war ihr das fremd gewesen. Dafür hatte sie zu hart in ihrem Leben gekämpft, um ihre Träume zu verwirklichen. Um das zu erreichen, was sie letztendlich geschafft hatte. Und was ihr Exfreund ihr mit einem Ausraster aus den Händen gerissen hatte. Aus unbegründeter Eifersucht. Vollgepumpt mit Kokain und Amphetaminen hatte er Schwefelsäure in ihr Gesicht geschüttet, just als sie aus ihrem Haus getreten war. Sie hatte noch ihre Hand schützend vor ihre Augen halten können, sodass die Säure nur ihre rechte Handinnenfläche und ihre linke Gesichtshälfte getroffen hatte.

Ab diesem Moment gab es ein Davor und Danach. Ihr zweites Leben begann mit tagelangem Koma und mehreren Notoperationen. Seitdem waren drei Jahre vergangen. 36 Monate, in denen die Ärzte mit viel Mühe versucht hatten, ihr Gesicht wieder einigermaßen herzustellen. Doch wenn sie gehofft hatte, die Operationen könnten alles ungeschehen machen, so wurde sie enttäuscht.

Sobald sie sich dick mit diesem neuartigen Camouflage Make-up einpinselte, konnte sie wenigstens allzu penetrante Blicke abwenden. Aber ihre Haut würde für immer die Narben tragen und ihre Hand entstellt bleiben.

Doch sie hatte sich zurückgekämpft. Die Angst überwunden, die sie in den Wochen und Monaten nach dem Angriff wie eine Würgeschlange umschlungen hatte. Auch wenn Yevgeni wegen der Attacke einige Jahre im Gefängnis sitzen würde, so war sie seitdem nie wieder unbeschwert aus der Haustür getreten. Hatte sich nie mehr zufrieden im Spiegel betrachtet. Anstelle der Angst war Hass getreten. Hass gegen alle, deren Leben weitergegangen war. Hass gegen jeden einzelnen Menschen, der ihr begegnete, solange sie ihn nicht für irgendetwas brauchte.

Im Hassen war sie schon immer begabt gewesen, auch in ihrem Leben vor dem Anschlag.

Und jetzt hasste sie Veronika Hart. So sehr, dass sie sie einfach zerstören musste. Wenn heute alles wie geplant gelaufen war, dann kratzte man sie wahrscheinlich gerade von einer Leitplanke.

Sie lachte laut auf. Heute war ein guter Tag.

13

Veronika war genervt. Von Langner fehlte bisher jede Spur. Ihr Termin mit den Verantwortlichen beim Saarländischen Rundfunk war zäh gewesen. Alle zeigten sich sehr hilfsbereit, waren aber stets darauf bedacht, eine etwaige Verantwortung für den Vorfall weit von sich zu schieben. Zumindest hatte sie jetzt einen groben Überblick darüber, wer wann im Studio gewesen war, wo die Requisiten gelagert wurden und wer zusätzlich Zutritt zu diesen Bereichen hatte. Nur die Namen der diensthabenden Putzfrauen würde sie bei dem Dienstleister nachfragen müssen, darüber konnte der Hausmeister keine Auskunft geben. Außerdem hatte es in den letzten Tagen drei Führungen durch den Sender gegeben, die auch durch das Studio 1 gekommen waren. Veronika hoffte, dass irgendjemand die Teilnehmerlisten davon aufbewahrt hatte.

Ungeduldig kramte sie in ihrer Umhängetasche nach ihrem Handy. Ergebnislos. Verdammt, wo hatte sie das wieder gelassen? Als sie abgehetzt ihr Auto erreichte, sah sie es unschuldig auf dem Beifahrersitz liegen. Ihr Display zeigte nach der ersten Berührung zwölf Anrufe in Abwesenheit an. Alle von Beckers Durchwahl. Jetzt war sie aber gespannt. Sie rief zurück.

»Becker, ich bin's. Was gibt es? Haben Sie etwas von Langner gehört? Der hat mich heute Morgen ja erst mal versetzt, wahrscheinlich verpennt, der Gute«, überfiel sie ihren Kollegen gleich mit einem langgezogenen Seufzer. Doch schon als sie den Tonfall hörte, mit dem er zur Antwort ansetzte, stockte ihr der Atem.

»Er hatte auf dem Weg zu Ihnen einen Autounfall und wurde verletzt ins Krankenhaus eingeliefert. Ich war schon kurz dort«, berichtete er ihr mit seiner Bass-Stimme. Er klang sehr besorgt – eine Emotion, die sie nicht von ihm kannte.

»Oh nein! Wie schrecklich. Was fehlt ihm denn? Wie ist das passiert?«, stotterte Veronika schockiert.

»Das wissen wir nicht genau. Von dem Fahrzeug scheint sich ein Reifen gelöst zu haben. Die Kollegen von der KTU haben sich den Wagen gleich geschnappt. Ich habe der Sache oberste Priorität gegeben. Sie sind schon dran. Langner hat laut Arzt wohl sehr viel Glück gehabt. Er hat sich das Schlüsselbein gebrochen und sich mit dem heißen Kaffee verbrüht, den er Ihnen mitbringen wollte. Ansonsten ist er fast wieder der Alte. Nach der Untersuchung hat er versucht aufzuspringen und zum Dienst zurückzukehren. Aber die Ärzte behalten ihn noch ein paar Tage zur Beobachtung auf dem Winterberg. Und dann ist er erst einmal krankgeschrieben. So eine Scheiße, das alles!«

Veronika schluckte. Sie hatte sich die ganze Zeit über ihn geärgert, und jetzt das. Der Arme. Ihr fiel der Unfall wieder ein, den sie bei der Hinfahrt gesehen hatte. War er das gewesen? Sie bedankte sich bei Becker für die Auskunft.

»Ich sage meine Weiterbildung ab und komme ins Büro. Trommeln Sie bitte ein paar Leute zusammen. Es gibt einiges zu tun und wir müssen die Aufgaben anders verteilen.«

»Hmm, Hart. Da ist noch etwas. Wir haben eine Leiche. Spaziergänger haben heute früh eine tote Frau entdeckt, im Deutschmühlental. Die Meldung kam vor zehn Minuten rein. Die Spurensicherung ist schon auf dem Weg. Kommen Sie direkt dahin?«

Auch das noch! Aus dem Auto rief sie ihren Vorgesetzten Lothar Klein an und wollte ihn über die Vorkommnisse informieren, so, wie es die Meldekette vorsah. Doch er hatte schon von dem Unfall gehört. Becker war ihr wohl zuvorgekommen. Ihr blieb keine Zeit, sich über diese alte Männerfreundschaft zu ärgern, die sie nur allzu oft außen vor ließ. Sie hatte zwei, vielleicht drei Fälle zu lösen und Klein sicherte ihr zu, schnellstmöglich Ersatz für Langner zu besorgen.

In Veronikas Kopf herrschte Chaos. Sie fuhr auf die Autobahn in Richtung Goldene Bremm, den Grenzübergang nach Frankreich. Becker hatte ihr die Koordinaten aufs Handy geschickt.

Sie versuchte, ihre Gedanken zu dem SR-Fall zu sortieren und den Unfall erst einmal als solchen abzuspeichern. Aber wie konnte sich einfach so ein Rad lösen?

Doch jetzt musste sie sich auf die tote Frau konzentrieren. Im Deutschmühlental war der Straßenstrich der Osteuropäerinnen. Eine traurige Ecke. Sie ahnte schon, in welche Richtung der Fund gehen würde, andere junge Frauen waren dort sonst seltener unterwegs.

Den Tatort hatten die Kollegen bereits abgesperrt. Er befand sich in einer recht idyllischen Gegend an einem Bach, der sich durch das gesamte Deutschmühlental schlängelte.

Die Tote war komplett entkleidet und lag mit dem Gesicht und Oberkörper im Wasser, während ihr Unterkörper seltsam verdreht die Böschung hinauf ragte. Ihr Lieblingsgerichtsmediziner Peter Thiel war schon vor Ort und wies die Kollegen von der Spurensicherung an, was diese widerwillig über sich ergehen ließen.

»Ich habe das von Langner gehört, das tut mir sehr leid, Frau Hart«, begrüßte er sie mit einer warmen, rauchigen Stimme, die von seiner Lungenerkrankung stark gezeichnet war.

Veronika nickte dankbar und richtete dann ihre Aufmerksamkeit voll auf den Tatort. Sie sog Geräusche, Gerüche und die ersten Eindrücke in sich auf, verschaffte sich einen Überblick über das Gelände und wandte sich dann nach einigen Minuten wieder Thiel zu, der ihren Blicken in Ruhe gefolgt war.

»Können Sie schon etwas zur Todesursache sagen?«

»Nein, leider nicht. Sie wurde vor ihrem Tod schwer misshandelt, hat zahlreiche Prellungen und Schnittwunden am ganzen Körper. Das sieht nach einer Bestrafungsaktion aus, wenn Sie mich fragen. Ihr Gesicht habe ich mir noch nicht anschauen können, sie liegt so da, wie man sie aufgefunden hat. Ich denke, Näheres lässt sich sagen, wenn sie bei mir auf dem Tisch landet.«

In dem Moment gab der Kollege der Spurensicherung das Zeichen, dass die Leiche bewegt werden konnte. Das hieß, dass die Aufnahme des Areals rund um das Opfer abgeschlossen war. Zwei junge Männer in weißen Overalls zogen die Tote langsam aus dem Wasser und drehten sie um. Veronika wurde schlecht, als sie in das Gesicht der jungen Frau blickte. Zumindest in das, was davon übrig war. Zischend zog sie die Luft ein. Der Täter hatte ganze Arbeit geleistet. Auf den ersten Blick sah es so aus, als wäre kein Knochen heil geblieben. Als hätte man ihr mehrfach ins Gesicht getreten oder geschlagen. Es war komplett zerschmettert. Der Mund bildete nur noch eine schiefe Fratze, die eingeschlagenen Zähne wirkten wie ein Trümmerfeld.

Thiel tupfte sich den Schweiß von der Stirn. Er hatte in seiner langen Laufbahn sicherlich schon einiges gesehen, aber solche Bilder ließen auch ihn nicht kalt.

Veronika trat zu Becker, der die Szene aus einiger Entfernung verfolgt hatte.

»Becker, lassen Sie ein paar Bilder der Leiche an die Kollegen von der Sitte schicken. Vielleicht erkennen sie das arme Ding. Außerdem brauchen wir einen Kollegen hier, wenn die Damen zu ihrer nächsten Schicht antreten. Kann ja sein, dass jemand was gesehen hat. Die sollen auch im Hotel, beim Friedhof und den anderen Etablissements hier drum herum fragen, sobald wir den Todeszeitpunkt eingrenzen können. Aber die Kollegen sollen sich bereithalten.«

Becker nickte und sagte, dass er schon mal ins Büro fahren würde, um die Einsätze zu koordinieren. Sie wusste, dass ihm selbst die Fußarbeit keinen Spaß mehr machte, die überließ er den Jungen. Er war schließlich der heimliche Chef der Abteilung und das ließ er jeden gerne spüren.

Veronika entgegnete nichts. Sie hatte jetzt keinen Nerv für die Diskussion und würde ohnehin selbst gleich zurückfahren, sobald sie die ersten Einschätzungen von Thiel abgeholt hatte.

Doch der schüttelte auf ihren fragenden Blick hin nur den Kopf.

»Das ist ein einziges Chaos, auf Anhieb kann ich nicht abschätzen, welche dieser zahlreichen Verletzungen letztendlich tödlich war, welche ihr vor oder nach ihrem Tod zugefügt wurden. Das wird die Obduktion zeigen. Tut mir leid«, murmelte er fahrig.

Okay, dann eben später. Veronikas Gedanken fuhren Achterbahn. Sie musste an Langner denken, der verletzt im Krankenhaus lag. Und den Studierenden, der bei Thiel in der Kühlkammer untergebracht war. Und jetzt diese übel zugerichtete Frau. Das erforderte eine perfekt sortierte Herangehensweise, damit sie in keinem der drei Fälle etwas übersahen. Gepaart mit ihrem unguten Bauchgefühl, fühlte sie sich dem gerade nicht zu einhundert Prozent gewachsen.

Sie machte sich auf den Weg, ohne sich von den Kollegen vor Ort zu verabschieden.

14

Sein Adrenalinspiegel ließ sich einfach nicht senken. Jedes Mal, wenn er an die vergangene Nacht dachte, wallte die Anspannung wieder durch seinen Körper. Es hatte sich wie ein Rausch angefühlt. Ein Blutrausch. Dabei war es nicht einmal geplant gewesen. Eine Gelegenheit, die sich geboten hatte. Aus dem Nichts. Einfach so. Und er hatte zugegriffen. Eher zugeschlagen. Auch einfach so. Wieder schwappte das Adrenalin wie eine angenehme heiße Welle durch seinen Körper.

Wie leicht es ihm gefallen war. Sicher, in seiner Fantasie hatte er sich schon tausendfach so verhalten. Rücksichtslos, brutal. Aber gestern, das war eine neue Ebene gewesen. Dieses Geräusch der Stöckelschuhe auf dem Asphalt. Wie sie da im Dunkeln auf der Straße tippelte, in ihrem engen Nuttendress. Der Inbegriff von allem, was er verabscheute. Zuerst war ihm das parkende Auto mit dem Innenlicht aufgefallen. Er war stehen geblieben und hatte die beiden beobachtet. Ihr stand die Abscheu ins Gesicht geschrieben, während sich der Typ an ihr abrackerte.

Dann hatte er sie bezahlt und aus dem Auto geworfen. Was für ein Wichser. Er musste wahrscheinlich schnell nach Hause zu Frau und Kindern.

Und sie? Sie hatte sich die Klamotten zurechtgezogen und war schimpfend an ihm vorbeigestöckelt. Keine drei Meter von ihm entfernt. Sie hatte ihn nicht gesehen, doch seine Augen waren so gut an die Dunkelheit gewöhnt, dass ihm kein Detail entging.

Er hatte ihr billiges Parfum gerochen. Vermischt mit frischem Schweiß ihres letzten Freiers. Die Geldscheine hatte sie in ihre kleine runde Handtasche gesteckt, die an einer goldenen Kette an ihrer Schulter hing. Jetzt lag das Ding aus abgewetztem Kunstleder hier geöffnet auf seinem Couchtisch. Davor eine Auswahl an verschiedenen Kondomen, Kaugummis, ein Haargummi, ein Deo in Reisegröße sowie ein Ausweis und ein Schlüsselbund mit drei identisch aussehenden Schlüsseln. Das Smartphone, mit dem sie versucht hatte, ihm auf den Kopf zu schlagen, hatte er sofort im Bach versenkt. Jetzt ärgerte er sich darüber – er hätte zu gerne noch geschaut, ob er Fotos oder Videos von ihr darauf gefunden hätte. Einfach nur, um zu sehen, wen er da zerstört hatte.

Aber er würde es sicher bald aus den Medien erfahren. Irgendwann musste sie ja jemand finden.

15

Als Veronika im Besprechungsraum ihrer Abteilung ankam, hatte Becker schon alles vorbereitet. Eins musste man ihm lassen: Er war ein alter Hase im Geschäft, und wenn es um das Operative ging, handelte er schnell und präzise. Die Leitung der Abteilung, die sie ihr vor knapp einem Jahr übertragen hatten, wäre eigentlich ihm zugefallen, wenn es da nicht dieses Frauen-Förderprogramm des saarländischen Innenministeriums gegeben hätte.

Veronika mochte solche Quotengeschichten nicht besonders, sie hatte nie verstanden, warum man bevorzugt behandelt werden sollte, nur weil man als Mädchen geboren worden war. Gleichberechtigt zu sein würde ihr reichen. Aber so war es in der Realität nun mal nicht. Die männerdominierten Führungsetagen waren schwer zu durchbrechen, weil sich diese Zirkel gerne an Ihresgleichen orientierten. Für sie war es eine einmalige Chance gewesen und sie wäre doch total bescheuert gewesen, dieses Angebot nicht anzunehmen. Sie fühlte sich bereit und der Aufgabe gewachsen. Punkt. Alles andere war nicht ihr Problem.

Becker hatte auf dem Besprechungstisch Bilder der KTU aus dem Fernsehstudio und vom Unfallwagen nebeneinander ausgebreitet und mit der Beschriftung angefangen. Ein Drittel des Tisches hatte er freigelassen und »Pulverbach« darüber geschrieben. Hier würden die Fotos der toten Frau hinkommen, sobald sie die vom Tatort bekamen.

In Grüppchen standen die Kollegen um den Tisch herum und unterhielten sich gedämpft.

»Gibt es etwas Neues von Langner?«, platzte Veronika in die Stehparty-Atmosphäre und warf ihren Mantel über einen der Stühle. Sie erntete erschrockene Blicke und ein stummes Kopfschütteln von Becker.

Eine junge Streifenpolizistin trat herein und übergab ihr eine unbedruckte Plastiktüte. Darin waren ein angebrochenes Zigarettenpäckchen, ein rotes Feuerzeug, ein Kuli, ein zusammengeknüllter Kassenzettel sowie ein Formular vom Fuhrparkmanagement der saarländischen Polizei. Die Sachen aus Langners verunfalltem Auto.

Veronika schluckte und breitete die kläglich wirkenden Überreste vorsichtig auf dem Tisch aus.

»Was machen Sie da, Hart?«, riss sie Becker aus ihrer Trance.

Sie wusste es nicht. Irgendetwas bewegte sie, sie hatte das Gefühl, dass in den Sachen etwas verborgen war. Dass sich hier ein Hinweis versteckte. Der tote Student gestern, der Unfall ihres Kollegen heute. Das war alles so nah. Sie zuckte mit den Schultern.

»Ich weiß nicht, ich habe so ein komisches Bauchgefühl.

Aber wieso sollte sich das alles auf mich beziehen? Vielleicht ist es ja auch nur ein blöder Zufall. Lassen Sie uns anfangen und das Whiteboard bestücken.«

Als sie Langners Sachen vom Tisch räumte, blieb ihr Blick am Formular des Fuhrparks hängen. Ihr wurde heiß und kalt. Ihre Hände zitterten leicht, als sie den Namen las, auf den das Fahrzeug reserviert gewesen war. Es war ihr Name. Veronika Hart.

»Alles okay?«

Sie zuckte zusammen, als Becker mit der Hand leicht ihre Schulter berührte. Ihre Blicke trafen sich. Er sah, dass nichts in Ordnung war, und nahm ihr das Blatt aus den Händen.

Auf seiner Stirn bildeten sich tiefe Falten, als er an ihrem Namen hängen blieb.

»Sie hatten den Wagen reserviert?«

Veronika nickte.

Ihr Name auf dem manipulierten Stuhl. Ihr Name auf der Autoreservierung.

Ein Toter. Ein Schwerverletzter.

Es war kein Zufall.

»Wissen wir schon, was mit dem Auto los war? Was den Unfall verursacht hat?«, flüsterte Veronika fast lautlos.

Im Raum war es totenstill, als hätten alle Anwesenden aufgehört zu atmen. Als wäre der gesamte Raum mit Epoxidharz aufgefüllt und die Szenerie in eine Schneekugel-Kulisse verwandelt worden.

Es war der jüngste Kollege unter ihnen, Philipp Weissmann, der als Erster seine Sprache wiederfand.

»Augenzeugen zufolge hat sich der rechte Reifen gelöst, gerade als Max sich auf der Ausfahrt der Stadtautobahn befand. Die Techniker haben vor einer Viertelstunde angerufen, ich wollte das gleich in der Sitzung berichten. Da scheint wohl jemand die Radmuttern manipuliert zu haben. Die schicken mir die Details gleich schriftlich hoch. Es muss noch geklärt werden, warum sich der Reifen nicht schon vorher gelöst hat, vielleicht ist das nur durch das Abbremsen passiert. Lässt sich erst genau sagen, wenn der Bericht da ist.«

Veronika nickte ihm benommen zu.

Dann fing sich auch Becker wieder.

»Okay, Leute. Wir haben hier zwei Straftaten, die, wie es aussieht, beide darauf abzielten, unserer Chefin hier Schaden zuzufügen. Außerdem haben wir eine tote Frau an der Goldenen Bremm. Handtasche, Handy und Papiere? Fehlanzeige. Wir gehen davon aus, dass es sich um eine vom Straßenstrich handelt. Wie es aussieht, ein separater Fall, um den wir uns parallel kümmern werden. Sollte es sich bei den anderen Fällen aber wirklich um gezielte Angriffe auf Hart handeln, dann besteht oberste Alarmbereitschaft. Wenn der Täter merkt, dass er es wieder nicht geschafft hat, wird er es vielleicht erneut versuchen. Hart, wir werden Sie unter Personenschutz stellen. Ich rede mit Klein. Jetzt gilt, schnellstmöglich herauszufinden, wer Ihnen da ans Leder will. Es liegt schon ein Kollege im Krankenhaus, ein Student ist tot, das reicht an Kollateralschäden.«

Veronika schluckte mehrmals. Sie hatte das Gefühl, dass sich mehrere haarige Frösche in ihrem Hals verfangen hatten. Sie konnte kaum atmen. Ihr Kopf hatte den Dienst versagt. Jetzt reiß dich zusammen, verdammt. Was stehst du rum wie ein Fisch. Beweg deinen Arsch!

Sie seufzte tief. Sie wusste, was jetzt zu tun war.

»Sie haben recht. Danke, Becker. Wir müssen uns aufteilen, damit wir weiterhin jede Spur verfolgen können.

Es gibt zu viele offene Fragen. Wo kommt das Medikament her, das dem Studenten verabreicht wurde? Wer hatte Zugang zu den Requisiten des Studios? Gibt es Schnittmengen zum Fuhrpark der Polizei? Oder wurde das Auto woanders manipuliert?«

Sie seufzte einmal tief, dann fuhr sie fort:

»Bezüglich der Toten im Deutschmühlental müssen wir schnellstmöglich die Identität klären. Thiel sagte, die Tat sehe nach Bestrafungsaktion aus, ich tippe also eher auf einen Zuhälter oder unzufriedenen Freier als auf einen zufälligen Raubmord. Seinen Bericht erwarten wir aber noch, die Todesursache ist bisher nicht klar. Teilen Sie sich auf und bitten Sie bei der Sitte um Verstärkung, die kennen die Gegend und die Mädels dort gut, vielleicht können die sich ja mal umhören, wer unsere Tote ist. Ich werde währenddessen einmal überlegen, wem ich da in letzter Zeit auf die Füße getreten sein könnte, und so hoffentlich mögliche Täter eingrenzen. So viele kommen da wahrscheinlich nicht infrage.« Sie versuchte ein Lächeln, doch es misslang kläglich. Alle nickten und stürzten sich in geschäftiges Treiben. Becker klopfte ihr auf die Schulter. Dass es schon werden würde, wollte er wohl damit sagen.

Sie würde mit den Kriminellen anfangen, die sie in den letzten Jahren ins Gefängnis gebracht hatte. Da waren aus ihrer Frankfurter Zeit einige harte Kerle dabei, die sicher immer noch perfekt vernetzt waren und ihr offen ins Gesicht Rache geschworen hatten. Ihr stand eine Reise in die Vergangenheit bevor.

16

Sven Becker kaute auf dem Ende seines gelben Plastikkugelschreibers. Was war hier los? In den 35 Jahren, die er jetzt bei der saarländischen Polizei war, war ihm so etwas bisher nicht untergekommen. Dass man mal von den eigenen »Klienten« bedroht wurde, okay. Dass man mal handgreiflich wurde, manchmal sogar unter den Kollegen, okay. Aber solch hinterlistige Mordanschläge gegen jemanden aus den eigenen Reihen – das war eine neue Dimension. Das hatte ihm gerade noch gefehlt, jetzt wo einer anfing, Nutten zu Tode zu prügeln. Darum mussten sie sich schließlich auch kümmern. Die Hart würde erst einmal mit ihren Hausaufgaben beschäftigt sein. Allzu viele potenzielle Kandidaten konnte sie in ihrer kurzen Laufbahn nicht gegen sich aufgebracht haben. Sie war ja doch recht grün hinter den Ohren, zumindest im Vergleich zu ihm. Eigentlich ja ein Witz, dass man sie ihm einfach so vorgesetzt hatte. Ein nervöses Kribbeln in seinem Magen, welches sich wellenartig ausbreitete, zeigte ihm, dass die Enttäuschung darüber immer noch tief saß.

Während um ihn herum alle in die Arbeit vertieft waren oder am Telefon hingen, betrachtete er nachdenklich seine Vorgesetzte durch die Scheibe, die ihre Büros voneinander trennte.

Hart saß zusammengesunken auf ihrem Drehstuhl und starrte auf die Tastatur ihres Computers. Dabei kaute sie auf ihrer Unterlippe. Das tat sie immer, wenn sie nicht weiterwusste.

In Beckers Augen sah sie aus wie ein kleines, verlorenes

Mädchen, nicht viel älter als seine eigenen Töchter, die für ihn immer seine Prinzessinnen sein würden. Auch wenn sie vom Typ ganz anders war. Burschikoser, kompakter.

Ob sie diesem Druck wohl lange standhalten würde?

Vielleicht löste sich sein Problem ja durch die Geschichte von selbst und er konnte irgendwann doch den Posten einnehmen, der ihm eigentlich zustand. Sollte er womöglich ein wenig nachhelfen? Je länger er darüber nachdachte, desto eher entwickelte sich vor seinem inneren Auge daraus eine wahre Option.

Er gab sich einen Ruck. Er hatte Fälle zu lösen.

»Weissmann, besorgen Sie mir so schnell wie möglich den Bericht von Langners Unfall. Die KTU soll jetzt mal Gas geben«, herrschte er den Kollegen an.

»Außerdem brauche ich die Details zur Tatwaffe aus dem Fernsehstudio. Wo kann man dieses Natrium-Pentobarbi, ach was weiß ich, Barbital, besorgen? Wissen wir etwas Genaues zur Zusammenstellung? Und wo bleibt eigentlich die Auflistung der Personen, die Zutritt zu den Requisiten hatten? Kommt, Leute, wir müssen Gas geben. Und hat schon jemand bei der Sitte wegen der Verstärkung nachgefragt? Oder muss ich mich wieder um alles kümmern?«

Mit einem Fausthieb auf den Tisch verlieh er seiner Aufforderung Nachdruck. Jeder wusste, was er zu tun hatte.

Abrupt erhob er sich, schob die Unterlagen vor ihm auf dem Tisch zusammen und machte sich auf den Weg zu seinem Jugendfreund Lothar Klein, dem Dezernatsleiter des LPP 213.

Veronika Hart hatte jetzt sowieso nicht den Kopf dazu. Es war Zeit zu handeln und nicht, um gedankenverloren herumzuhocken.

Grußlos verschwand er aus dem Besprechungsraum

und wurde von Kleins Sekretärin wenige Minuten später ins Büro des Dezernatsleiters durchgelassen.

17

Sie hatten die Schlampe gefunden. Es war doch schneller gegangen, als er vermutet hatte. Dass es wirklich Spaziergänger an diesem gottverlassenen Ort gab. Auf jeden Fall hatte er die Spannung nicht ausgehalten und war an der Stelle noch einmal im Hellen vorbeigejoggt. Rot-weißes Flatterband umspannte die Stelle, an der er heute Nacht eines der schönsten und berauschendsten Erlebnisse seines Lebens gehabt hatte. Ob sie das Handy auch schon gefunden hatten? Zu gerne hätte er sich ihre Fotos angeschaut. Wie voreilig er gewesen war.

Ein Streifenpolizist bewachte den Tatort und er beeilte sich, beschwingten Schrittes weiter in Richtung französischer Grenze zu laufen.

Ob sie schon wussten, dass sie Nadja hieß? Zumindest stand es so in ihrem Ausweis, der immer noch in seinem Wohnzimmer auf dem Glastisch lag.

Nadja Kovleva aus Plowdiw in Bulgarien.

18

Das konnte jetzt nicht wahr sein. Sie hatte extra den ganzen Tag über Radio gehört, bis endlich der Bericht über den schweren Autounfall auf der Saarbrücker Stadtautobahn kam. Kurzzeitig hatte sich ein ihr mittlerweile fremd gewordenes Glücksgefühl in ihr breitgemacht. Doch dieses wurde abrupt beendet, als der Moderator von einem männlichen Opfer sprach. Einem jungen Kommissar, der am Steuer gesessen hatte. Sonst gab es keine weiteren Opfer. Niemanden. Auch nicht Veronika Hart, die sie selbst gerne über die Leitplanke baumelnd gesehen hätte.

Diese Frau hatte mehr Glück als Verstand.

Corinna grub ihre akkurat gepflegten Fingernägel tief in ihren Unterarm, bis kleine Blutstropfen auf ihrer bleichen Haut erschienen. Den Schmerz spürte sie nicht.

Tief durchatmen, sagte sie sich. Konzentrier dich! Sie wird dir nicht entkommen, früher oder später wirst du sie zerstören. Dann ist es aus mit der kleinen Kommissarin.

Sie spürte, wie sich die Wut in ihr zusammenballte und wie eine Magmablase ihr Innerstes zu verbrennen drohte. Den Kaffeebecher, der seit dem Morgen auf ihrem Küchentisch stand, fegte sie mit einem Schlag zur Seite. Er zerschellte an dem abblätternden hellgelben Putz und hinterließ sternförmig auseinandergehende Kaffeespuren an der Wand.

Ihre Halsschlagader pochte.

Warum lief gerade nichts wie geplant? Aber sie war die Letzte, die sich von solchen Widrigkeiten abschrecken ließ.

Veronika Hart musste sterben. Früher oder später.

Das Spiel begann.

Sie rief Dimitri auf dem Handy an.

Sie brauchte noch einmal seine Kontakte, hoffentlich ein letztes Mal, aber die ganze Sache würde umfangreicher werden als geplant. Sie wusste, dass sie sich auf Dimitri verlassen konnte. Er war schon seit Jahrzehnten ein Freund ihrer Familie, und obwohl sie selbst alle Kontakte dahin abgebrochen hatte, hielt er ihr die Treue. Ihr Vater und er hatten lange eng zusammengearbeitet, schon bevor sie nach Deutschland gekommen waren, Mitte der 80er-Jahre. Als sie geboren wurde, kümmerte er sich wie ein Onkel um sie. Sie war die Tochter, die er nie hatte. Er vergötterte sie wie eine kleine Prinzessin, was ihr schon früh den Neid seiner beiden Söhne eingebracht hatte, die nur einige Jahre älter waren als sie. Und das hatte bis ins Erwachsenenalter gehalten.

Er war der Einzige aus ihrem privaten Umfeld, der sie nach dem Anschlag im Krankenhaus besucht und sich um ihre Wohnung und den Papierkram gekümmert hatte. Er hatte ihr damals schon angeboten, zu ihm und seiner Frau nach Frankreich zu ziehen, wo sie eine Reinigungsfirma betrieb und er ein kleines Drogen- und Prostitutionsimperium aufgebaut hatte. Doch damals war sie zu stolz gewesen. Sie wollte es so schaffen. Allein mit sich und ihren Rachegedanken. Und das war alles reibungslos gelaufen, bis ihr Veronika Hart in die Quere gekommen war. Ein Wink des Schicksals, dass diese Schlampe nur wenige Kilometer entfernt von ihrem väterlichen Freund lebte.

Dimitri hatte ihr erzählt, dass es im Polizeipräsidium jemanden gebe, der ihm einige Gefallen schulde. Das bedeutete, dass er ihn mit irgendeinem dunklen Geheimnis in der Hand hatte und erpresste.

Ihr war das egal. Sie brauchte Informationen darüber, ob diese Idioten in Uniform überhaupt schon irgendetwas von ihrem Plan gemerkt hatten. Danach würde sie ihre Taktik ausrichten.

Veronika Hart würde lernen, was wirkliche Angst bedeutete. Sich überall und immer lieber zweimal umschauen, bevor sie irgendwo hineinging. Sich nirgends mehr sicher fühlen. Keine ruhige Sekunde mehr haben. Sie würde ihr Umfeld nach und nach ins Visier nehmen. Diesen lächerlichen kleinen Italo-Freund, den sie sich da angelacht hatte. Die beiden Yoga-Muttis, mit denen sie abhing und die immer diese pseudo-spaßigen Selfies ins Netz stellten. Auf denen Veronika aussah wie ein erschreckter Teigklumpen mit halb geschlossenen Augenlidern, fotogen war sie wirklich nicht. Sie selbst hätte früher ihre Freundinnen umgebracht, wenn sie solche Bilder von ihr ins Netz gestellt hätten. Aber jetzt hatte sie keine Freundinnen mehr und so auch keinerlei Probleme mehr damit.

Dimitri erklärte sich am Telefon sofort bereit, seinem Polizeifreund die neuen »Aufgaben« zu erklären. Er zweifelte keine Sekunde daran, dass dieser mitmachen würde. Zu groß war mittlerweile die Schuld, die der Typ auf sich geladen hatte. Drogenexzesse, Partys mit einigen von Dimitris jüngsten Mädchen, die mit zarten 17 Jahren bei ihm zu arbeiten anfingen, und jede Menge Schulden.

Er würde bis zum Ende seiner Karriere von Dimitri abhängig sein. Und sie wusste das auszunutzen.

LICHTSPIEL

19

Als Veronika am nächsten Morgen aufwachte, fanden ihre Synapsen den Anlasser nicht, um ihr Gehirn in Gang zu bringen. Wie in die Matratze betoniert blieb sie unbeweglich liegen, starrte an die Decke und lauschte dem sanften Schnarchen an ihrer rechten Seite. Ohne hinzuschauen, ließ sich nicht einmal sagen, ob das ihr Kater Rocky oder ihr Freund Francesco war, der da sanft neben ihr schlummerte. Beide verband dieses leise rasselnde Schnarchgeräusch, und Veronika vermutete, dass sie ihren Freund deshalb so nah an sich heranließ, weil er rein von der nächtlichen Atemtechnik ihrem Kater, der sie schon seit vielen Jahren begleitete, ähnelte.

Nachdem sie gestern den Nachmittag damit verbracht hatte, ihre alten Notizen aus Frankfurt durchzugehen und mit einem ehemaligen Kollegen vom LKA in Hessen zu telefonieren, hatte ihr Kopf vor lauter bunten Erinnerungen und rissigen Bildern von längst abgehakten Fällen und Tatorten dumpf gepocht. Ein permanentes Kribbeln in der Magengegend arbeitete sich wie ein Crescendo in ihr hoch und erzeugte eine zittrige Nervosität, die sie den gesamten Nachmittag begleitet hatte. Sie hätte am liebsten laut geschrien. Sich gegen diese unbekannte Bedrohung aufgebäumt. Die völlige Ahnungslosigkeit, wer dahinterstecken könnte, besiegt, genauso wie ihre Angst.

Zwischendurch hatte sie versucht, bei den Kollegen etwas über den Fall der toten Frau herauszufinden. Um sich abzulenken und die Gedanken aufzuräumen. Doch jeder hatte sie nur mit mickrigen Informationen abgespeist. Viel war wohl noch nicht zusammengekommen. Der Bericht von Thiel würde heute früh erst auf dem Tisch liegen.

Ihr Chef Lothar Klein war gestern Abend zu ihr ins Büro gekommen, hatte sie mit besorgter Miene angeschaut und sie nach Hause geschickt. Sie hatte sich nicht einmal darüber aufregen können, dass Becker sie übersprungen und direkt mit ihrem Vorgesetzten gesprochen hatte. Alles in ihr war taub.

Francesco hatte sie abends dann in ähnlichem Zustand auf der Couch vorgefunden und das einzig Richtige getan: sie fest in den Arm genommen, ihr ihre grünen Lieblingswollsocken an die Füße gezogen, entspannte Musik aufgelegt und die legendären »Penne alla Nonna« gekocht, nach einem streng gehüteten Rezept seiner italienischen Großmutter aus Kalabrien.

Tomatensoße mit Zwiebeln, Chili, Kapern und Thunfisch und einer geheimen Gewürzmischung, die er aus jedem Italienurlaub bei seiner Familie sackweise mit nach Hause brachte. Veronikas absolutes Lieblingsessen, welches sie jedes Mal warm umschloss wie ein kitschiges Sonnenuntergangspanorama am Strand.

Er hatte nicht viel Aufhebens von der Situation gemacht, sondern ihr nur das Gefühl gegeben, in Sicherheit zu sein. Er war einfach ein großartiger Kerl.

Sie kannten sich schon länger, aber ihre Beziehung hatte während ihres letzten Serientäter-Falls im vergangenen Herbst an Fahrt aufgenommen. Er war ein paarmal mit ihr nach Hause gegangen und irgendwann geblieben. Wie selbstverständlich. Er behielt zwar seine Wohnung in der Innenstadt, um ihr in regelmäßigen Abständen

den Raum zu geben, den sie brauchte. Ansonsten hatte er sich in ihrer kleinen Wohnung am Marktplatz in Sankt Arnual, dem Daarler Markt, wie er hier genannt wurde, häuslich niedergelassen. Und sie genoss es, ab und zu liebevoll umsorgt zu werden, ohne mit immensen Forderungen nach emotionalen Gegenleistungen konfrontiert zu werden. Francesco nahm sie, wie sie war. Aus ihr unerfindlichen Gründen hegte er echte romantische Gefühle für sie. Sie bekam ihr eigenes Glück manchmal nicht zu fassen.

Dabei konnte sie sich selbst privat so überhaupt nicht leiden. Sie war ein Morgenmuffel, eigenbrötlerisch, fast intolerant, wenn jemand zu schnell oder ungefragt in ihre Privatsphäre eindrang. Sie legte in der Regel keinen gesteigerten Wert auf die Pflege ihres Äußeren, praktisch und funktional musste alles sein, ohne größeren Aufwand. Manchmal ging sie monatelang nicht zum Friseur und das, was schließlich auf ihrem Kopf wuchs, hatte den Namen Frisur nicht verdient.

Jedes Mal, wenn sie von ihren Freundinnen einen Gutschein inklusive festgelegtem Termin für eine Kosmetikbehandlung geschenkt bekam oder sie mit neuem Haarschnitt und der Nonplusultra-Pflegeserie, die genau für ihren Haartyp entwickelt worden war, aus dem Friseurladen trat, nahm sie sich vor, besser auf sich achtzugeben und ihr Äußeres mehr zu pflegen. Doch es hielt nie länger als wenige Tage an.

Francesco schien das egal zu sein. Er liebte sie so, wie sie war. Und dafür hatte er sich einen festen Platz in ihrem Herzen erobert und sie ertrug geduldig, wenn auch manchmal innerlich mit sich ringend, die Unordnung, die er nach seinen Kochattacken in der Küche hinterließ, oder die Schnarch-Hymnen, die sie regelmäßig um den Schlaf brachten.

Alles war gut, so, wie es war. Sie lag immer noch in ihrem Bett und hing erschöpft ihren Gedanken nach. Irgendjemand hatte es auf sie abgesehen. Nur wer?

Und dann diese tote Frau im Wald. Das war doch ihr eigentlicher Job. Ihre Aufgabe war es, die Täter zu finden, die anderen nach dem Leben trachteten. Nicht nach ihrem.

Es half nichts. Wenn sie irgendwann tot über dem Zaun hing, würde sie niemandem mehr helfen können. Sie musste heute erneut in ihre Vergangenheit abtauchen und sich den dunklen Gestalten stellen, die ihr bis dato begegnet waren. Ihre Motivation dazu tendierte auf einer Skala von eins bis zehn gegen Minus zehn. Am liebsten würde sie hier liegen bleiben, weiter an die Decke starren und warten, bis der Täter sich zu erkennen gab – oder waren es mehrere?

Veronika seufzte. Sie langte auf ihren Nachttisch und versuchte, die Uhrzeit auf ihrem Handy zu entziffern. Sie würde bald eine Brille brauchen, so verschwommen schienen die Zahlen auf dem Display zu sein. Auch das noch.

6.45 Uhr. Sonst überhaupt nicht ihre Uhrzeit. Aber an Schlaf war nicht mehr zu denken, und so konnte sie sich auch gleich auf den Weg ins Büro begeben. Wenigstens etwas Sinnvolles.

Sie versuchte, so geräuschlos wie möglich aus dem Bett zu gleiten, ohne Francesco zu wecken. Besonders elegant gelang ihr das zwar nicht, aber sowohl ihr Freund als auch ihr Kater Rocky schnarchten munter weiter vor sich hin. Wenigstens etwas.

Sie schlurfte ins Bad und betrachtete sich im Spiegel. Auf ihrem Kopf musste sich letzte Nacht eine wilde Vogelhochzeit abgespielt haben. Die dunkelblonden Haare standen wie ein Nest in alle Richtungen ab. Na, prima. Sie versuchte, mit ihren Fingern Ordnung hineinzubringen und mit kaltem Wasser im Gesicht die schlummernden Lebensgeister zu wecken.

Als Nächstes steuerte sie ihre heißgeliebte Kaffeemaschine an, das teuerste Stück in ihrem Haushalt, welches sie bei jedem Brand als Erstes nach ihrem Kater retten würde, und ließ sich ein starkes Arabica-Gemisch in ihre Lieblingstasse laufen. Auf dieser war ein tanzendes Faultier abgebildet, unter dem der Spruch »Don't be moody, shake your booty« prangte. Wie passend!

Ein Blick in ihren E-Mail-Posteingang auf dem Handy zeigte ihr, dass ihre alten Kollegen aus Frankfurt mal wieder nachtaktiv gewesen waren. Veith Rückert, der Archivar des LKA in Frankfurt, schien rund um die Uhr zu arbeiten. Er schrieb zu jeder Tages- und Nachtzeit Mails und hatte darüber hinaus ein phänomenales Gedächtnis. Sollte das Polizei-Archiv eines Tages abbrennen, würde er es höchstwahrscheinlich aus dem Kopf rekonstruieren können.

Er hatte ihr um 2.14 Uhr fünf Dossiers aus ihrer Ermittlungszeit geschickt, die zu ihren am Vortag formulierten Rahmenbedingungen passen könnten: skrupellose oder besonders nachtragende Typen mit einem Hang zur organisierten Kriminalität, die kürzlich aus dem Gefängnis entlassen oder mit sonstigen Ereignissen konfrontiert worden waren, die einen plötzlichen Rachefeldzug erklären könnten.

Beim Lesen der Fallbeschreibungen spielten sich unzählige Szenen in ihrem Kopf ab, die sie lange Zeit erfolgreich aus ihrem Gedächtnis gelöscht hatte.

Die Zeit in Frankfurt hatte sie enorm geprägt, aber sie hatte sich dort ebenfalls an allen Fronten ihre Position erkämpfen müssen. Zu Beginn ihrer Karriere hatte man sie erst einmal zur Sitte eingeteilt. Klar, man ging davon aus, dass sie sich als Frau sicher besser in die Probleme der Frauen einfühlen konnte, die ja meist die Opfer der kriminellen Machenschaften in dem Milieu waren.

Dass sie dort mit den übelsten frauenverachtenden Tätern zu tun hatte, beeinflusste sie nachhaltig in ihrer späteren Entwicklung und schlug sich in der mangelnden Fähigkeit nieder, Männern vorbehaltlos zu vertrauen. Ohne männliche Begleitung war für sie und ihre Kolleginnen eine Streife durch Frankfurts rote Meile im Bahnhofsviertel nicht möglich, ja sogar lebensgefährlich. Beschimpfungen waren an der Tagesordnung, tätliche Übergriffe seltener, doch stets an jeder Ecke lauernd. Sie hatte in der Zeit alles über Strukturen, Rollenbilder und über sich selbst gelernt.

Ihr Jagdinstinkt war geweckt. Sie würde dieses Schwein finden. Sie musste los.

20

Er hatte in dieser Nacht kein Auge zugemacht. Auf seinem Glastisch im Wohnzimmer stand eine Flasche billiger Whiskey, durch die zahlreichen Lines, die er sich in den vergangenen Stunden durch die Nase gezogen hatte, sahen Teile der Glastischplatte milchig aus. Er war am Ende.

Gestern hatte ihn der Russe angerufen und ihm einen neuen Auftrag gegeben. Wie sehr er sich dafür hasste, in dessen Schuld zu stehen. Wie war er nur so tief gesunken?

Er war doch eigentlich immer sehr zufrieden bei der Polizei gewesen. In der Polizeischule und auch in den ersten Jahren seines Dienstes war er sich sicher gewesen, dass er die richtige Entscheidung getroffen hatte.

Dann hatte die andere Seite, mit der er tagtäglich konfrontiert war, angefangen, eine unerklärliche Anziehungskraft auf ihn auszuüben. Die Zuhälter, Drogendealer und Schutzgelderpresser führten ein Leben, das ihn faszinierte. Sie besaßen fette Autos und teure Uhren, hatten an jedem Arm ein heißes Mädchen. Sie wirkten in den Vernehmungen so selbstsicher und liefen meistens als freie Männer aus dem Präsidium. Sie lachten über den Polizeiapparat und waren ihm oft einen Schritt voraus. Und wenn man sie doch einmal für eine Zeit einbuchtete, dann führten sie ihre Geschäfte vom Gefängnis aus weiter. Der Saarbrücker Lerchesflur war bekannt für das geschäftige Treiben der Insassen, vor allem derer, die draußen in Clans organisiert waren.

Er fing an, sich in ihrer Gegenwart für seinen Beruf zu schämen, suchte privat ihre Nähe, indem er die Bordelle besuchte oder Kokain bei ihnen kaufte.

Anfangs umgarnten sie ihn, stellten ihm Mädchen zur Verfügung, auch mal welche, die gerade 18 Jahre alt geworden waren. Sie nannten ihn »mein Freund«, »Amigo« oder zogen ihn jovial als ihren »Lieblingsbullen« auf. Sie gaben ihm das Gefühl, dazuzugehören, ihm zu vertrauen, und ließen ihn die Luft der Unterwelt schnuppern. Bis sie ihn am Haken hatten.

Er hatte Fehler begangen, sich Geld für teure Partys mit Nutten und Koks geliehen, welches er nicht mehr rechtzeitig zurückzahlen konnte. Dann hatten sie angefangen, ihn um kleine Gefälligkeiten zu bitten. Ein Strafzettel hier, ein Hinweis auf eine bevorstehende Razzia dort. Doch die Gefallen wurden größer. Sie beauftragten ihn, ein Päckchen mit Drogen aus Den Haag abzuholen. Als er sich weigerte, kugelten sie ihm die Schulter aus. Also fuhr er los, zittrig, schmerzerfüllt und verschwitzt, aber es klappte. Seitdem stand er ihnen für Dienstleistungen aller Art zur Verfügung. Sie hatten ihn in der Hand. Er hatte sich zu viel geleistet, um da je wieder heil rauszukommen. Er war erst Anfang 30. Sollte alles aufgedeckt werden, würde er als ehemaliger Bulle im Gefängnis die »Freundschaft« seiner Mithäftlinge zu spüren bekommen.

Er schluckte den bitter schmeckenden Schleim in seiner Kehle hinunter. Nun also die Mordkommission bespitzeln und Dimitri Sokolov über alle Ermittlungsfortschritte informieren. Am besten, er schaute, ob er irgendwie ins Team kam, vielleicht brauchten sie Verstärkung. Sein Kumpel Max Langner, den er aus dem Fitnessstudio kannte, lag ja leider im Krankenhaus. Er würde später mal recherchieren, wen er dafür ansprechen musste.

In spätestens einer Stunde sollte er im Präsidium sein. Bis dahin würde er sich wieder in den loyalen und hilfsbereiten Polizeikollegen verwandeln müssen.

Er machte ein Selfie und betrachtete es resigniert. Das würde ein ganzes Stück Arbeit werden.

21

Er wusste, er würde es wieder tun müssen. Seit er diese über die Jahre aufgestaute Wut abgelassen hatte, fühlte er sich so gut wie schon lange nicht mehr. Er sehnte sich nach dem Glücksgefühl und dem Rausch, den er währenddessen empfunden hatte. Wie eine billige, aber effiziente Droge, von der man nach dem ersten Mal abhängig wurde. Er hatte sein eigenes Crystal Meth gefunden. Und er brauchte es erneut.

Die ganze Nacht hatte er wach gelegen, in kaltem Schweiß gebadet und die Bilder aus dem Waldstück wieder und wieder im Kopf Revue passieren lassen. Die Macht, die er verspürt hatte. Die Leichtigkeit, mit der er dieser

Nutte überlegen war, sie hatte keine Chance gehabt, sich gegen seine Schläge zu wehren. Er war so in Rage gewesen, dass er immer härter und gezielter zugeschlagen hatte. Gegen den Kopf, in die Nieren, auf das Brustbein. Sein erster Treffer hatte ihr die Luft genommen, genau aufs Zwerchfell, fast wie im Lehrbuch. Sie hatte kaum einen Ton von sich gegeben, nur dumpfe Laute bei jedem einzelnen Schlag, bis sie auf dem Boden lag und Blut aus ihrem Mund floss. Es musste Blut gewesen sein, denn er hatte davon jede Menge auf seinen Schuhen gefunden, nachdem er ihr mehrfach ins Gesicht getreten hatte.

Überhaupt hatte sie stark geblutet, aus mehreren Stellen. In seiner Ekstase hatte er keine Ruhe gefunden, um sich zu vergewissern, dass sie tot war. Also hatte er sie einige Meter zum Wasserlauf des Pulverbaches geschleppt und sie mit dem Gesicht nach unten und dem Oberkörper im Wasser liegengelassen.

Doch jetzt beschäftigte ihn, wer sie war. Nicht, dass es ihm leidtat. Aber er hätte gerne mehr von ihr gewusst, um keine Namenlose zu töten, sondern einen echten Menschen. Jemanden mit einer Geschichte, mit Ängsten, Sorgen und Träumen.

Eine Frau, die er von ihrem Dasein erlösen konnte. Den eigenen Körper verkaufen, das war doch kein Leben. Er wollte sie befreien, er würde es wieder tun.

Er hatte sein Ventil gefunden.

Es war nicht das erste Mal gewesen, dass er getötet hatte. Es war ihm schon einmal passiert. Mehr im Affekt, ohne dass er es beabsichtigt oder geplant hatte. Mit knapp 17 Jahren war er mit seinen Eltern an die italienische Adriaküste gefahren. Der letzte gemeinsame Urlaub, bevor sein Vater nach Berlin versetzt worden und die Ehe seiner

Eltern den Bach hinuntergegangen war. Sie erlaubten ihm, abends mit den Jugendlichen, die er am Strand kennengelernt hatte, um die Häuser zu ziehen. Sie tranken billigen Wein aus dem Supermarkt an der Promenade, legten sich in den noch von der Sonne aufgeheizten Sand und rauchten ihre ersten Joints. So fühlte sich für ihn Freiheit an.

Natürlich waren damals auch Mädchen dabei gewesen, vor allem eine blondgelockte Französin, Magali, hatte es ihm angetan und er buhlte jeden Abend um ihre Gunst, indem er den großen Zampano raushängen ließ. Er besorgte Baileys oder Kokoslikör für die Mädchen, die den Wein nicht mehr trinken konnten, prahlte mit sexuellen Abenteuern, die er nie gehabt hatte, vor den anderen Jungs. Stets darauf bedacht, dass Magali ihre anerkennenden Pfiffe mitbekam, wenn sie mit den anderen Mädchen tuschelte. Wirklich miteinander gesprochen hatten sie nicht, die Sprachbarriere war zu hoch. Er wusste nur, dass sie 15 Jahre alt war und aus der Nähe von Paris kam.

An seinem letzten Abend hörte sie auf, ihn zappeln zu lassen, und zeigte erstmals deutlich mehr Interesse als an den Tagen zuvor. Sie kamen sich näher, ihre Hände berührten sich wie zufällig, als sie sich eine Zigarette teilten, sie schauten sich immer länger in die Augen. Die Anspannung in ihm drohte ihn zu zerreißen.

Als sich der Alkoholvorrat leerte, erklärte er sich bereit, für Nachschub zu sorgen. Sie begleitete ihn und ergriff nach wenigen Metern seine Hand. Er war am Ziel und zog sie hinter die Strandhäuschen, die knapp 100 Meter von ihrem abendlichen Lager entfernt standen. Ihrer beider Atmung wurde hektischer, sie küssten sich. Magali schmeckte süß und rauchig zugleich, er hatte nie etwas Besseres gekostet. Mit steigender Erregung gingen seine

Hände auf Wanderschaft. Sie ließ ihn gewähren und hauchte ihm ihren heißen Atem in den Nacken. Diese zarte Haut, die knospenartige Form ihrer Brüste. Es brachte ihn um den Verstand. Er wollte mehr, doch als er seine Hand unter ihr Strandkleid schieben wollte, hielt sie ihn zurück. Fragend schaute er sie an. »Please«, hauchte er. »I want you so much. I love you. Je t'aime, Magali.« Sein Kopf war leer, so weit war er noch nie gekommen.

Sie lachte nur und warf kess ihre Haare zurück. »No, we're just playing.« Sie zwinkerte ihm zu und wollte ihn erneut küssen. Doch er drehte sich weg. Für ihn war das kein Spiel. Er hatte die ganze Zeit auf diesen Moment hingearbeitet.

An das, was dann passierte, konnte er sich heute nur noch dunkel erinnern. Diese unbändige Wut, die plötzlich in ihm aufstieg, ließ ihr lachendes Gesicht zu einer verzerrten Fratze werden. Das Blut in seinen Ohren rauschte, er hörte nur das harte Pochen seines Herzens. Sie bewegte die Lippen, aber er nahm keine Worte wahr.

Er packte ihren Kopf mit beiden Händen, schaute in ihr lachendes Gesicht und schmetterte ihn dann mit voller Wucht gegen die Holzwand des türkisen Strandhäuschens. An die Farbe konnte er sich noch genau erinnern. Vor allem daran, dass sie langsam an der Wand entlang zu Boden rutschte und eine dunkelrote Blutspur auf dem Türkis hinterließ.

Er realisierte erst später, was da genau geschehen war. Aber in diesem Moment reagierte als Erstes sein Fluchtinstinkt und er rannte zur Ferienwohnung zurück, die seine Eltern für diesen Urlaub gemietet hatten. Ob Magali noch atmete, als er sie verließ, wusste er nicht. Ob und wann man sie gefunden hatte, ebenso wenig. Er verbrachte eine schlaflose Nacht in Angst, für seine Tat zur Rechenschaft gezogen zu werden. Aber nichts passierte. Auch nicht, als sie die Heimfahrt antraten und nach wenigen Stunden die Grenzen überquerten. Es gab damals weder Internet noch Facebook, Handys waren wenig verbreitet. Von seinen Strandbekanntschaften kannte er gerade mal die Vornamen. Und sie seinen.

Oliver.

22

Es hatte vier Kaffee gebraucht, bis Veronikas Hirn wieder einigermaßen funktionierte. Francesco hatte ihr für die Arbeit zwei dick belegte Käse-Schinken-Ciabatta mit Pesto und Rucola sowie winzig kleinen Tomaten mitgegeben, damit sie sich in Ruhe mit ihrer Recherche beschäftigen konnte und nicht in die Kantine musste. Er wusste, dass sie in solchen Situationen die Zeit für sich brauchte. Sie hatte immer schnell das Gefühl, dass alle sie beobachteten oder über sie sprachen, und das lenkte sie nur ab.

Sie nahm die erste Akte zur Hand, die der Kurier aus Frankfurt heute Morgen in ihrem Büro abgegeben hatte.

»POLENTA-MORDE«, stand dort in Großbuchstaben auf dem Pappdeckel. Oh, Mann.

Sie fing an, die alten Berichte durchzulesen, die sie zum Teil selbst verfasst hatte.

Im Mittelpunkt der Ermittlungen hatte damals eine der hessischen Mafia-Größen gestanden, Paolo Gattuso, genannt Il Gatto, die Katze, weil er sich raubtierartig und nahezu lautlos durch das Milieu bewegte. Es war um Schutzgelderpressung und mehrere Morde gegangen, weswegen man die Mordkommission zu den Ermittlungen hinzugezogen hatte. Für Veronika war der weitreichende Fall damals eine große Chance. Sie war seit einem Jahr bei der Mordkommission und hatte bisher nur kleinere Fälle zugeteilt bekommen. In diesem Fall aber unterstützte sie direkt den leitenden Ermittler und war in vorderster Reihe dabei.

Und erhielt so auch Einblick in die dunklen Seiten des Präsidiums. Sie deckten nach und nach auf, dass mehrere Kollegen auf der Gehaltsliste der italienischen Mafia standen. Eine Tatsache, die lange eine beklommene Stimmung auf das Team legte. Wie war das mit den Augen aushackenden Krähen? Ihr Glaube an Justiz und Gerechtigkeit wurde in diesen Monaten in seinen Grundfesten erschüttert.

Monatelang ließ sich Gattuso nichts nachweisen. Wenn sie Hinweise fanden, wie Fingerabdrücke oder DNA-Spuren, und diese einem konkreten Täter in der Datenbank zuordnen konnten, dann war es so sicher wie das Amen in der Kirche, dass dieser der nächste Tote auf ihrer Liste sein würde. Sie kam sich lange wie bei einem überdimensionalen Brettspiel vor, bei dem ein Unbekannter im Hintergrund die Spielzüge plante und sie als Polizei immer einen Schritt hinterherhinkten.

Doch dann machte er einen Fehler. Eine seiner Geliebten packte aus, natürlich nur unter der Bedingung, dass man sie ins Zeugenschutzprogramm aufnehmen würde. Gattuso hatte ihren Bruder umbringen lassen, ohne von ihrer Verbindung zu wissen, und vor ihr großspurig damit geprahlt. Sie wusste, wann und wo er sich mit seinem Handlanger treffen würde, und erklärte sich bereit, den Ort zu verwanzen.

Es klappte. Die junge Frau bekam eine neue Identität und wurde an einen unbekannten Ort gebracht. Gattuso wurde wegen Anstiftung zum Mord und Mitgliedschaft in einer kriminellen Vereinigung überführt und verurteilt. Später wurden ihm, dank verschiedener Zeugenaussagen, weitere Morde nachgewiesen. Er verschwand für ein paar Jahre hinter Gittern.

Eine Notiz in den Akten ließ Veronika stutzig werden. Sie war kurz nach ihrem Wechsel ins Saarland hinzugefügt worden. Maria C., die gegen Gattuso ausgesagt und bei der Überführung geholfen hatte, war knapp ein Jahr später in ihrem Versteck überfallen, grausam gefoltert und ermordet worden. Dabei wurde ihr sechs Monate alter Sohn entführt.

Nach einer kurzen Recherche wusste sie, dass er bis heute spurlos verschwunden war.

Sie schluckte. Die Festnahme hatten damals alle als großen Erfolg ihrer Polizeiarbeit gefeiert. Doch ohne Marias Beitrag wäre Gattuso bis heute ein freier Mann. Veronika war sich nicht sicher, ob sie ihr das jemals gedankt hatten. Sie war schließlich diejenige, die alles riskiert und letztendlich verloren hatte.

Gattusos Platz an der Spitze der Organisation wurde von seinen zwei jüngeren Brüdern eingenommen, die für ihn die Geschäfte am Laufen hielten und sich ebenso unauffällig im Milieu bewegten wie ihr Bruder und Mentor. Frankfurts Kriminalstatistik zeigte folglich keine nennenswert rückläufigen Entwicklungen, im Gegenteil, es wurde einmal ordentlich aufgeräumt, um allen Beteiligten deutlich zu machen, dass so ein Verrat beim nächsten Mal weit schlimmere Auswirkungen haben würde.

Nur für Veronikas Karriere hatte sich die erfolgreiche Festnahme von Gattuso als nützlich erwiesen, sie wurde ernster genommen und man schickte sie zu ihrer ersten Profiler-Weiterbildung.

Gattuso selbst war noch im Gefängnis, aber der Vorfall mit Maria C. zeigte ihr, dass er von dort aus die Mäuse noch nach seiner Pfeife tanzen ließ. Aber war ihre Rolle in dem Fall für ihn so wichtig, dass er sie bis nach Saarbrücken verfolgen ließ? Sie hatte Maria damals zwar gut zugeredet und ihr das Zeugenschutzprogramm schmackhaft gemacht, aber in den Ermittlungen war sie ein kleines Licht gewesen. Und warum gerade jetzt?

Sie legte die Akte zur Seite. Dies würde ihr Vielleicht-Stapel werden, auf den die möglichen Auftraggeber für Anschläge auf sie einsortiert wurden. Ihr kamen Zweifel, ob das wirklich die richtige Vorgehensweise war. In keinem ihrer bisherigen Fälle war sie so wichtig gewesen, zumindest meinte sie das in der Retrospektive. Jeder andere Kommissar hätte sie auch lösen können.

Becker kam rein. Er sah unverschämt erholt aus. Wieso war er so entspannt?

»Morgen, Chef«, schleuderte er ihr mit seiner sonoren Stimme entgegen. »Wie laufen die Recherchen? Geht es Ihnen besser?«

Veronika war sich nicht sicher, wie sie seinen leicht amüsiert wirkenden Blick deuten sollte. Machte er sich über sie lustig? Sie wippte mit dem Kopf hin und her, bis sie sich dabei grenzdebil vorkam und schnell hinterherschob: »Es geht schon, habe nicht so gut geschlafen. Aber bei den Recherchen komme ich einigermaßen voran. Das Problem wird sein, einen Auslöser zu finden. Warum passiert das Ganze gerade jetzt? Viele der Fälle liegen ja schon Jahre zurück, die meisten sind noch hinter Gittern. Und bei Ihnen, gibt es schon etwas Neues? Hat Thiel seinen Bericht zu der toten Frau geschickt? Wir sollten ein weiteres Team-Meeting einberufen, es gibt sicher einiges zu tun.«

»Nur keinen Stress, Hart. Ich kümmere mich um alles. Uns liegen sowohl der finale Bericht der KTU zum Unfallwagen als auch der vorläufige Befund von Thiel vor. Das Auto wurde tatsächlich manipuliert, wie bereits vermutet, und zwar sehr geschickt. Die Analysten haben erst mit dem Mikroskop deutliche Kratzspuren erkennen können. Da wusste jemand genau, was er tat. Aber das war keine schnelle Nummer. Dass das beim Zwischenstopp zum Kaffeeholen passiert ist, schließen die Experten aus. Dafür musste man wohl zu genau arbeiten. Die Kollegen befragen die Mechaniker, die für den Fuhrpark in den letzten Tagen zuständig waren. Das Auto hat dummerweise vor der Fahrt vier Tage im Hof gestanden. Das heißt, dass wir den genauen Manipulationszeitpunkt noch nicht eingrenzen können. Es ist also auch möglich, dass der Anschlag nicht Sie treffen sollte, sondern generell gegen die Polizei gerichtet war. Wenn Sie aber tatsächlich Ziel des Anschlags waren, und das ist die Option, die wir ja hauptsächlich verfolgen, dann reduziert sich die Personengruppe in dem Zeitraum, nachdem Sie das Fahrzeug reserviert hatten, auf drei Personen. Einer davon ist heute früh nicht zum Dienst erschienen. Die Kollegen sind gerade auf dem Weg zu seiner Wohnung.«

Veronika hörte aufmerksam zu.

»Wissen Sie«, sagte sie. »Es ist schon komisch. Wenn es wirklich jemand auf mich abgesehen hat, dann muss das Ganze in kürzester Zeit organisiert worden sein. Ich meine, die Spritzen im Fernsehstudio, das ließ sich planen. Es gab öffentliche Ankündigungen im Vorfeld, dass ich an der Sendung teilnehmen würde. Da sie live war, kannte man den genauen Termin. Er stand in jeder Fernsehzeitschrift. Und dann mein Name auf diesem dämlichen Klebeschild. Auch wenn das erst am Vortag angebracht wurde, wenn die Aussage des Aufnahmeleiters stimmt.«

Becker nickte zustimmend, er wusste, worauf sie hinauswollte. Veronika fuhr fort:

»Dann ist das schiefgelaufen, der Fall wird uns zugeteilt. Ich habe das Auto vor wenigen Tagen für meine Fortbildung gebucht. Dass ich es früher abholen lasse, hatte sich ja erst kurzfristig ergeben. Von meiner Fortbildung wusste kaum jemand, nur intern ein paar Kollegen. Wer hätte diesen Schritt also vorhersehen können?«

Veronika vergaß in dem Moment, dass ihr ein Münchner Kollege einige Tage vorher auf ihr Facebook-Profil geschrieben hatte, dass er sich auf das Wiedersehen in Wiesbaden freue. So intern war diese Information ab dem Zeitpunkt nicht mehr. Im Gegenteil. Alle ihre Freunde auf Facebook, und vor allem die eine, die sich als solche ausgab, konnten es lesen.

Und da Dimitri ihr gesteckt hatte, dass alle Dienstreisen der Polizei mit Dienstfahrzeugen bestritten wurden, stand seit diesem Zeitpunkt »Wiesbaden« auf Corinna Petrovas Plan B.

23

Corinna hatte schon lange nicht mehr so gut geschlafen. Ihr Plan stand und es hatte sie mit vorauseilender Vorfreude erfüllt, sich vorzustellen, wie diese dämliche Kuh von Hauptkommissarin aus der Wäsche schauen würde, wenn nach und nach ihr Umfeld auseinanderbräche, weil es einer nach dem anderen mit der Angst zu tun bekäme.

Allein diese zwei besten Freundinnen, denen sie die Spitznamen Dick und Doof verpasst hatte, würden ihr nicht lange die Treue halten, sobald sie in den Fokus gerieten.

Sie hatte es ja selbst erlebt. Freundinnen fürs Leben gab es nicht. Wenn es schwierig wurde, war man schnell wieder allein. Sie hatte das früh gelernt. Mit drei älteren Brüdern war sie durch eine harte Schule gegangen, was Vertrauen in andere Menschen anging. Ihre Mutter war früh gestorben und ihre Brüder hatten sie lange vergöttert und beschützt. Sie war schon als junges Mädchen außergewöhnlich schön gewesen, mit langen Beinen, schmalem Körper und stechend hellblauen Augen. Der ganze Stolz ihres Vaters. Sie musste aber auch dafür sorgen, dass rechtzeitig das Essen auf dem Tisch stand und genügend Schnaps im Schrank war. Die wechselnden Partnerinnen ihres Vaters, wenn man sie so nennen konnte, hielten es nie lange in der Familie aus. Die kleinen Gefälligkeiten, die er schnell von ihnen für sich und seine Freunde erwartete, waren den meisten zuwider. Dazu noch ihre halbstarken Brüder, die keine Gelegenheit ausließen, jeder Frau, die ihnen begegnete, sexuelle Avancen zu machen.

Mit zwölf Jahren bekam sie ihre Regel und ein leichter Busenansatz wuchs unter ihren dünnen T-Shirts.

Zu diesem Zeitpunkt kippte die Stimmung zu Hause. Ihre Brüder wurden zudringlicher, ließen anzügliche Sprüche in ihre Richtung fallen und behandelten sie grober als sonst. Ihr Vater, dem sie versuchte, ihr Leid zu klagen, schnauzte sie an, sich nicht so anzustellen. Sein väterliches Interesse an ihr schwand mit den ersten Anzeichen ihrer Weiblichkeit. Er war ständig unterwegs und kam oft mehrere Nächte nicht nach Hause.

Sie fingen an, Geld von ihren Freunden zu nehmen, damit sie sie anfassen durften. Sie ekelte sich vor den klebrigen Händen, die ihren jungen Körper erforschten. Vor dem Geruch ihres Atems, wenn sie ihr Schweinereien ins Ohr flüsterten. Doch sie fürchtete die Schläge, wenn sie sich widersetzte. Die drei zögerten keine Sekunde, sie vor allen Jungs grün und blau zu schlagen oder sie an den Haaren über den Boden zu zerren. Doch wenn sie am Schluss das Geld zählten und unter sich aufteilten, war alles wieder gut und sie waren liebenswürdig wie zu den besten Zeiten. Corinna fühlte sich wie in einem schlechten Traum.

So lief es einige Male, den ganzen Sommer lang, bis zu ihrem 13. Geburtstag. Sie hatten ihr als Wiedergutmachung eine Party mit ihren Schulfreundinnen versprochen. Sie hofierten sie, brachten sie zum Friseur und kauften ihr ein schickes Kleid, das sich eng an ihren wachsenden Körper schmiegte und mit dem sie sich einige Jahre älter fühlte. Nie hätte sie gedacht, dass ihr Vater ihr so ein Kleid erlauben würde. Aber er war schon einige Tage nicht mehr zu Hause gewesen.

Die Party sollte eine große Überraschung sein. Ihre Brüder verbanden ihr die Augen und fuhren mit ihr eine gefühlte Ewigkeit durch die Gegend, bis sie ungeduldig wurde.

Als sie ihr schließlich die Augenbinde abnahmen, fand sie sich in einem Abbruchhaus wieder. Es stank bestialisch nach Urin, überall lag Müll und es war bitterkalt.

Statt ihrer Schulfreundinnen hatten sich zehn junge Männer dort versammelt, von denen sie einige schon einmal aus der Nähe hatte ertragen müssen. Sie verstand die Welt nicht mehr und fühlte sich mit ihrem neuen Kleid, den frisch gelockten Haaren und den roten Sommerschuhen fehl am Platz. Alles war so schäbig. Wenn sie sich zurückerinnerte, war das der Moment gewesen, in dem sie ihre seelische Unschuld und das Vertrauen in die Menschheit verloren hatte.

Alle johlten, als sie den Raum betrat, und ihre Brüder befahlen ihr, sich auszuziehen. Sie waren völlig high, das hatte sie vorher nicht gemerkt. So groß war ihre Vorfreude auf die Party gewesen.

Eine fleckige Matratze lag in der Mitte des Zimmers. Mit zitternden Fingern nestelte sie an ihrem Kleid, Tränen liefen ihr übers Gesicht. Dann stieß sie ihr Bruder rücklings auf die Matratze.

Die Anwesenden fingen an, Zahlen in den Raum zu rufen. Aufsteigend. Sie verstand erst später, dass das eine Auktion war. Man bot auf sie. Bei 350 klatschte ihr ältester Bruder in die Hände. Sie war verkauft. Für 350 Mark ging ihre Jungfräulichkeit über den Tisch. Die Partygäste jubelten. Sie wünschte sich nichts sehnlicher, als aus diesem Albtraum aufzuwachen.

Darauf folgten die schlimmsten Stunden ihres Lebens. Nachdem der Erste sie vor allen Augen zerrissen hatte, folgten die anderen in der Reihenfolge, in der sie aus dem

Bieterverfahren ausgestiegen waren. Jeder kam dran. Und sie wusste bis heute nicht, wie sie das überlebt hatte. Ihr Körper hatte während der Vergewaltigungen nicht ihr gehört, sie hatte sich von einem fernen Punkt selbst beobachtet, die Schmerzen ausgeblendet, die Scham verdrängt. Sie hatte sich nur schmutzig und kaputt gefühlt und noch auf der Heimfahrt nach ihrem Martyrium mehrfach das Bewusstsein verloren. Danach hatte sie wochenlang hohes Fieber, lag apathisch im Bett und behielt kein Essen in sich. Sie wollte nur noch sterben. Doch sie starb nicht.

Ihr Vater erfuhr von der »Party« ihrer Brüder durch Zufall erst Monate später über einen seiner Geschäftspartner, dessen Sohn daran teilgenommen hatte. Danach änderte sich ihr Leben erneut.

Er rastete komplett aus, verprügelte seine Söhne gemeinsam mit ein paar Handlangern so sehr, dass alle drei ins Krankenhaus eingeliefert wurden, der Jüngste musste wegen eines Milzrisses operiert werden.

Sobald er transportfähig war, schickte ihr Vater alle drei zu seinem Bruder, ihrem Onkel, nach Wladiwostok. Corinna war seit dem Vorfall für sie Luft, sie ignorierten sie. Keine Entschuldigung, kein warmes Wort. Nur den Rest des Geldes, den sie mit ihr verdient hatten, nahm ihr Vater ihnen weg und legte ihr damit ein Konto an. Darüber sprechen konnte er mit ihr jedoch nicht.

Ihr war es egal. In ihr herrschte Kälte, jegliche Emotion war erloschen. Seitdem hatte sie ihre Brüder nicht mehr gesehen.

Als man sie dann mit 15 Jahren als Model entdeckte, nutzte sie die Gelegenheit zur Flucht aus ihrem alten Leben. Sie arbeitete in Paris, Mailand und New York. Ihre Agentur war zufrieden mit ihr, denn sie konnten sie überall einsetzen, sie war sich für nichts zu schade und verhielt sich, anders als viele ihrer Kolleginnen, freundlich gegenüber den Auftraggebern. Sie arbeitete hart und begeisterte die Kunden. Ihr Vater hatte alle Vollmachten unterschrieben, die die Agentur brauchte, und so konnte sie mit der Zeit den Kontakt zu ihm abbrechen. Sie war frei.

Erst bei Yevgeni hatte sie ihren Schutzpanzer ein bisschen fallen lassen und ein Stückchen Familiengefühl wiedergewonnen. Er war ein stolzer, schöner Mann. Unnahbar und gleichzeitig eine Sicherheit ausstrahlend, die ihn für alle in seinem Umfeld extrem anziehend machte. Corinna war bereit, alles für ihn zu tun. Er war überhaupt nicht wie die Männer in ihrer Familie, prollig, großkotzig und egoman, auch wenn er in ähnlichen Milieus verkehrte wie ihr Vater.

Er hatte ihr vom ersten Moment angesehen, welchen Schmerz sie in sich trug, der sie so eiskalt scheinen ließ, und akzeptierte es. Er gab ihr Halt, sie fühlte sich zum ersten Mal in ihrem Leben geborgen. Doch er wollte sie auch ganz für sich, ein Wunsch, der nicht mit ihrem Beruf zu vereinbaren war. Und sie war noch nicht bereit, ihre finanzielle Unabhängigkeit aufzugeben.

Er rastete immer häufiger aus, wenn sie bei Shootings leicht bekleidet war oder mit männlichen Models shootete. Aber er ließ sich besänftigen und sie war sich sicher, dass sie ihr Leben lang bei ihm bleiben würde. Sie funktionierten doch gut zusammen. Bis zu diesem einen Tag, der ihr Leben ein weiteres Mal veränderte.

Und heute saß sie hier, in einem kleinen, dunklen Apartment in Stiring-Wendels Arbeiterviertel, kurz hinter der Grenze zu Deutschland. Hier würde sie endlich Genugtuung finden, für alles, was man ihr angetan hatte. Veronika Hart würde ihr dabei helfen.

24

So langsam ging ihm die Kleine ein bisschen auf die Nerven. Wie viel Wind wollte sie denn noch um ihren bescheuerten Racheplan da machen? Und was hatte diese Kommissarin überhaupt damit zu tun? Was hatte die mit ihr zu schaffen?

Er kannte Corinna und ihre Familie schon ewig und hatte sie immer gern gemocht, als wäre sie seine eigene Tochter. Doch aktuell hatte er eigentlich ganz andere Sorgen, als ständig für ihre Spielchen seine Kontakte spielen zu lassen.

Die Araber wilderten in seinem Revier. Sie waren auf dem Vormarsch und schleusten billige Mädchen ins Land, die sie noch schlechter behandelten als er und seine Kollegen. Das waren arme Dinger, die er da manchmal zu Gesicht bekam, wenn sie auf seinen Straßenabschnitten entlangstöckelten. Sie setzten sie unter Drogen, nahmen ihnen die Papiere weg, vergewaltigten sie tagelang und verwandelten sie in Zombies, mit denen der Kunde für 50 Euro die Stunde seinen Spaß haben konnte, egal, womit. Darum musste er sich eigentlich kümmern und nicht um jämmerliche Informanten oder Dummejungenstreiche an Autos.

Weil er sie schon so lange kannte, hatte er nicht gezögert, als sie ihn um Hilfe gebeten hatte. Seit diesem unschönen Vorfall mit ihrem irren Exfreund hatte er sie mehrfach in Bremen besucht, wenn er in der Nähe war. Natürlich ohne ihren Vater zu informieren, der wollte von der Kleinen sowieso nichts mehr wissen. Für ihn trug sie letztendlich die Schuld daran, dass die Familie zerrissen war. Dass er seine Söhne hatte wegschicken müssen. Corinnas Vater war nie über diesen Verrat hinweggekommen.

Er selbst verstand ihre Wut gegen alles und jeden, aber sie hatte ihm bisher nicht erklärt, womit diese Saarbrücker Kommissarin ihren Hass auf sich gezogen hatte.

Letztendlich war es ihm auch egal. Sollte sie doch rumspinnen. Aber so langsam reichte es ihm, dass er ständig seine Ressourcen dafür einspannen musste. Jetzt auch noch diesen Jammerlappen von Polizisten-Junkie. Den hätte er sicher besser für andere Zwecke einsetzen können.

Ihm blieb nur zu hoffen, dass ihr nächster Plan besser aufgehen würde, damit er sich endlich aus der Nummer rausziehen konnte. Noch nicht einmal finanziell war bis jetzt etwas für ihn rausgesprungen. Und mit dem verätzten Gesicht konnte ihr Körper noch so schön sein, damit ließ sich kein Cent mehr verdienen.

Zwar brauchte er die Kohle nicht, davon hatte er mehr als genug, wenn nicht seine zwei schwachsinnigen Söhne wieder irgendeinen Box-Club oder ein Fitnessstudio finanziell an die Wand fuhren. Denn am Schluss war immer er derjenige, der die Schulden beglich, bevor das Finanzamt um die Ecke kam und seine Nase in die Familienangelegenheiten steckte.

Nach allem, was er in die Idioten schon reingebuttert hatte, würden seine Söhne bis zu ihrem Lebensende für ihn arbeiten müssen.

Wer weiß, vielleicht könnte Corinna die beiden ja mal mit ihrer Zielstrebigkeit und Energie anstecken, viel älter waren seine Jungs ja nicht.

Er schüttelte den Kopf. Wann würden sie ihn alle mit ihrer privaten Scheiße in Ruhe lassen und ihr verficktes Leben in den Griff bekommen?

Er nahm einen langen Zug an der filterlosen Zigarette, die minutenlang zwischen seinen gelblichen Fingerkuppen gehangen hatte, und langte nach dem goldenen Smartphone auf dem Tisch. Jetzt musste nur noch jemand dafür sorgen, dass der kleine Mechaniker beim Fensterputzen einen unschönen Unfall hatte. Geschwätzige Zeugen dieser Racheaktion konnte er nicht gebrauchen.

Außerdem würde er sich etwas einfallen lassen müssen, damit die dämlichen Araber ihm nicht noch mehr sein Geschäft kaputt machten. Vielleicht fiel ja der Kleinen etwas dazu ein, Racheaktionen waren doch ihr Spezialgebiet.

25

Max Langner lag in einem typischen Krankenhaus-Zweibettzimmer auf dem Saarbrücker Winterberg. Die Schmerzmittel wirkten und er fühlte sich leicht, fluffig und beseelt und freute sich über jeden Kollegen, der ihm vor oder nach dem Dienst einen kurzen Besuch abstattete. Alles war besser als der vorwurfsvoll leidende Blick seiner Freundin, jedes Mal, wenn sie sein Zimmer betrat. Als hätte er den Unfall extra gebaut.

Er war ein gefundenes Fressen für ihr ewiges Gejammere. Wasser auf die Mühlen der endlosen Argumentationsschleifen, dass sein Job zu gefährlich und er zu wenig zu Hause sei. Bestärkte ihre Vorwürfe, dass er sie ja sowieso nicht mehr liebte, weil er lieber mit seinen Kumpels zum Fußball oder in die Kneipe ging, dass er an ihrer gemeinsamen Zukunft zweifelte und so weiter.

Dass er nie da war, weil er im Grunde vor ihrem ständigen Gezeter davonlief, kam ihr überhaupt nicht in den Sinn. Dabei waren sie schon zusammen gewesen, als er bei der Kripo angefangen hatte. Es war sein Traum, er hatte sich reingehängt, um weiterzukommen und zu zeigen, was er draufhatte. Also sammelte er Überstunden, verschlang Fachliteratur und wurde schnell zu einem wichtigen Teil des Teams. Aber je selbstsicherer und stolzer er wurde, desto mehr nörgelte seine Freundin an ihm herum. Wieso zeigte sie nur so wenig Interesse an dem, was ihn begeisterte? Und verstand überhaupt nicht, dass er das nicht nur für sich, sondern auch für sie tat.

Doch nie reichten seine Bemühungen, immer ging es ihr zu langsam, er war zu selten da oder zu müde, wenn er nach Hause kam. Selbst über die Gehaltserhöhung, die er wegen seiner guten Leistungen früher als vorgesehen bekommen hatte, was eine absolute Ausnahme war, freute sie sich nur kurz. Er hatte sie extra schick zum Essen ausgeführt und war mit ihr sogar zu ihrer Lieblingsköchin Lea Linster nach Luxemburg gefahren. Doch nach zehn Minuten hatte sie wieder angefangen zu nörgeln.

Sein Zimmernachbar Ahmed, der beim Boxen ein bisschen zu heftig auf die Nase bekommen hatte, bemitleidete ihn schon offenkundig für seinen Beziehungsstatus. Und Max genoss es, sich endlich mal so richtig auszukotzen.

Aus solchen Situationen waren ja schon die besten Männerfreundschaften entstanden.

Ahmed war sowieso ein recht aufgeschlossener Geselle. Entweder er hatte ihn nicht verstanden, als er erzählt hatte, dass er bei der Polizei arbeitete, oder er glaubte, dass Aussagen im Krankenhaus nicht galten, weil er ja offiziell nicht im Dienst war.

Auf jeden Fall plauderte er offen über die illegalen Wetten in seinem Box-Club und die amphetamin-gedopten Kämpfer, die man bei clubinternen Fights gegeneinander aufhetzte. Die Besitzer des Box-Clubs, die Yuri und Aleksander Sokolov hießen, hatten es bei ihren Kämpfen gerne etwas blutiger, was ein spezielles Publikum aus der Unterwelt der gesamten Region anzog. Ahmed versicherte ihm glaubhaft, dass sich das Who's who der Saarbrücker Unterwelt dort die Klinke in die Hand gab.

Max war davon überzeugt, dass Ahmed nicht mehr lange leben würde, wenn er weiter so offen über diese Geschäfte quatschte. Aber er ließ ihn gewähren und verspürte aktuell wenig Lust, diese Informationen für später abzuspeichern. Sollte sich doch irgendwann das Dezernat für illegales Glücksspiel und Drogen darum kümmern. Vielleicht würde er ihnen wenigstens den Tipp geben. Er selbst musste jetzt erst einmal so schnell wie möglich auf die Beine kommen, um Veronika und sein Team wieder unterstützen zu können.

Sven Becker hatte bei seinem Besuch so entspannt und locker gewirkt, dass da sicher was im Busch war. Der Oberkommissar war lange sein Mentor gewesen und sie verstanden sich blind, aber was zeitweise hinter Veronikas Rücken abging, fand er oft übertrieben. Becker ließ keine Gelegenheit aus, sich neben ihr vor der gesamten

Führungsriege zu profilieren. Dabei konnte sie ja nichts dafür, dass sie ihn dann doch aufs Abstellgleis geschoben hatten, statt ihn zum Hauptkommissar zu befördern. Dafür machte er ihr das Leben zur Hölle, auch wenn sie es oft gar nicht merkte. Selbst wenn es heute schon etwas entspannter war, so prägten Beckers Launen doch immer noch die Stimmung im Team. Und die waren meistens nicht so rosig.

Max war sich sicher, dass sie ihn brauchten. Und deshalb musste er so schnell wie möglich wieder gesund werden.

26

Als die zwei Beamten in Sulzbach, einem der Saarbrücker Vororte, in dem der verdächtige Mechaniker wohnte, vorfuhren, hatte sich eine kleine Menschentraube neben dem Eingang versammelt. In barschem Ton wurden sie von einem der Anwesenden empfangen.

»Ihr ware awwer schnell do, wie geht'n das üwwerhaupt? Mir hann die Bulle doch grad erschd geruf«, rief er ihnen entgegen. »Normalerweis' sinner doch nit so fix, wenn hier was is.«

Kommissar Philipp Weissmann und sein Kollege ignorierten die bissigen Kommentare des Anwohners und schoben sich stoisch durch die wartende Menge. Im Zentrum der kleinen Gruppe lag der verdrehte Körper eines Mannes im mittleren Alter, südosteuropäischer Herkunft, tippte Weissmann mit Blick auf das kantige Kinn und die dunklen Locken des Toten.

Scheiße, dachte er. Ich wette, das ist unser Mann.

Er schaute in die Runde. Einige der Schaulustigen hatten ihre Smartphones gezückt und fotografierten oder filmten den schrecklichen Anblick. Endlich mal ein schönes Motiv fürs Familienalbum, dachte er bitter. Aber es half ja nichts, sie mussten eingreifen.

»Meine Herrschaften, wenn Sie jetzt alle mal ein paar Schritte zurücktreten würden. Und packen Sie verdammt noch mal die Scheißhandys weg. Ich glaube, es geht los. Hat man hier in dem Kaff denn gar keinen Anstand?«, blaffte er die Menge an und handelte sich von den Umstehenden ein paar bitterböse Blicke ein. Doch die Handys verschwanden. Immerhin.

Sein Kollege nickte ihm zu und fuhr fort:

»Wer von Ihnen kennt diese Person? Wohnte der Mann hier im Haus? Wann ist das passiert? Wer hat ihn gefunden? Ist Ihnen etwas Ungewöhnliches aufgefallen? Und hat irgendjemand den Körper angefasst, seit er hier liegt?«

So viele unbeantwortete Fragen trafen auf unbeteiligt auf den Boden schauende Gesichter. Die Anwohner schienen nicht die geringste Lust zu haben, einem »Bullen« überhaupt irgendetwas zu antworten. Erst als die herbeigerufene Streife als Verstärkung ankam, erhielten die beiden Kommissare zögerlich Antworten.

Bei dem Toten handelte es sich, wie Weissmann bereits

befürchtet hatte, um den gesuchten Arthur Kovar, der seit 15 Jahren als Mechaniker im Fuhrpark der Polizei arbeitete.

Gemeinsam mit den Streifenpolizisten, denen sie kurz den eigentlichen Grund für ihren Besuch vor Ort erklärt hatten, sicherten sie den Tatort und überließen dann die weitere Befragung den Beamten.

Die beiden Kommissare Philipp Weissmann und Björn Schneider nahmen den wacklig wirkenden Aufzug in die Wohnung des Opfers. Er wohnte, laut Zeugen und Beschriftung des Klingelschilds, im siebten Stock eines insgesamt 12-geschossigen Hochhauses. Die Haustür zum Flur war angelehnt, das Schloss aufgebrochen. In der kargen Dreizimmerwohnung war es still und dunkel. Nachdem sie gemeinsam die Räume gesichert hatten, schauten sie sich um.

Im Wohnzimmer erwartete sie ein Chaos. Offensichtlich hatte hier ein Kampf stattgefunden. Überall lagen Kissen, Gläser und Zeitschriften auf dem Boden. In der Küche war ein Topf frisch gekochter Spaghetti vom Herd gerissen worden, der noch sanft vor sich hin dampfte.

Was immer sich hier zugetragen hatte, konnte noch nicht lange her sein. Sie hatten es knapp verpasst.

Die Balkontür war von innen verschlossen. Draußen lagen zwei umgekippte weiße Plastikstühle und bröcklige Blumenerde verteilte sich auf dem gefliesten Boden.

Sie schauten über die Brüstung hinunter. Sieben Stockwerke erschienen unendlich hoch. Unter ihnen fuhr gerade das Auto der Spurensicherung vor. Sie würden die Leiche kurz untersuchen, bevor der Leichenwagen sie ihnen ins Labor bringen würde.

Von den Schaulustigen waren viele in ihre Wohnungen zurückgekehrt und spähten neugierig hinter den Vorhängen aus ihren Fenstern.

Arthur Kovar war nicht aus freien Stücken gesprungen. So viel stand fest. Es hatte Streit gegeben, es war zum Kampf gekommen, am Schluss hatte er mit seinem Leben bezahlt. Selbst wenn die Kampfspuren andere Gründe haben konnten, zeigte ihnen die zugeschlossene Balkontür deutlich, dass hier noch mindestens ein Unbekannter beteiligt war.

Philipp Weissmann rief im Präsidium an. Eine halbe Stunde später standen zwei weitere Kollegen in der Wohnung und durchsuchten die Unterlagen und Habseligkeiten ihres verdächtigen Toten, während die Spurensicherung sich am Balkon und im Wohnzimmer zu schaffen machte.

Der junge Beamte betrachtete lange die Spaghetti in der Küche, während er dort nach Hinweisen suchte. Wie schnell es vorbei sein konnte. Er stellte sich lebhaft vor, dass Kovar seinen oder seine Besucher nicht erwartet hatte und von den Einbrechern überrascht worden war. Wahrscheinlich hatte er einen riesigen Hunger gehabt und sich auf die dampfenden Nudeln gefreut, ein Glas mit scharfer Tomaten-Chili-Soße stand noch erwartungsvoll auf der Anrichte. Und dann war es vorbei. Ein Streit, ein Kampf, ein Abflug.

Doch wie hing dieser Kovar mit ihren Ermittlungen zusammen? Steckte er hinter den Anschlägen, auch dem im Fernsehstudio? Sie mussten sein Leben auf den Kopf stellen, bis sie Hinweise fanden. So lange würde er sich auf sein Bauchgefühl verlassen. Und das sagte ihm, dass hier etwas gehörig nicht stimmte – und dass er Hunger hatte. Auf Nudeln.

27

Die Mädels waren nervös, das merkte man ihnen an. Schon seit Stunden saßen sie zusammengekauert in der Küche des Bordells, kauten an ihren Fingernägeln und schauten panisch in die Runde. Immer wenn eine von ihnen um die Ecke gebracht wurde, verbreitete sich die Nachricht wie ein Lauffeuer. Die Nutten waren untereinander gut vernetzt. Auch wenn es dieses Mal eine vom Straßenstrich erwischt hatte, die nicht zu seinem Bestand gehörte, machte ihn so etwas wütend.

Er hatte heute schon den ganzen Tag am Handy gehangen und sich umgehört. Er wollte wissen, ob diese Araber dahintersteckten, denn wenn sie jetzt anfingen, sich gegenseitig die Mädels abzuräumen, dann war Krieg angesagt. Von ihm aus konnte man in die Reviere eindringen, Flyer und Plakate verteilen und mit billigen Angeboten locken. Aber die Ware anzufassen, das war tabu.

Und wenn er seinen Mädchen glauben durfte, dann wurde das arme Ding ganz schön übel zugerichtet. Er würde heute Abend seine Jungs auf Streife schicken müssen. Die meisten der Prostituierten, die für ihn arbeiteten, taten dies zwar in Bordellen und Laufhäusern, in denen er besser für ihre Sicherheit garantieren konnte, aber einige wenige standen sich auch noch die Füße auf der Straße platt. Das war nicht seine beste Ware, aber für den Straßenstrich reichte es. Auf sie verzichten wollte er allerdings auch nicht.

In dem Moment stiefelte sein Sohn Yuri in den schummrigen Aufenthaltsraum und fing an, mit den Mädels zu schäkern. Dass diese nur müde lächelten und gar kein Interesse für ihn zu haben schienen, juckte ihn nicht. Er hatte ein Monster großgezogen, das sich für den Nabel der Welt hielt. Dimitri verdrehte die Augen.

»Yuri, lass den Scheiß und komm mit in mein Büro. Wir haben etwas zu klären«, schnauzte er ihn harsch an und ging vor durch den dunklen engen Flur in einen fensterlosen Raum am Ende des Ganges.

Sein Sohn war ihm stumm gefolgt und ließ seinen massigen Körper in einen roten Ledersessel fallen.

»Was ist denn schon wieder?«, fragte er genervt.

»Kriegst du gar nichts mit? Die haben ein Mädel von Oscar zu Brei geprügelt und im Bach ertränkt, gleich hinten im Deutschmühlental. Das ist nicht witzig, wir müssen die Augen aufhalten und ich will, dass du dich auch in deinen Kreisen umhörst. Wir hatten die ganze Zeit Ruhe mit so einem Scheiß – leben und leben lassen. Wenn die Araber denken, damit ein Signal ihrer Stärke zu setzen, dann stehen die Zeichen auf Krieg, das sag ich dir.«

Yuri schaute ihn mit einem gelangweilten Schlafzimmerblick an. Dimitri wusste, dass er seine Befürchtungen, dass die Araber Krieg wollten, nicht teilte. Im Gegenteil, mit einigen von ihnen war er wegen seiner Sportwetten in Kontakt.

»Und was ist, wenn einfach nur einer dieser beschissenen Freier durchgedreht hat? Was ist, wenn der Angst hatte, dass seine Alte das spitz bekommt oder die Nutte nicht richtig performt hat? Musst du hinter allem und jedem gleich eine Kriegserklärung sehen? Bleib doch mal locker.«

Dimitri kochte vor Wut. Dieser nichtsnutzige Bastard. Wollte er ihm jetzt erklären, wie das Geschäft lief? Er hatte schon mehrfach gesehen, was durchgedrehte Freier anrichten konnten, aber wenn es stimmte, was man sich erzählte, dann war hier eine immense Aggression im Spiel gewesen.

»Hör dich einfach um! Und sag deinem Bruder Bescheid, er soll das Gleiche tun. Und haltet euch von diesen Arabern fern, wenn ich da etwas mitbekomme, dann wird es ungemütlich für euch. Und jetzt Abmarsch, bevor ich mich vergesse«, zischte Dimitri ihm zu.

»Ach so, habt ihr das mit dem Mechaniker erledigt?«, rief er ihm nach, als sein Sohn achselzuckend den Raum verließ.

»Ja, Chef. War kein Problem. Er hatte einen angenehmen Flug.«

28

Der Tag kam ihr endlos vor, auch wenn es erst 17.00 Uhr war, als Veronika ihr Büro verließ. Sie konnte nicht mehr. Ihr Kopf rauchte und es ließ sich kein klarer Gedanke mehr fassen. Von ihren eigenen Fällen hatte sie kaum etwas mitbekommen, außer am Rande, dass der verdächtige Mechaniker vor seinem Wohnhaus tot aufgefunden worden war.

Die Kollegen hatten vor Ort eine aufgebrochene Wohnungstür und eine von innen abgeschlossene Balkontür sowie Kampfspuren entdeckt. Man konnte also von einem Gewaltverbrechen ausgehen. Wieder ein Mord.

Und das hatte wirklich alles mit ihr zu tun?

Sich mit der Vergangenheit zu beschäftigen hatte sie mehr aufgewühlt, als ihr lieb war. Die Fälle erinnerten sie an ihr Leben in Frankfurt, an den Druck, dem sie auch dort schon ausgesetzt gewesen war, ihren Ehrgeiz, sich durchzubeißen, egal, was sie erwartete.

Ihre ehemalige Kollegin Anna Berger, mit der sie am Nachmittag länger telefoniert hatte, versprach, sich im Umfeld ihrer alten Fälle einmal umzuhören und mögliche Kontakte ins Saarland zu checken.

Das hatte Veronika damals schon an Anna beneidet. An jeder Hand hingen ihr mindestens zehn kleinere – manchmal auch größere – Kriminelle, die ihr einen Gefallen schuldeten und für sie ihre Fühler ausstreckten. Dabei hatte Anna ihres Wissens nach nie selbst gegen die Regeln verstoßen oder sich in irgendeiner Form strafbar gemacht, indem sie mal zwei Augen zugedrückt hatte. Es war einfach ihre Art, wegen der man das Bedürfnis hatte, sich mit ihr zu verbrüdern. Einfach weil sie einem das Gefühl gab, ein besonders wichtiger Mensch in ihrem Leben zu sein. Damit hatte sie überall Erfolg. Aber es war unmöglich, sie darin zu kopieren.

Veronika dachte länger über Anna Berger nach. Sie war nur einige Jahre älter als sie und eine kernige Frau, die das richtige Maß an Weiblichkeit ausstrahlte, gepaart mit einer wahnsinnigen Präsenz. Veronika konnte sich nicht erinnern, dass man sich mit Anna ähnliche Zoten und Späße erlaubt hatte wie mit ihr.

Und Anna hatte kein Frauen-Förderprogramm gebraucht, um Hauptkommissarin zu werden. Sie war immer noch auf Frankfurts Straßen unterwegs und machte Jagd auf die ganz großen Fische im Milieu und außerhalb.

Veronika hätte sich gerne noch mehr von ihr abgeschaut. An Annas Seite konnte man Veronika nichts anhaben. Die gemeinsame Zeit in einer Abteilung war dann aber schließlich zu kurz gewesen und Veronika nahm sich vor, zukünftig öfter den Kontakt zu ihrer alten Mentorin zu suchen. Sie tat ihr gut.

Jetzt würde sie erst einmal ihre eigenen Fälle lösen müssen, ohne Ablenkung aus der Vergangenheit. Aber heute war sie dafür zu erschöpft.

Sie hatte sich noch nicht einmal auf die neuen Ergebnisse aus Thiels Obduktionsbericht der jungen Frau konzentrieren können. Becker hatte ihr zwar im Vorbeigehen ein kurzes Resümee gegeben, aus reinem Pflichtbewusstsein, ohne wirkliches Interesse an ihr oder dem Fall an sich. Aber sie wurde den Eindruck nicht los, dass er sie am liebsten komplett raushalten wollte. Vielleicht, um selbst die Lorbeeren einzuheimsen? Oder doch um sie zu schützen?

Sie klickte auf den Anhang der E-Mail, die Thiel heute Mittag schon geschickt hatte.

Sie überflog die Beschreibungen der Verletzungen, die das Opfer erlitten hatte. Darunter waren mehrere Knochenbrüche, unter anderem so ziemlich alle Knochen in ihrem Gesicht, Blutergüsse und abgebrochene Zähne. Außerdem hatte sie jeweils einen Riss in Leber und Milz und zwei Rippen hatten sich in den unteren Teil des rechten Lungenflügels gebohrt. Veronika hoffte nur für die Frau, dass sie schnell ohnmächtig geworden war. Sie wollte sich kaum ausdenken, welche Kräfte da auf sie eingewirkt hatten, um solche Schäden zu verursachen. Zum Tod hatte schließlich das Wasser geführt, in das man sie gezerrt hatte. Sie war ertrunken, das hatte Thiel an den Wasserrückständen in ihrer Lunge festmachen können.

Laut Akten schätzte der Pathologe die Tote auf 21 bis 25 Jahre, er vermutete aufgrund ihrer Konstitution einen osteuropäischen Hintergrund und stellte nach einigen weiteren Untersuchungen fest, dass sie wohl beruflich dort in der Nähe unterwegs gewesen war.

Zumindest wies ihr Körper deutliche Spuren auf, die für Prostituierte auf der Straße typisch waren.

Das arme Ding.

In den Vermisstenanzeigen war laut Sylvia Meyer, einer jungen Kollegin, die erst seit Kurzem ihre Einheit verstärkte, keine passende Beschreibung aufgetaucht, was für das Milieu nichts Ungewöhnliches war. Die Kollegen von der Sitte waren aber informiert worden und hörten sich um.

Veronikas Kopf fing langsam an, sich zu drehen. Allein die Vorstellung der Verletzungen und der damit verbundenen Schmerzen, die die junge Frau vor ihrem Tod erlebt haben musste, ließen in ihr die Übelkeit aufsteigen.

Sie brauchte frische Luft und wollte nur noch nach Hause. Zu Rocky. Und zu Francesco.

Sie könnten spontan Ella und Theresa zum Essen oder nur auf einen Wein einladen. Das würde sie sicher auf andere Gedanken bringen.

Veronika fuhr ihren Rechner runter, huschte die Flure entlang bis in die Tiefgarage und schwang sich auf ihr Rennrad, nicht ohne vorher dreimal genau den Reifendruck und die Bremsschläuche zu prüfen. War sie schon paranoid?

Mit schnellen Tritten in die Pedale überquerte sie die Saar und erreichte atemlos ihre Wohnung in St. Arnual. Sie hatte sich nach jedem langsam fahrenden Auto und allen Passanten umgeschaut, die ihr irgendwie verdächtig vorgekommen waren. Das konnte doch unmöglich so weitergehen.

Erleichtert schloss sie die Tür zu ihrer kleinen Wohnung auf und hörte vertrautes Geschnatter aus dem Wohnzimmer. Von der Couch grinsten sie Ella und Theresa an, jede ein großes Glas Rotwein in der Hand.

»Was macht ihr denn hier?«, fragte sie überrascht und schaute Francesco an, der pfeifend mit einem großen Teller Antipasti aus der Küche tanzte und ihr einen dicken Kuss gab.

»Ciao, amore. Ich dachte mir, dass du nach deinem Tag ein bisschen Ablenkung gebrauchen könntest. Ich habe alles vorbereitet. Essen, Film und Musik. Ihr macht einen Mädelsabend und ich treffe mich derweil mit einem ehemaligen Kommilitonen aus Kaiserslautern. Den hab ich schon ewig nicht mehr gesehen, ich dachte, das passt.« Er lachte sie verschmitzt an.

Francescos gute Laune nahm ihr mit einem Mal die ganze Last von den Schultern. Er war wirklich süß. Fast zu gut, um wahr zu sein. Und er wusste immer, was sie in jedem Moment brauchte. Er hatte hellseherische Fähigkeiten.

»Danke Schatz, du bist einfach toll. Wenn ich dich nicht hätte«, flüsterte sie ihm ins Ohr, während sie mit der Hand durch sein Haar fuhr.

Er lachte, küsste sie erneut und verschwand aus der Haustür.

»Hey, ihr Turteltauben, wir sind auch noch da. Süße, wie wäre es, wenn du uns auch mal begrüßen würdest, so, wie sich das gehört? Hast du uns vergessen?«, beschwerte sich Ella und Theresa nickte zustimmend. Ihre Freundinnen erhoben sich ächzend aus der grünen Samtcouch, die langsam zu tief und zu weich wurde. Veronika wusste, wie beschwerlich es war, sich aus der Couch herauszuschälen.

Sie grinste und schnappte sich zwei Flaschen aus der Küche. »Wie sieht es aus, Mädels? Noch einen Rotwein oder auf den Schreck lieber einen Prosecco? Ihr glaubt gar nicht, wie sehr ich mich freue, dass ihr da seid. Jetzt kann alles nur noch besser werden, was für ein beschissener Tag.«

Sie goss sich ein großes Glas Wein ein und stieß mit ihren Freundinnen an. Es wurde tatsächlich ein schöner Abend, trotz des Damoklesschwerts, das über Veronika zu hängen schien.

29

Was für ein erfolgreicher Tag. Ihr Plan war genial und simpel. Die Schadenfreude, die sie empfand, kribbelte angenehm unter ihrem Zwerchfell. Ein Gefühl, welches sie schon lange nicht mehr verspürt hatte.

Dimitri hatte am Telefon leicht genervt geklungen, sie musste aufpassen, dass sie seine Geduld nicht überstrapazierte. Aber er hatte zumindest den dusseligen Mechaniker aus dem Verkehr gezogen, bevor der sich verquatschte.

Sie hatte sich währenddessen auf das Umfeld dieser kleinen Kommissarin konzentriert. Ihr schnöseliger Italo-Lover würde als Erstes dran glauben. Über seinen Namen war sie ja bereits bei ihren früheren Recherchen gestolpert. Francesco Leone, das klang wie ein schlechter Porno-Name. Sie schüttelte den Kopf.

Die Bullen-Tussi wurde in letzter Zeit ständig von ihren Freundinnen zusammen mit ihm auf Facebook »markiert«, indem ihre Namen in irgendwelchen Posts zusammen erwähnt wurden. Und er versah jeden einzelnen der Beiträge mit einem zustimmenden Daumen nach oben.

Er schien in jedem Fall einer dieser Männer zu sein, die alles in den sozialen Medien kommentierten und dort quasi ein Online-Tagebuch ihres Lebens führten.

Auf seinem Xing-Profil sah sie, dass er zurzeit auf Jobsuche war.

Nichts leichter als das. Warum hatte man denn so ein großes Fertigungsunternehmen wie ZF vor der Tür? Sie kam jedes Mal daran vorbei, wenn sie in die Saarbrücker Innenstadt fuhr. Es wäre doch gelacht, wenn man für den Loverboy nicht ein lukratives Job-Päckchen schnüren und ihn damit aus der Reserve locken könnte. So würde er sich gleich sein eigenes Grab schaufeln, wie praktisch für sie.

Corinna lachte kehlig. Das war alles zu einfach. Wenn sie hier fertig war, würde sie sich ein spannenderes Hobby suchen. Wobei sie bis jetzt noch einen Heidenspaß hatte.

»So, mein Lieber, dann schauen wir doch mal, mit welchem Job wir dich ködern können.« Sie lachte wieder. »Wie witzig, in diesem Zusammenhang bekommt der Begriff ›Headhunter‹ ja eine viel passendere Bedeutung. Dann pass mal gut auf dein lockiges Köpfchen auf«, flüsterte sie, während sie seine neueste Statusmeldung auf Facebook las.

»Das nenne ich Arbeitsteilung! Während meine bessere Hälfte ihren Mädelsabend genießt, treffe ich mich gleich mit Matze, dem alten Haudegen. Mal sehen, ob wir getränkemäßig an die Kaiserslauterer Uni-Zeiten anknüpfen können.«

Corinna verdrehte die Augen.

Wen interessierte eigentlich das Leben von so einem Niemand? Aber diese Zurschaustellung seiner Nutzlosigkeit würde ja bald ein Ende haben.

30

Der Abend mit Matze war wie immer ein Highlight. Selbst wenn sie sich nicht mehr so oft sahen, stellte sich schon nach wenigen Minuten die alte Vertrautheit ein und sie knüpften fast nahtlos an die Gespräche ihres letzten Treffens an.

Matze hatte wie er Maschinenbau in Kaiserslautern studiert und war direkt nach dem Abschluss bei Bosch untergekommen, wo er recht erfolgreich an Motorteilen bastelte. Nachdem sie die neuesten Sportergebnisse ausgetauscht hatten, sprachen sie intensiver über Francescos Jobsuche und über die verschiedenen Möglichkeiten, die sich ihm jetzt, nachdem er einige Monate ausgesetzt hatte, boten.

»Weißt du, ich könnte mir sogar vorstellen, an die Uni zurückzugehen und dort zu promovieren. Überleg doch mal! Doktor Leone. Klingt doch nach einer Riesennummer. Kaiserslautern ist ja von hier nicht weit entfernt, das lässt sich locker pendeln und mit den paar Jahren Berufserfahrung bei Daimler könnte ich ein paar spannende Aspekte in die Forschung mit einfließen lassen.« Matze nickte zustimmend, während er an seinem Bier nippte, und Francesco fuhr fort.

»Das mit Veronika läuft auch super. Für mich wäre es unmöglich, jetzt einfach wegzugehen. Ich meine, die Frau hat mich echt umgehauen, auch wenn sie manchmal etwas schrullig ist und ihr Job sie ziemlich in Beschlag nimmt. Aber wir sind ja nicht mehr Anfang 20, und wenn Gefühle im Spiel sind, darf man mit so einer Beziehung doch nicht leichtfertig umgehen, oder? Ich meine, ich hatte vor zwei Wochen ein Hammer-Angebot von einer Werft aus Bremen. Wirklich lukrativ und ein tolles Arbeitsumfeld. Ich habe Veronika nichts davon gesagt und schon überlegt, ob ich es mir nicht wenigstens mal anschaue. Aber ich hab dann doch abgesagt, ich bin einfach nicht der Typ für eine Fernbeziehung, das weiß ich.«

Sein Freund konnte kaum glauben, was er da hörte. Das war doch nicht sein Kumpel Francesco, der nie etwas hatte anbrennen lassen und dem sein Job über alles ging. Da hatte wirklich die Liebe eingeschlagen.

Er schüttelte lachend den Kopf. »Oh Mann, dass ich so etwas noch mal erleben darf. Wo die Liebe hinfällt, was? Jetzt mach dir mal keinen Kopf, Alter. Du findest bestimmt was, hier gibt es genug in der Gegend. Und jetzt, wo du schon die richtige Frau gefunden hast, ist das Glück doch vorprogrammiert.«

Er bestellte zwei Schnaps, für sich und den Pantoffelhelden.

Als Francesco einige Stunden später die Tür seiner Wohnung aufschloss, fühlte er sich fast fremd in den eigenen Wänden. Seit Wochen war er kaum noch hier gewesen, höchstens zum Klamottenwechseln und Waschen oder um nach der Post zu schauen, wenn er sowieso in der Innenstadt war. Die meiste Zeit verbrachte er bei Veronika. Vielleicht sollte er die Wohnung untervermieten oder sich zumindest einen Mitbewohner suchen, um wenigstens bei der Miete zu sparen. Er arbeitete zwar noch ab und zu bei seinem Onkel im Restaurant, aber knapp wurde das Geld trotzdem. Wenn sich ihre Beziehung so weiterentwickelte, dann würde er mit Veronika reden. Wie hatte er eben zu Matze gesagt? Sie waren keine 20 mehr und irgendwann musste das Thema Zusammenziehen auf den Tisch. Auch wenn er nicht sicher war, ob das für sie bereits eine Option darstellte.

Da er schon vorher wusste, dass es spät werden würde, hatte er angekündigt, bei sich zu schlafen. Er nahm sich eine Flasche Bier aus dem verwaisten Kühlschrank, blätterte die Post durch, die sich auf dem Küchentisch stapelte, und checkte in Ruhe seine E-Mails. Später würde er ein paar Folgen einer Serie auf Netflix schauen, bevor er sich in sein kaltes Bett fallen ließ.

Eine E-Mail, die vor eineinhalb Stunden verschickt worden war und jetzt vor ihm auf dem Display flimmerte, weckte seine Aufmerksamkeit. Der Absender war eine Headhunter-Agentur aus Frankfurt, darauf deutete zumindest die Signatur hin. Interessiert las er den Text, dann ein zweites Mal. Sie waren auf sein Profil bei Xing gestoßen und hatten einen lukrativen Job bei ZF für ihn im Angebot. ZF war ein Hersteller für Antriebs- und Fahrwerkstechnik mit einem großen Produktionsstandort in Saarbrücken. Was war das denn für ein Zufall? Seine Glückssträhne hielt an. Matze hatte recht. Erst die Frau, dann der Job. Und was für einer. Es klang perfekt.

Als Produktionsmanager sollte er sogar in die Gehaltsspanne rutschen, die genau zu seinen Erwartungen passte.

Seine Anspannung wuchs. Zuerst war ein Kennenlerngespräch mit dem Headhunter geplant, in der zweiten Runde dann direkt mit Unternehmensvertretern. Da die Stelle zeitnah besetzt werden sollte, boten sie ihm einen kurzfristigen Termin an. Am nächsten Morgen, 10.00 Uhr. Also in siebeneinhalb Stunden. Francesco schluckte. Das war in der Tat kurzfristig. Wann sollte er sich darauf vorbereiten?

Seine Ansprechpartnerin, eine gewisse Annabelle Winkler, entschuldigte sich ausdrücklich für die Kurzfristigkeit und hoffte, dass er es trotzdem würde einrichten können.

Er schaute auf die Uhr. Eine Stunde intensive Recherche, 30 Minuten Unterlagen zusammenstellen, fünf Stunden schlafen, duschen, hinfahren, fertig. Sportlich, aber machbar.

Ach, was soll's, dachte Francesco, und sagte zu.

Veronika würde er damit überraschen. Sie hatten schon mehrfach über die Option gesprochen, dass er doch irgendwann in weiterer Entfernung würde suchen müssen, falls er keinen passenden Job in der Nähe fände. Es hatte beiden nicht gefallen.

Das war ein richtiger Wink des Schicksals. Er schickte Matze eine kurze WhatsApp-Nachricht mit der Neuigkeit. Dann würde ihm wenigstens einer morgen die Daumen drücken.

31

Er bestätigte den Termin nur knapp vier Stunden, nachdem sie ihren Köder ausgeworfen hatte. Er schien sich nicht einmal bemüht zu haben, den Absender der Mail zu prüfen. Zwar existierte die Headhunter-Agentur in Frankfurt, von der sie vorgegeben hatte zu schreiben, aber die E-Mail-Adresse hatte sie auf die Schnelle gefälscht und die Signatur unter ihrem Text selbst gebastelt. Das war ein etwas riskanteres Manöver, aber im schlimmsten Fall hätte er es als Spam-Mail abgetan. Doch es hatte tatsächlich funktioniert.

Der Fisch hatte den Köder geschluckt. Morgen würde sie ihn an Land ziehen und dort langsam und qualvoll vertrocknen lassen. Erwartungsvoll schloss sie die Augen und stellte sich das verzweifelte Gesicht der Kommissarin vor. Sie dort treffen, wo es wirklich schmerzte. Das war ihr Ziel.

Allerdings würde sie für den Transport einen von Dimitris Söhnen brauchen. Auch wenn die sonst für nichts anderes zu gebrauchen waren, dafür reichte es. Die beiden Idioten erinnerten sie manchmal an ihre Brüder. Etwas hohl und prollig, aber gerissen und immer auf den eigenen Vorteil bedacht.

Solange Dimitri sie noch unterstützte, musste sie das ausnutzen und mitnehmen, was ging. Sie schaute auf die Uhr.

Halb drei Uhr nachts. Sie wusste, wo sie die beiden um diese Zeit finden würde. Sie schlüpfte in einen engen schwarzen Jumpsuit, legte ihr Camouflage-Make-up auf, welches die schlimmsten Narben in ihrer rechten Gesichtshälfte verdeckte, und machte sich auf den Weg in den Stripclub, in dem einige von Dimitris Mädchen tanzten.

Ihr Plan stand.

Erst würde der italienische Loverboy von der Bildfläche verschwinden und sie konnte dann aus der ersten Reihe mitverfolgen, wie die kleine Schlampe verzweifelt nach ihm suchte. Dafür würde Dimitris Kontaktmann schon sorgen.

Als Nächstes wären die Pseudo-Besten-Freundinnen an der Reihe. Dieser Hanni-und-Nanni-Verschnitt von Kleinstadt-Tussis, die mit ihrer Yoga-Matte und ihrem Matcha-Cappuccino auf Café-Terrassen saßen und sich dabei wie Kosmopoliten fühlten. Wie sie auf sie herabschaute, selbst mit weggeätzter Gesichtshälfte hatte sie mehr Niveau als diese aufgetakelten Mittdreißiger-Girlies. Sie lachte kehlig und machte sich auf den Weg zu ihrem Auto.

Mit dem alten Twingo fuhr sie durch die menschenleere saarländische Hauptstadt. Auf Straßen, die geduckt wirkende Geschäftshäuser aus der Nachkriegszeit wie Asphaltschienen voneinander trennten. Trostlos, wie wenig hier doch mitten in der Nacht an einem Wochentag von dem sonst herzlichen Savoir-vivre der Saarländer zu spüren war.

Nur vereinzelt begegnete sie kleinen Grüppchen von Halbstarken, die sich vor Shisha-Bars und Wettbüros, die sich in dieser Gegend aneinanderreihten, herumdrückten.

Als sie sich schließlich durch den dicken roten Vorhang in den heruntergekommenen Table-Dance-Schuppen schob, schlug ihr der Geruch von schalem Bier und süßlichem Parfum entgegen. An der Stange auf der Bühne tanzte eine Schwarzhaarige, deren Brüste schon bessere Zeiten gesehen hatten, lustlos vor sich hin. Ihr einziges Publikum waren zwei Männer mittleren Alters, Typ Lkw-Fahrer, einer mit Halbglatze und einer mit komplett kahlem Schädel, die mehr in ihr Bier vertieft schienen als in die Show.

Dimitri saß an der Theke und beobachtete missmutig die Szenerie, von seinen Söhnen keine Spur.

»Na, läuft heute nicht so, oder?«, sprach sie ihn unvermittelt von der Seite an. Wenn ihr plötzliches Auftauchen ihn überraschte, so zeigte er es nicht, sondern brummte nur vor sich hin.

»Ja, Scheißtag heute. Guck dir die Kerle an. Selbst wenn ein verficktes Lama auf der Bühne tanzen würde, bekämen die davon nichts mit. Denen allen sollte man mal eins aufs Maul geben. Ist ja auch respektlos dem Mädel gegenüber. Und das, obwohl Donnerstag ist. Fuck!« Er schüttelte verbittert den Kopf, während Corinna beruhigend seinen Arm tätschelte.

»Ach komm, mach dir nichts draus. Das ist nur ein Durchhänger, das wird wieder besser. Dein Mädel, wie du sie nennst, bräuchte aber auch mal eine Generalüberholung. Wie viele Kinder hat die denn mit den Hupen gestillt? Die sind ja völlig ausgelutscht. Wer will das denn sehen? Investier doch mal in dein Angebot, ein bisschen Silikon bewirkt in solchen Fällen wahre Wunder«, zog sie ihn auf. Sie wusste, dass er zu geizig war, um nur einen Cent in die Frauen zu investieren, die für ihn arbeiteten. Wenn nichts mehr zu holen war, besorgte er sich lieber Frischfleisch aus dem Osten, davon gab es ja genug.

»Ja, ja. Lass mal stecken. Wenn du so gut Bescheid weißt, was die Kunden möchten, dann gehst du demnächst für mich auf Recruiting-Tour. Erzählst den Mädchen was aus der glitzernden Modelwelt, dem Leben vor deinem ›Unfall‹ und wir verkaufen denen die Bude hier als Sprungbrett nach Paris. Ein bisschen einarbeiten und dann werden sie sicher entdeckt. Von einer Frau wie dir lässt sich doch jede um den Finger wickeln.«

Ihm schien die Idee zu gefallen, das schloss sie aus seinem auffordernden Blick. Vermutlich war er froh, wenn sie auf andere Gedanken kam und ihm mit ihren Racheplänen nicht mehr auf die Nerven ging.

Doch Corinna winkte ab. Er hatte ihr die Idee bereits mehrfach angedeutet, das erste Mal kurz nach dem Anschlag. Damals dachte sie, er wollte ihr eine Perspektive bieten und ihr zeigen, dass er sie unterstützen würde. Das wusste sie bis heute sehr zu schätzen, denn er war der Einzige aus ihrem Umfeld, der danach Kontakt mit ihr gehalten hatte.

Aber jungen Mädchen große Chancen vorgaukeln und sie dann in Flat-Rate-Bordelle oder mit etwas mehr Glück in die nobleren Schuppen verfrachten, das war nicht ihr Ding. Nicht, dass sie Mitleid mit den naiven Dingern gehabt hätte. Allein der Gedanke daran war ihr einfach lästig. Einzelschicksale interessierten sie nicht. Die Tränen, die traurigen Blicke. Was kümmerte sie das?

Nur, dass sie nicht mehr lange auf Dimitris Beistand bauen konnte, bereitete ihr Sorgen.

»Onkelchen, das überlege ich mir noch mal in Ruhe. Versprochen. Ich habe aber erst noch etwas zu erledigen, und dafür bräuchte ich morgen früh jemanden, der mir hilft, einen Typen abzutransportieren. Ich treffe ihn um zehn Uhr im Hotel am Deutsch-Französischen Garten, und da er danach etwas müde sein wird, müsste mir jemand helfen, den Guten in ein Versteck zu bringen, wo er sich dann ausschlafen und verrotten kann. Ganz entspannt.« Sie zwinkerte ihm mit dem gesunden Auge zu.

»Kannst du Yuri morgen eine Stunde entbehren? Länger wird es nicht dauern. Oder ist dein Sohn anderweitig beschäftigt?«

Dimitri seufzte. Es war ihm anzusehen, dass ihn der Auftrag nicht gerade begeisterte.

»Ich rede mit ihm, er macht gerade seine Tour durch die Shisha-Bars und kassiert ab. Ist aber in einer halben Stunde wieder da. Er wird sich morgen bei dir melden. Verlass dich drauf! Und jetzt zieh Leine, die Flachpfeifen dahinten schauen schon irritiert, nicht dass die auch noch die Flucht ergreifen.«

Corinna nickte stumm, griff dann nach dem Wodka, der vor ihm auf der Theke stand, trank das Glas mit einem Zug aus, formte ein tonloses Dankeschön mit den Lippen und verschwand so schnell, wie sie aufgetaucht war.

Lief doch für sie!

32

Er beobachtete die junge Frau am Straßenrand schon geraume Zeit. Er hatte es in seiner Wohnung nicht mehr ausgehalten, fühlte sich den ganzen Tag schon extrem unausgeglichen, war auf der Arbeit abwesend und unkonzentriert und lief abends wie ein gefangenes Tier im Käfig auf und ab. Diese innere Unruhe würde ihn noch zum Explodieren bringen.

Das arme Ding hatte seit Stunden keinen Freier mehr abbekommen, ihr Zuhälter hielt im Halbstundentakt an und fragte nach dem Status. Sein Ton wurde von Mal zu Mal rauer. Was war das nur für eine Welt? Sie war doch wohl nicht dafür verantwortlich, dass sich um die gottverdammte Zeit keiner mehr in diese abgelegene Ecke verirrte. Und schon gar nicht mit solchen Absichten.

Anfangs hatten noch einige ihrer Kolleginnen dort mit ihr gestanden, mit schwarzer, glänzender Haut in engen Neon-Outfits. Sie waren sehr jung und mager, schienen noch nicht lange im Geschäft zu sein. Auf jeden Fall schauten sie sich ständig um und flüsterten miteinander. Auch ihre Zuhälter, maghrebinischer Abstammung, würde er auf die Entfernung schätzen, waren oft an diesem Abend vorbeigekommen und hatten nach dem Rechten gesehen. Alle schienen nervös zu sein. Ob das an ihm lag? Und an dem, was er Nadja angetan hatte? War er der Grund für ihre Angst?

Bei dem Gedanken daran durchrollte ihn ein wohliges Kribbeln wie eine warme Welle des Glücks. Über so etwas hatte er bei seiner Tat überhaupt nicht nachgedacht. Es war ein angenehmer Nebeneffekt, der ihn umso mehr überraschte.

Sein Versteck lag in einem Gebüsch zwischen Waldweg und Straße, nur wenige Meter von dem Mädchen entfernt, das verzweifelt auf Kundschaft wartete. Sein Auto stand wie gewohnt einige Kilometer weiter auf dem Parkplatz vor dem Spaßbad. Mit der Zeit hatten sich seine Augen an die Dunkelheit gewöhnt und er konnte die Szenerie bestens verfolgen.

Da näherte sich ein Fahrzeug im Schritttempo und hielt vor dem Mädchen. Bitte nicht doch noch ein Kunde, dachte er sich mit wachsender Verzweiflung. Er wollte nicht mehr länger warten und wer wusste, ob sie danach noch einmal hierher zurückkam. Dann wäre alles umsonst gewesen. Er hielt den Atem an.

»Okay, noch halbe Stunde. Dann hole ich dich ab!«, hörte er eine markante Stimme mit osteuropäischem Akzent in die Stille bellen. Das Mädchen gab nur ein leises, verzweifeltes Geräusch von sich, dann fuhr der dunkle BMW mit quietschenden Reifen in Richtung französischer Grenze.

Okay, es war so weit. Er hatte eine halbe Stunde.

Er griff in die Seitentasche seiner dunklen Laufjacke und umfasste das dünne Nylonseil, welches er vor einigen Stunden im Baumarkt gekauft hatte. Zwei Meter am Stück. Das reichte locker aus. Sie stand nur wenige Schritte von ihm entfernt, vielleicht zweieinhalb, und tippelte von einem Fuß auf den anderen. Sicher fror sie nach so einer langen Schicht hier in der Dunkelheit. Sie trug einen engen Kunstlederminirock, ob schwarz oder dunkelrot konnte er nicht genau erkennen, und ein bauchfreies, langärmliges Top. Wie alt mochte sie wohl sein?

Mit leisen Schritten näherte er sich ihr langsam durch das Unterholz. Er trat so vorsichtig auf, dass kein Geräusch von zerbrechendem Holz oder abknickendem Gestrüpp zu hören war.

Er hielt den Atem an. Er war nur noch eine Armlänge von ihr entfernt. Ein Auto fuhr vorbei, die Scheinwerfer glitten an der jungen Frau entlang und erhellten die Szene. Er hoffte nur, dass der Fahrer ihn nicht hinter ihr entdeckt hatte. Doch es passierte nichts, die roten Rücklichter verschwanden aus seinem Blickfeld ebenso rasch, wie die Scheinwerfer gekommen waren.

Dann ging alles blitzschnell. Er hatte sich die Nylonschnur um beide Handballen gewickelt und hielt nun eine knapp 80 Zentimeter lange, gespannte Waffe in den Händen. Er machte einen letzten Schritt nach vorne und schwang die Schnur über ihren Kopf, um sie gleich darauf um ihren Hals zu legen und zuzuziehen. Ein schriller Schrei entwich aus ihrem Mund. Sie versuchte, danach zu greifen und ihre Finger zwischen ihren Hals und die Schnur zu schieben. Sie begann sich zu winden, doch er zog immer fester zu und schleifte sie dabei von der Straße weg ins Unterholz.

Jetzt musste er vorsichtig sein, denn er brauchte sie bewusstlos, nicht tot. Ja nicht den gleichen Fehler wiederholen. Ihre Bewegungen wurden langsamer. Mit aufgerissenen Augen starrte sie in sein Gesicht. Er lockerte den Griff und zog sie weiter bis auf den Weg, auf dem er vor wenigen Stunden hergekommen war. Dort legte er sie ab. So ausgestreckt wirkte sie fast friedlich auf ihn. Nur der rote Striemen an ihrem Hals störte das Bild. Sie sah schmaler und kleiner aus als vorne an der Straße. Ohne die stelzenhafte Wirkung ihrer hohen Schuhe. Er schätzte sie auf 1,65 Meter, unter dem T-Shirt schauten ihre Rippen hervor, sie sah beinahe anorektisch aus. Auf jeden Fall würde er sie so ohne Probleme in das Versteck tragen können, welches er sich ausgesucht hatte. Um sechs Uhr würde die Sonne aufgehen, ihm blieben also zwei Stunden. 120 Minuten, in denen sie ihm gehören würde. Er genoss die Vorfreude auf das, was ihn erwartete.

33

Der Abend mit ihren Freundinnen wurde doch feuchtfröhlicher und vor allem länger als geplant. Veronika ahnte schon beim Trinken des letzten Glas Rotweins, dass sie es am folgenden Tag bereuen würde. Sie hatte dennoch oder vielleicht gerade deshalb wie ein Murmeltier geschlafen.

Sie streckte sich ausgiebig, ignorierte den leichten, dumpfen Kopfschmerz in ihren Schläfen und sprang für eine schnelle Dusche ins Badezimmer. Heute würde ein besserer Tag werden, das spürte sie.

Heute würde sie den entscheidenden Hinweis finden, das Quäntchen Information, welches sie zu der Person führte, die es auf sie abgesehen hatte. Und auch im Fall der toten Frau würden sie sicher weiterkommen. Sie fühlte sich voller Tatendrang und schwang sich, nachdem sie Rocky sein Lieblingsfutter vorbereitet und sich einen Latte macchiato mit Hafermilch in ihren To-go-Becher abgefüllt hatte, auf ihr Rennrad und machte sich durch die noch kühle Septemberluft auf den Weg ins Präsidium.

Die Frische weckte ihre letzten Lebensgeister. Heute war Freitag, wie gerne würde sie mit einem gelösten Fall ins Wochenende starten. Vielleicht könnte sie spontan noch ein paar Tage Urlaub dranhängen und mit Francesco an einen der Seen in der französischen Grenzregion fahren. Zum Beispiel an den Stockweiher, hatte nicht Becker dort sogar ein Grundstück? Oder nach Paris. Der Zug dahin brauchte von Saarbrücken nur knapp zwei Stunden, sie könnte Francesco damit überraschen.

Sie strahlte. Das war ein genialer Plan. Heute Mittag würde sie gleich die Tickets buchen und ihn erst kurz davor informieren, damit er wenigstens noch seine Tasche packen konnte.

Kaum war sie im Büro angekommen, vibrierte ihr Handy. Eine Nachricht von Francesco:

»Ciao amore, ich hoffe, ihr hattet einen lustigen Abend gestern. Ich freue mich auf später, hab vielleicht eine Überraschung für dich. Tausend Küsse, F.«

Aha, eine Überraschung? Nicht, dass er auf die gleiche Idee gekommen war?

Sie schickte ihm schnell zwei Smileys mit Herzchen in den Augen und einen mit Kussmund zurück. Das musste fürs Erste reichen. Jetzt wartete die Arbeit auf sie.

Sie hatte sich vorgenommen, zweigleisig zu fahren. Sie würde die Frankfurter Fälle nicht aus dem Blick verlieren und sie nach und nach weiter überfliegen und eventuelle Verbindungen herausarbeiten. Dafür würde sie, wenn nötig, Recherchehilfe anfordern. So blieb ihr genügend Zeit, sich dem Prostituiertenmord zu widmen und ihr Team bei den Ermittlungen anzuleiten. Sie wollte auf keinen Fall weiterhin so außen vor bleiben.

Also widmete sie sich dem Stapel auf ihrem Schreibtisch, der sie zurück in eine längst vergangene Realität holte.

Die ersten Seiten der obersten Akte riefen gleich eine ganze Reihe von Reaktionen in ihr hervor. Gänsehaut, Ekel und unbändige Wut bahnten sich an die Oberfläche ihres Bewusstseins. Sie schüttelte sich kurz.

Vor diesem Fall war ihr noch nie ein so hinterhältiger, perfider und kaltblütiger Mensch wie Peter Metzger begegnet, den sie letztendlich als Serientäter identifizieren und überführen konnten.

Der Schulmädchenmörder, wie sie ihn in der Presse nannten, hatte sich vor fünf Jahren in Frankfurt mit einer Bedürftigkeitsmasche an junge Frauen herangemacht. Unter dem Vorwand, nicht lesen zu können und bei einer simplen Formalität ihre Hilfe zu benötigen, hatte er sie davon überzeugt, kurz mit ihm mitzugehen.

Bevor er ihnen eine Plastiktüte über den Kopf zog, hatte er sie in japanische Schulmädchenuniformen gesteckt und sie fotografiert, wie sie um ihr Leben flehten. Erst nach ihrem Tod verging er sich brutal an ihnen und legte sie dann neben den Bahngleisen der ICE-Strecke Frankfurt-Mannheim ab.

Als sie ihn nach dem fünften Opfer endlich überführten, fanden sie ganze Bilderserien aus allen Phasen der kurzen Gefangenschaft der jungen Frauen. Die Opfer, allesamt Studentinnen aus dem Ausland, hatte er in der Nähe des Universitätscampus angesprochen.

Was Veronika an diesem Fall besonders zugesetzt hatte, waren die lange vergeblichen Ermittlungen, das Herumstochern im Dunkeln, die zahlreichen irreführenden Hinweise, die falschen Verdächtigungen, die sinnlose Suche nach einem verbindenden Element zwischen den Opfern.

Das Schlimmste aber war, die Angst in den Augen der anderen Studentinnen zu sehen und zu wissen, dass sie machtlos gewesen waren.

Als die Kommissare Peter Metzger eher durch Zufall auf die Schliche kamen, wurde ihnen bewusst, wie sehr er sie an der Nase herumgeführt hatte. Eine herbe Schmach für die Frankfurter Polizei. Er selbst hatte ihnen, als rollstuhlfahrender Anwohner, mehrere Hinweise in die falsche Richtung gegeben. Er hatte von weißen Kleinbussen gesprochen, von ausländischen Banden, die er im Vorfeld beobachtet haben wollte.

Bei einer anderen, zufälligen Begegnung hatten sie ihn dann einmal im Treppenhaus angetroffen, putzmunter und vor allem auf beiden Beinen gehend. Es war Veronika, der das damals aufgefallen war und die insistiert hatte, das Leben dieses Mannes doch mal genauer zu durchleuchten.

Und so hatten sie eine Lüge nach der anderen aufgedeckt, seinen Schrebergarten auseinandergenommen und dort einen illegal gegrabenen Keller gefunden, in dem wie bei einer subkulturellen Ausstellung die Bilder der Opfer an der Wand aufgereiht waren.

Ein Motiv für seine Taten hatte er ihnen bis zum Schluss nicht genannt. Er sprach davon, die jungen Frauen zu sammeln, ihre Schönheit nicht zerstören zu wollen und ihnen langsam beim Sterben zuzusehen. Er war sich bis zum Schluss keiner Schuld bewusst, sondern betonte immer wieder, wie human er sie umgebracht hätte. Das Gericht verurteilte ihn zu lebenslanger Haft in einer psychiatrischen Anstalt mit anschließender Sicherheitsverwahrung. Peter Metzger würde nie wieder, so hofften alle in ihrem Team, als freier Mann die Welt sehen.

Veronika wählte die Nummer ihrer ehemaligen Kollegin Anna Berger.

»Veronika, meine Liebe. So früh schon wach? Bist du wieder oder, wie ich, immer noch im Büro«, begrüßte Anna sie herzlich lachend und fuhr fort:

»Du weißt ja, wie das hier ist. Ich brauche noch mindestens 40 bis 50 Kaffee, bis ich wieder klar sehe. Wir hatten gestern Nacht Großeinsatz im Bahnhofsviertel, mit den Kollegen von der Sitte und vom Drogendezernat. Ganz große Nummer, sag ich dir«, plauderte sie ungezwungen weiter.

Veronika war immer wieder erstaunt über die unglaubliche Energie, die Anna Berger selbst durch das Telefon ausstrahlte. Die rauchige Stimme, die von unzähligen durchzechten Nächten und einem Faible für filterlose Zigaretten und torfigen Whiskey zeugte, schaffte es, ihr ein Gefühl von Wärme und Herzlichkeit zu vermitteln.

Veronika erzählte ihr in kurzen Sätzen, für welche Vorgehensweise sie sich entschieden hatte und dass der Metzger-Fall vor ihr auf dem Tisch liege. Sie erkundigte sich, ob es hierzu etwas Neues gebe, aber Anna beruhigte sie. Er sitze immer noch hinter Gittern. Und er sei als Einzeltäter eingestuft worden. Den konnte man laut Anna abhaken. Dann berichtete sie von dem toten Mechaniker, den die Kollegen am Tag zuvor vor seinem Wohnhaus gefunden hatten, was wiederum für organisierte Kriminalität sprach. Der Fall zog schnell immer größere Kreise – der oder die Täter schienen gut vernetzt zu sein, bis ins Präsidium hinein. Sie hatten noch keine endgültigen Beweise über Zusammenhänge, aber bis jetzt gab es zwei Tote und einen Verletzten – und keine Idee, wo sie mit der Suche ansetzen sollten.

Anna ermutigte sie, am Ball zu bleiben, aber sich nicht aus der Ruhe bringen zu lassen. Sie hatte sich in Gattusos Umfeld umgehört, da gab es einen der Laufburschen, der ihr mehrere Gefallen schuldete. War klar, dachte Veronika.

»Von denen weiß niemand etwas von Verbindungen nach Saarbrücken oder in die nähere Umgebung. Dort sind andere Familien und Clans unterwegs, da mischt sich noch nicht einmal ein Gattuso ein«, erklärte ihr Anna. Veronika konnte ihn also von der Liste streichen. Nicht, dass er unschuldig war, er konzentrierte sich aktuell aus dem Gefängnis heraus auf andere Machenschaften, Rache an der kleinen Kommissarin von damals stand nicht auf seiner To-do-Liste.

Sosehr sie das erleichterte, so frustrierend war das Gefühl, dass ihre Anstrengungen in diese Richtung bisher umsonst gewesen waren.

Anna spürte Veronikas Unmut und versprach, noch einmal alle Fühler in unterschiedliche Richtungen auszustrecken, ob jemand aus Frankfurt überhaupt für diese Anschläge infrage käme. Sobald sie etwas hörte, würde sie sich melden.

Frustriert legte sie den Hörer auf. In was verrannte sie sich da gerade? Wer steckte hinter all dem? Sie hatte überhaupt keine Ahnung, wo sie anfangen sollte, und so starrte sie noch eine Weile vor sich hin. Wie sehr sehnte sie sich zurück ins Bett, mit einem heißen Kakao, unter die Decke gekuschelt mit Rocky und Francesco und irgendeinem hirnlosen Dokusoap-Format im Fernsehen, über das man sich so herrlich aufregen konnte. Den Tag hatte sie sich anders vorgestellt.

Sie schrieb ihrem Freund eine Nachricht:

»Hey du, ich hoffe, dein Tag läuft besser als meiner. Stecke hier fest. Freu mich so auf heute Abend. Nur du und ich und die Couch. Dicker Kuss, V.«

34

Dimitri starrte auf sein Handy. Die Worte, aus denen die Nachricht seines Sohnes Aleksander bestand, brannten sich ihm in die Netzhaut.

»Valeria ist verschwunden. Als ich sie abholen wollte, stand sie nicht mehr da. Habe fast eine Stunde gewartet. Ans Handy geht sie nicht und in ihrem WG-Zimmer ist sie auch nicht. Hab die Schlampe die ganze Nacht über gesucht.«

Er wählte Aleksanders Nummer.

»Was ist das für eine Scheiße? Was war da gestern Nacht los?«, blaffte er ihn gleich an, als dieser mit verschlafener Stimme abhob. »Pennst du etwa noch?«

Aleksander versuchte, sich zu erklären.

»Beruhig dich! Ich bin vor einer Stunde erst nach Hause gekommen. Ich war in jedem Laden, den sie kennen könnte. Nichts. Keiner hat sie gesehen. Entweder einer dieser verfickten Freier hat sie mitgenommen oder sie ist abgehauen. War auch echt eine miese Nacht. Kaum Kunden und dann noch diese dürren Afrikanerinnen von den Arabern. Die haben die ganze Zeit bei uns rumgestanden. Ich habe ein paar Takte mit denen geredet, dann waren sie weg. Ich sag dir, was ein Stress. Die Alte kann ja nicht weit sein. Ich finde die schon noch, und dann erlebt die was. Ich schlag mir doch nicht wegen so einer eine Nacht um die Ohren.«

»Sag mal, tickst du noch sauber? Dir ist klar, dass einer rumläuft und Nutten totschlägt. Und da bist du nicht auf die Idee gekommen, dass Valeria vielleicht an den Falschen geraten ist? Ich habe gestern deutlich gesagt, die Mädels bleiben nirgendwo alleine, bis wir nicht geklärt haben, wer dieser Wichser ist. Und ich hab dir gesagt, du sollst dich von den Arabern fernhalten. Und vor allem nicht mit denen quatschen. Woher weißt du denn, dass die nicht dahinterstecken, weil sie gerne das Revier für sich hätten und nicht von einem Idioten wie dir vertrieben werden wollen? Du bist echt zu blöd, um auf die Weiber aufzupassen. Ich schwöre dir, wenn der was passiert ist, dann mach dich auf was gefasst. Und sollte sie wohlbehalten auftauchen, lässt du gefälligst deine Flossen von ihr. Dann ist es nämlich dein Glück, wenn es so ist. Und jetzt machst du dich auf den Weg und suchst jeden Zentimeter im Deutschmühlental nach ihr ab. Ich will jede halbe Stunde eine Meldung von dir. Und denk dran, ich kann dein Handy nachverfolgen, also verarsche mich nicht. Yuri kommt später dazu, der hat heute Morgen noch einen Job zu erledigen. Bete lieber mal, dass sie noch lebt.«

Dimitri war außer sich und feuerte das Handy auf die Tischplatte. Das hatte ihm gerade noch gefehlt. Wenn sich jetzt tatsächlich einer an seinen Mädchen vergriffen hatte, dann war Krieg. Und zwar richtig. Er würde ziemlich viel verwetten, dass die Araber dahintersteckten. Er musste auf jeden Fall schon mal anfangen nachzudenken, wen er aus dem Milieu als Verbündete würde gewinnen können. Auf jeden Fall Oscar, dem sie die Bulgarin totgeprügelt hatten. Der war bestimmt mit dabei.

Die Araber würden sich danach zweimal überlegen, welches Revier sie mit ihrer Anwesenheit belästigen würden.

35

Becker hatte das Team versammelt, um die Ergebnisse des Vortags zusammenzutragen. Der Tote vor dem Mehrfamilienhaus in Sulzbach war nun auch von der Gerichtsmedizin eindeutig als der 56-jährige Arthur Kovar identifiziert worden.

»Gibt es schon einen Bericht von der Spurensicherung aus der Wohnung des Toten?«, fragte er in die Runde.

Philipp Weissmann kramte in seinen Unterlagen. Er hatte bis spätabends versucht, Hintergründe zu dem Opfer zu recherchieren, und die Kollegen aus dem Fuhrparkmanagement befragt. Endlich hielt er den Bericht, der heute in den frühen Morgenstunden per Mail gekommen war, in die Höhe.

»Die Beamten der Spurensicherung haben unseren ersten Eindruck aus der Wohnung bestätigt. Alles deutet auf ein Handgemenge hin, sie haben Fingerabdrücke von mehreren Personen identifiziert. Die lassen wir parallel zum Abgleich durchs System laufen. Durch die abgeschlossene Balkontür wissen wir, dass jemand nach dem Sprung oder Sturz in der Wohnung war. Wenn ihr mich fragt, waren das keine Profikiller. Doc Thiel aus der Rechtsmedizin hat das Opfer nach Spuren, die auf Gewalteinwirkung oder Abwehr hindeuten, untersucht. Er konnte mehrere Hämatome und Hautabschürfungen finden, die nicht vom Sturz herrühren. Außerdem ließen sich Hautpartikel unter den Fingernägeln des Opfers sicherstellen. Die DNA-Spuren daraus wird er noch auswerten und ebenfalls durch die Datenbank jagen. Sobald er einen Treffer hat, meldet er sich.«

»Gute Arbeit, Weissmann! Danke. Was wissen wir über das Opfer? Kannte den jemand hier aus der Runde persönlich?«, fragte Becker.

»Ich habe gestern Abend noch mit ein paar Kollegen aus dem Fuhrpark gesprochen«, schaltete sich Weissmann wieder ein. Ein paar der Anwesenden seufzten leise und verdrehten die Augen über den übereifrigen Nachwuchsermittler, der alle mit seiner leicht quäkigen Stimme anfing zu nerven. Becker nickte ihm auffordernd zu. Warum ließ er sich bloß alles aus der Nase ziehen?

Lange würde er ihn diesen triumphalen Moment nicht auskosten lassen.

»Die waren natürlich alle geschockt. Verständlich. Kovar scheint ein angenehmer Kollege gewesen zu sein, stets hilfsbereit und freundlich zu allen. Er kam ursprünglich aus dem Kosovo, war hier aber voll integriert, sagen die Kollegen. Vor 15 Jahren gab es wohl mal einen Vorfall wegen Trunkenheit im Dienst. Muss ich noch mal in der Personalabteilung überprüfen. Laut der Jungs im Fuhrpark hatte er sich eine Zeit lang nicht im Griff – seitdem war er aber trocken. Sonst konnte oder wollte niemand etwas Negatives sagen. Macht man ja nicht bei Toten.«

»Ja, und wie erklären sich die Kollegen dann das manipulierte Auto? Hat da jemand einen Zusammenhang gesehen?«

»Mhm, keiner von denen hatte dafür eine Erklärung, sie vermuten eher menschliches Versagen. Niemand konnte sich vorstellen, dass Kovar so etwas vorsätzlich macht. Aber er hatte die ganze Zeit freien Zugang zu den Fahrzeugen und rein theoretisch wäre es möglich. Aber wie gesagt, glauben wollte das niemand.«

Weissmann schaute bei dieser Frage in die Runde und zuckte mit den Schultern.

»Okay, wie sieht es aus mit Familie, Freunden außerhalb seiner Arbeit? Hat hier noch jemand anderes etwas beizutragen?«

Weissmann erntete mehr oder weniger versteckte böse Blicke. Eine ältere Kollegin aus dem Recherche-Team schaltete sich ein.

»Unser Opfer ist seit zehn Jahren geschieden und hat zwei erwachsene Kinder, die aber nicht mehr im Saarland leben. Seine Tochter wohnt mit Mann und kleinem Sohn in Köln, sein Sohn studiert in Dresden. In der Wohnung in Sulzbach, vor der er gefunden wurde, lebte er seit seiner Scheidung zur Miete. Die Exfrau hat das gemeinsame Haus in Dudweiler behalten. Er ist also nicht weit weggezogen. Alles schien recht unauffällig. Bis ich mir die Finanzen angeschaut habe.«

Becker horchte auf. In Gedanken war er schon wieder abgeschweift und hatte die Hoffnung fast aufgegeben, dass die Kollegin außer einer seichten Familienstory irgendetwas Brauchbares herausgefunden hatte. Er würde echt an seiner Geduld arbeiten müssen.

»Trotz des regelmäßig eingehenden Gehalts war sein Konto bis auf den letzten Cent überzogen, mehrere kleine Kredite liefen bei verschiedenen Anbietern, die er unregelmäßig abbezahlte. Dafür gab es regelmäßige Barabhebungen und immer wieder größere Auszahlungen am Geldautomaten im Spielkasino. Wenn Sie mich fragen, dann scheint er seine Alkoholsucht in Spielsucht umgemünzt zu haben«, ergänzte sie.

Ein paar Kollegen nickten anerkennend. Das war doch ein erster Ansatzpunkt, zumindest für den Zustand der Wohnung und den Mord an Kovar. So langsam entstand ein Bild des Opfers vor ihren Augen. Becker schrieb die Fakten, die ihnen bisher vorlagen, auf das Whiteboard im Besprechungsraum. Aber wo bestand der Zusammenhang zu dem manipulierten Auto?

Auf der Tafel gab es eine Spalte für den Anschlag beim Saarländischen Rundfunk, eine für Langners Unfall und eine Dritte für den toten Mechaniker.

Finanzielle Probleme und Spielsucht wurden schnell zur Achillesferse. Er war sich sicher, dass sie unter dieser Spur fündig werden würden.

Zum Glück hatte er ein paar alte Kontakte ins Spieler- und Sportwettenmilieu, wäre doch gelacht, wenn er dort nicht herausbekommen würde, mit wem sich der gute Arthur Kovar angelegt hatte.

36

Er war sich sicher, dass ihm irgendwann hier die Decke auf den Kopf fallen würde. Auch wenn heute erst sein zweiter Tag im Krankenhaus war, so konnte er weder das Essen länger sehen noch sich an das Geschwätz seines Zimmernachbarn Ahmed gewöhnen. Der erzählte ihm unaufhörlich von irgendwelchen Box-Fights oder Szenen aus seinen Ego-Shooter-Spielen, mit denen er sich offensichtlich die Nächte um die Ohren schlug.

Selbst die Krankenschwestern verdrehten schon die Augen, wenn er wieder einen Satz mit »Ey, Alter. Zieh dir das rein …« anfing.

Langner selbst war mit diversen Schmerzmitteln so eingestellt worden, dass er von den gebrochenen Gräten in seinem Körper kaum etwas spürte. Nur wenn seine Freundin Nicole ihn besuchte, wurde er theatralisch und verzog ständig das Gesicht, damit sie ihn schnell wieder in Ruhe ließ. Er ertrug ihre Anwesenheit und die unausgesprochenen Vorwürfe momentan nicht. Es überforderte ihn.

Was verlangte sie nicht alles von ihm? War es etwa seine Schuld, dass diese Scheißkarre gegen die Leitplanke gekracht war? Er kannte ja immer noch nicht die Ursache des Unfalls. Er wusste nur, dass er nichts falsch gemacht hatte. Aus dem Team war heute noch keiner da gewesen, auch nicht Veronika. Die hatte nur Grüße ausrichten lassen. Zu gern würde er wissen, was gerade im Büro los war, die hatten sicher alle Hände voll zu tun. Jetzt war auch noch sein Handy-Akku leer. Das Ladegerät lag zu Hause und seine Freundin hatte schon wieder vergessen, es mitzubringen. Er war kurz davor auszuflippen.

Er könnte ja mal die Krankenschwester anhauen, ob nicht irgendwo ein passendes Kabel für sein Smartphone rumlag. Dann könnte er sich die Zeit wenigstens mit irgendeinem Spiel auf dem Handy vertreiben.

Langner war gerade eingedöst, als die Tür aufgerissen wurde und sein Zimmernachbar mit einem lauten »Oh leck, Digga, was geeeeeht'n bei dir?« seinen Besucher begrüßte.

Durch die halb geschlossenen Lider beobachtete Max einen Koloss mit kahlrasiertem Schädel, kantigem Gesicht und einem klobigen Militärparka, der sich imposant vor Ahmeds Bett aufbaute.

Sauber sah der schon mal nicht aus, das sagte ihm seine Polizeierfahrung. Er stellte sich weiterhin schlafend und kramte dabei angestrengt in den Wirrungen seines Gedächtnisses, ob er das Gesicht nicht schon einmal gesehen hatte.

Die beiden kannten sich offensichtlich vom Boxen, denn nach einigen allgemeinen Floskeln tauschten sie sich hitzköpfig über den Kampf aus, den Ahmed schließlich mit einem gebrochenen Jochbein und einer zermatschten Nase bezahlt hatte.

Max bemerkte, wie der Besucher argwöhnisch zu ihm rüberstarrte. Er hoffte inständig, dass sein Geblinzel nicht weiter auffiel.

»Das ist Max, der ist okay«, beruhigte ihn Ahmed mit seiner dröhnenden Stimme, die selbst einen Toten aufgeweckt hätte.

»Ist zwar ein Bulle, aber nicht im Dienst, und wie du siehst auch ziemlich zugedröhnt von den Schmerzpillen, die sie ihm hier geben. Geiler Scheiß, sag ich dir. Da werde ich mir auf jeden Fall noch ein paar Portionen mitgeben lassen, wenn ich hier rauskomme.«

Den Hünen schien Ahmeds Einschätzung nicht zu beruhigen, und so öffnete Max die Augen, grinste ihn leicht grenzdebil an und hob dabei seinen Daumen zustimmend in die Höhe. Dann schloss er die Augen wieder und ließ seinen Kopf ein wenig zur Seite kippen.

Ahmed lachte rau. »Siehst du, hab ich doch gesagt. Alles geschmeidig hier. Was macht Yuri? Warum hat der seinen Arsch nicht herbewegt? Schließlich ist er für den ganzen Scheiß hier verantwortlich, er hat doch dieses Ungeheuer aus Dortmund organisiert, der mir so die Fresse poliert hat.«

Der Hüne brummte unwirsch.

»Mein Bruder lässt dich grüßen, Alter. Mach dir keinen Kopf. Er hat den Wichser von der Liste genommen, der war ja so was von auf Drogen, der hat nix mehr gespürt, schätze ich. Das geht wirklich gar nicht. Voll der Zombie. So etwas macht uns ja die Liga kaputt«, erklärte er ihm mit leichtem russischem Akzent.

»Er wollte mitkommen, hat aber noch einen Job irgendwo am Deutsch-Französischen Garten, den hat ihm der Alte aufgebrummt. Er ist voll pissig, aber das ist halt Family-Business, kannst du nix machen?«, lachte er. »Er hat aber versprochen, dich morgen zu besuchen. Wie lange darfst du hier rumhängen?«

Max lauschte angespannt dem Gespräch. Wenigstens wusste er jetzt, wer der Besucher war. Ahmed hatte ja ausführlich über die Sokolov-Brüder berichtet, Aleksander und Yuri, die den Box-Club führten, in dem er kämpfte und die er zu seinen engsten Freunden zählte.

Das war also Aleksander Sokolov. Sobald einer seiner Kollegen hier mal wieder auftauchte, würde er ihm auftragen, eine kleine Hintergrundrecherche zur Person durchzuführen. Wäre doch spannend zu wissen, wer da so in seinem Zimmer ein- und ausging.

Den Rest des Gesprächs verpasste er, weil ihn die Schwester zu einer Untersuchung abholte, ihm mühsam in den Rollstuhl half und ihn aus dem Zimmer schob. Max warf zur Sicherheit noch einmal ein zugedröhntes Lächeln in die Runde und hob den gesunden Arm zum Gruß. Sokolov schüttelte ungläubig den Kopf. Als die Tür sich hinter ihnen schloss, hörte Max ihn lachend sagen: »Ja, ja, schau ihn dir an. Die Polizei, dein Freund und Helfer.«

Zieh dich warm an, mein Freund, dachte sich Max, meine Messer sind gewetzt.

37

Die knapp 550 Meter bis zu der Rasthütte hatte er das Mädchen ohne Probleme transportiert. Ihr filigraner Köper wog fast nichts, sein Adrenalin erledigte den Rest. Er hatte gemerkt, wie sie sich starr vor Angst kaum traute zu atmen. Er hatte sie in den Armen getragen wie ein Bräutigam seine frisch Angetraute über die Türschwelle. Ihre Schuhe und Handtasche lagen auf ihrem Bauch. Welch surreales Bild sie wohl abgegeben hatten?

In der Hütte hatte er sie sanft auf einer der Holzbänke abgesetzt, ihre Schuhe nebeneinander an ihrer Seite positioniert und dann angefangen, ihre Handtasche zu durchsuchen. Sie hatte ihn dabei mit aufgerissenen Augen beobachtet und am ganzen Körper gezittert, auch wenn er selbst die Nacht als sehr mild und angenehm empfunden hatte.

»Wie heißt du?«, hatte er sie gefragt, doch sie hatte ihn nur stumm angestarrt.

»Verstehst du überhaupt Deutsch?« Keine Reaktion.

Die Ohrfeige, die er ihr ohne Vorwarnung verpasste, hatte ihren Oberkörper auf die Holzbank katapultiert. Als sie sich wieder hochgerappelt hatte, lief ein schmales Blutrinnsal aus ihrem rechten Nasenloch.

»Wenn du nicht mitspielst, sind wir hier schneller fertig, als du gucken kannst«, teilte er ihr tonlos mit. An ihrem Blick hatte er gesehen, dass sie das verstanden hatte.

»Valeria. Ich heiße Valeria«, hatte sie gestammelt und in der darauffolgenden Stunde hatte er ihr alle möglichen

Informationen über ihr Leben, ihre Familie und ihre Kindheit im Süden Russlands aus der Nase gezogen. Mit der Zeit hatte sie Vertrauen gefasst, die anfängliche Panik war von ihr abgefallen und sie war etwas forscher geworden. In ihren Augen hatte er die Hoffnung aufkeimen sehen, dass sie heil aus der Sache wieder rauskommen würde. Diese Mädchen waren wirklich hart im Nehmen.

Irgendwann hatte er das Gefühl, sie in- und auswendig zu kennen. Als seien sie alte Freunde. Sie hatte ihm von ihrer Kindheit in einer engen Wohnung in Stawropol berichtet, in der sie mit ihren Eltern, zwei Großeltern und vier Geschwistern aufgewachsen war. Geld war immer knapp, die Kinder mussten früh mit anpacken und nach der Schule arbeiten, um etwas zum Lebensunterhalt beizutragen. Ihren Traum, in Moskau Medizin zu studieren, hatte sie früh aufgegeben und sich auf ein dröges Leben in einer der Fabriken im Nordkaukasus eingestellt.

Dann reiste ihre beste Freundin nach Deutschland, angeblich wegen eines Job-Angebots. Sie war über ein Internetforum kontaktiert worden, hatte mit einem sehr sympathischen Typen gechattet, der ein Restaurant in Deutschland besaß. Er hatte ihr angeboten, dort zu jobben und nebenbei an der Universität vor Ort zu studieren. Er würde das alles organisieren. Sie hatte sowohl das Restaurant als auch die Universität im Internet gesucht, beides existierte. Valeria war grün vor Neid gewesen und hatte ihre Freundin vor der Abreise bekniet, ihr ebenfalls einen Job zu besorgen. Damals war sie 17. Ihren Eltern hatte sie nichts davon erzählt, sie wollte sie mit der ersten Überweisung aus Deutschland überraschen. Das Geld würden sie gut gebrauchen können, da war sie sicher gewesen. Die Zusage kam schneller als gedacht, und so verließ sie quasi über Nacht mit ihrer Freundin ihre Heimat und machte sich auf eine lange Reise in das fremde Land. Voller Vorfreude und Träume.

Erwartet hatte sie ein Leben im Bordell, ohne Pass und Kontakt nach Hause. Dafür aber mit einer immensen Menge Schulden wegen der Reisekosten, die sie zunächst abarbeiten musste. Jetzt, fünf Jahre später, war sie auf dem Straßenstrich gelandet. Sie hatte mehrere Abtreibungen und eine schwere Operation hinter sich, die eine große Narbe auf ihrem Bauch hinterlassen hatte. Für die Straße reichte es, hatte ihr Dimitri gesagt. Und was hätte sie darauf antworten sollen? Sie hatte schon lange aufgegeben, ihr Wille war durch jeden einzelnen Kunden gebrochen worden, sie lebte von Tag zu Tag und versuchte, einfach nur zu überleben und möglichst wenig von der Hölle um sich herum an sich heranzulassen.

Er hatte ihr aufmerksam zugehört. Wie trostlos dieses Schicksal war. Ohne Perspektive. Ohne Träume.

Diese Resignation machte ihn wütend. Wieso ließ sie sich das gefallen? Warum nahm sie ihr Leben nicht in die Hand? Das musste doch selbst der dümmsten Pute auffallen, dass sie hier nach Strich und Faden betrogen wurde.

Seine Wut wuchs, je tiefer sie sich in farblosen Phrasen verstrickte. Er merkte, dass sie versuchte, nur das zu sagen, was er hören wollte. Als würde sie so ihre gemeinsame Zeit hier in dieser Hütte verkürzen können.

Gerade als sie wieder auf der Höhe ihres Selbstbewusstseins angekommen war, hatte es ihm gereicht. Ein gerader Fausthieb auf ihr rechtes Ohr beendete ihren Redefluss mitten im Satz. Sie hatte augenblicklich das Bewusstsein verloren und war langsam von der Bank auf den Waldboden geglitten. Die Beine waren dabei weit auseinandergerutscht. Das Blut hatte pulsierend in seinen Ohren gerauscht. Da war er wieder, der Zustand, der ihn befreien würde.

Er platzierte einen gezielten Tritt zwischen ihren Beinen. Es knirschte unter seinem Schuh. An die kommenden Minuten würde er sich später nicht mehr erinnern können. Die Erinnerung kam erst wieder, als er Valerias blutüberströmten, deformierten Körper vor sich liegen sah. Ihr Kopf ragte in einem ungesunden Winkel von ihrem Hals ab, Arme und Beine sahen aus wie geknickte Streichhölzer, das Gesicht war stark zugeschwollen, von den Augen war nichts mehr zu sehen. Er hatte ihre Füße gepackt und sie von der Hüttenwand weg in die Mitte des Raumes gezogen, wo die Reste einer Feuerstelle zu sehen waren.

Dort hatte er sie zusammengerollt, wie ein schlafendes Baby drapiert und ihre Kleidung zurechtgezupft. So friedlich hatte sie sicher lange nicht ausgesehen.

Sie war nun erlöst. Sein Ziel hatte er erreicht.

Dann war er zu seinem Auto zurückgejoggt.

38

Fast eine Stunde hatte sie vor dem Spiegel gesessen und sich eine Schicht des Camouflage Make-ups nach der anderen auf ihr Gesicht aufgetragen. Wenn sie das Ergebnis betrachtete, staunte sie jedes Mal, was heute damit möglich war.

Durch die vielen Transplantationen war ihre Haut an den meisten Stellen glatt und weich, auch wenn man sah, dass die Zellen ursprünglich nicht dorthin gehörten. Es durchzogen nur wenige tiefere Narben ihre rechte Gesichtshälfte. Aber mit der richtigen Schminktechnik ließen sie sich so überdecken, dass man zwar erkannte, dass etwas nicht stimmte, aber niemand länger darauf starren würde. Sie war zufrieden mit dem Ergebnis. Mit der streng hochgesteckten Frisur, dem grauen Hosenanzug, der sich eng an ihren Körper anlegte, und den schwarzen Pumps würde ihr Auftritt als Headhunterin auf jeden Fall gelingen.

Ihr gefiel der Begriff. Headhunter. Kopfjägerin. So fühlte sie sich. Als Jägerin.

Wenn sie hier fertig war, wäre das doch eine passende Aufgabe für sie. Talent dafür konnte man ihr zumindest nicht absprechen.

Doch jetzt erst mal eins nach dem anderen. Sie fuhr mit ihrem Auto auf einen Parkplatz an der ehemaligen Grenze, rief sich ein Taxi und ließ sich ins Hotel am Deutsch-Französischen Garten fahren. Yuri würde spätestens in einer halben Stunde mit seinem Geländewagen kommen, um das »Päckchen« abzuholen.

Sie war zehn Minuten vor dem vereinbarten Termin im

Café und bereitete alles für ihren kurzen Gastauftritt vor. Sie war entspannt, fühlte sich bestens vorbereitet. Sie hatte die Szene mehrfach innerlich durchgespielt, in ihrem Kopf alles bis ins letzte Detail geplant. Die Spritze mit dem Narkotikum steckte im Seitenfach ihrer Handtasche, während des Gesprächs würde sie es ihm bei passender Gelegenheit unter dem Tisch in den Oberschenkel injizieren.

Das Einzige, was sie gespannt erwartete, war der erste Live-Blick auf den Typen, der gleich vor ihr sitzen würde. Den Loverboy dieser nervigen Kommissarin. Wenn er es mit der aushielt, dann musste er ja per se schon leidensfähig sein.

Pünktlich auf die Minute betrat ein dunkel gelockter Mittdreißiger die Hotellobby, nestelte leicht nervös an seinem Hemdkragen und schaute sich suchend um. Corinna beobachtete ihn von ihrem Sitzplatz, wie er durch die Lobby bis hin zum Café schritt und versuchte, einen letzten prüfenden Blick auf sein Äußeres in den verspiegelten Wänden zu erhaschen. Er sah in echt besser aus als auf seinen Profilbildern. Respekt, den hätte sie früher auch nicht von der Bettkante gestoßen. Wie kam dieses Mauerblümchen nur an so ein Schnittchen? Aber deshalb war sie nicht hier. Lass dich jetzt bloß nicht ablenken, sagte sie sich. Sie hob leicht die Hand und nickte ihm zu.

Das Spiel begann.

Er war offen und freundlich, ließ sich scheinbar nicht von ihrem Äußeren irritieren und hatte sich optimal auf das Gespräch vorbereitet. Er ging sogar charmant auf ihre Flirtversuche ein. Es fing an, ihr Spaß zu machen. Corinna ließ ihn von sich und seiner bisherigen Karriere berichten, fragte ihn nach privaten Plänen und seiner familiären Situation. Auf Letzteres reagierte er eher ausweichend, was sie innerlich freute.

Ein kurzer Blick auf die Uhr sagte ihr, dass es Zeit für den nächsten Schritt wurde. Sie scannte seine Körperhaltung. Ohne es genau zu sehen, versuchte sie zu erahnen, wie er seine Beine hielt. Es würde etwas kniffelig werden, denn sie hatte nur einen Versuch und musste genau die Zeit abpassen, damit er noch halbwegs selbstständig laufen konnte, wenn sie ihn in die Tiefgarage lotste. Dort würde Yuri warten.

Sie bedankte sich bei ihm und stellte ihm eine positive Bewertung in Aussicht, was ihn sich sichtbar erleichtert zurücklehnen ließ. Dann bückte sie sich kurz unter den Tisch, kramte in ihrer Tasche und jagte ihm in einem Sekundenbruchteil die vorbereitete Nadel in den Oberschenkel. Mit erschrockenem Blick fasste er sich kurz an die schmerzende Stelle, brachte aber kein Wort heraus. Jetzt musste es schnell gehen.

Sie legte 20 Euro auf den Tisch, hakte den bereits benommenen Francesco rechts unter, griff mit der linken Hand nach ihrer Tasche und seiner Jacke und schob ihn in Richtung Lobby. Die Unterlagen, die er mitgebracht hatte und die gegen die Stuhlbeine lehnten, übersah sie.

Auf wackeligen Beinen führte sie ihn durch die Lobby bis zu den Aufzügen und, um kein Aufsehen zu erregen, schäkerte aufreizend mit ihm. Er sah sie dabei mit gläsernen Augen irritiert an. Von außen mussten sie wie ein verliebtes Paar aussehen, das sich beim Brunch ein paar Sekt zu viel gegönnt hatte und jetzt für den Nachtisch aufs Zimmer verschwand.

Doch der Aufzug bewegte sich abwärts.

In der Tiefgarage wartete Yuri wie abgesprochen, mit genervtem Blick zwar, aber wenigstens war er da. Dimitris ältester Sohn packte Francesco routiniert unter den Armen und legte ihn auf den Rücksitz seiner getunten Dreckschleuder. Corinna stieg auf den Beifahrersitz und sie verschwanden mit quietschenden Reifen aus der Tiefgarage.

Den Klebestreifen auf dem Nummernschild entfernte er wenige Hundert Meter vom Hotel weg in einem Waldweg, setzte Corinna bei ihrem Auto ab und verschwand über die grüne Grenze, um den mittlerweile bewusstlosen Passagier zu dem Ort zu bringen, der seine letzte Ruhestätte werden würde.

Das war doch perfekt gelaufen. Corinna war zufrieden.

Zu Hause erwartete sie eine weitere positive Nachricht von Dimitri auf ihrer Mailbox. Sein Informant hatte ihm berichtet, dass die Ermittler nach wie vor im Dunkeln tappten. Der Tod des Mechanikers hatte sie vor neue Rätsel gestellt und sie orientierten sich mit ihren Recherchen in Richtung Sportwettmilieu. Währenddessen wühlte Veronika Hart parallel in ihrer Frankfurter Vergangenheit. Sie war wirklich so dumm, wie sie aussah. Als würde sich dort nach der Zeit noch irgendjemand an sie erinnern.

Was wäre, wenn sie ihr eine weitere Denkaufgabe geben würde, die sie bis zu ihrem Ableben in Kürze ein bisschen beschäftigte? Und sie zusätzlich damit konfrontierte, dass sie den Fall vor wenigen Monaten mit dem nichtsnutzigen Lehrer nicht ordentlich gelöst hatte. Sogar schlampig gearbeitet hatte. Geblendet von ihrem Drang nach schnellem Ruhm.

Ein Puzzleteil lag noch unentdeckt unter der Tischdecke. Es war das in der Mitte, das alles entscheidende Teil. Der Ursprung der Geschichte und des Hasses. Ohne dieses Teil ließ sich doch das Gesamtbild gar nicht erkennen.

Sie würde ihr einen kleinen Hinweis zukommen lassen.

Ein bisschen Würze im Spiel schadete ja nicht.

SPIELGELD

39

Die Stunden zogen sich wie Gummi. Sie blätterte lustlos in den Akten, irgendwie kam sie mit ihren Recherchen nicht voran. Die Frankfurter Fälle wirkten auf sie wie aus einer anderen Welt. Sie war jünger, unerfahrener, aber auch mutiger gewesen. Dabei waren sie nur ein paar Jahre her. Heute sorgte sie sich mehr um ihre Außenwirkung und die Meinung anderer. Die Führungsverantwortung und die damit verbundenen Aufgaben hatten sie nachdenklicher werden lassen. Sie fühlte sich bei allem, was sie tat, beobachtet und bewertet. Von ihrem Chef, von ihrem Team. Sie hatte immer das Gefühl, dass alle auf einen Fehler von ihr warteten.

Was machte sie eigentlich hier, ganz allein in ihrem Büro, während ihr Team draußen die neuen Fälle bearbeitete?

Hatte sie sich aufs Abstellgleis schieben lassen? Sollte wirklich Becker die Ermittlungen führen? In ihrem Fall. In dem sie die Hauptrolle spielte.

Sie fasste einen Entschluss. Zurück aus ihrer Lethargie klappte sie mit Nachdruck ihren Laptop zu. Das »Ping« der eingehenden Mail hörte sie deshalb nicht mehr.

Dafür kramte sie ihr Handy aus der Jackentasche und tippte eine schnelle Nachricht an Francesco.

Er würde stolz auf sie sein, da war sich Veronika sicher. Jetzt galt es, sich ihre Position zurückzuholen und das Heft in die Hand zu nehmen.

Als sie die Tür des Besprechungsraums öffnen wollte, kamen ihr Becker und ein paar Kollegen im Laufschritt entgegen.

»Wir haben eine neue Leiche«, rief ihr Becker kurz angebunden zu. »Wieder im Deutschmühlental. Wir treffen uns unten, die Autos stehen bereit.«

Sie sprintete zurück in ihr Büro, griff nach ihrer Jacke und ihrer Dienstwaffe in der Schublade und stieg wenige Minuten später in eines der mit laufendem Motor wartenden Fahrzeuge.

Becker saß auf dem Beifahrersitz, Philipp Weissmann neben ihr auf der Rückbank.

»Wer kann mich in der Zwischenzeit hier kurz auf Stand bringen? Die Recherchen in Frankfurt haben bisher nichts Konkretes ergeben. Ich denke, wir haben hier Dringenderes zu erledigen.«

Weissmann schaute nervös zu Becker, der stoisch durch die Windschutzscheibe starrte, und fing zögerlich an, ihr von den letzten Ergebnissen ihrer bisherigen Ermittlungen zu berichten.

Sie spürte förmlich seine Anspannung. Was hatte ihr Vizechef ihm wohl eingebläut? Aber darum würde sie sich später kümmern.

Im Konvoi mit drei weiteren Fahrzeugen durchquerten sie Saarbrücken und fuhren zum gleichen Waldweg, an dem erst vor Kurzem eine junge Frau gefunden worden war. Diesmal führte sie ihr Weg etwas weiter in den Wald hinein. Nach knapp einem halben Kilometer erreichten sie eine verfallene Hütte, die die Kollegen bereits mit Flatterband weiträumig abgesperrt hatten.

Veronika scannte die Umgebung, so, wie sie es immer tat, wenn sie an einem Tatort ankam. Der Wald um sie herum wirkte dicht und friedlich, trotz des heißen Sommers waren die Bäume dunkelgrün. Ganz in der Nähe ging die Bahnlinie nach Paris vorbei. Was für ein Zufall. Hier würde sie auch bald mit Francesco entlangfahren. Doch jetzt war Konzentration gefragt.

Eine junge Frau lag zusammengekauert in der Mitte der Hütte. Von Weitem sah es aus, als würde sie schlafen, doch das verkrustete Blut, die geschwollenen Ödeme im Gesicht und die verdrehten Gliedmaßen zeichneten bei näherem Hinsehen ein anderes Bild.

Die Kleidung, die das Opfer trug, und die Schuhe, die fein säuberlich auf der Holzbank am Rande der Hütte standen, waren eindeutige Indizien. Auch sie schien zu den Damen zu gehören, die hier nachts ihr Geld auf dem Straßenstrich verdienten.

»Sucht außerhalb der Absperrung nach einer Handtasche oder Geldbörse oder Sonstigem, worin sie ihre Wertsachen aufbewahrt haben könnte!«, ordnete sie zwei Kollegen an, die in ihrer Nähe standen, aber auf den ersten Blick war in der direkten Umgebung nichts dergleichen zu erkennen. Die Spurensicherung traf gerade ein.

Becker, der sich gerade eine Zigarette angezündet hatte, trat neben sie.

»Was meinen Sie? Sieht nach einem Serientäter aus. Das hat uns gerade noch gefehlt.« Er sog gierig an der Kippe, die er zwischen Daumen- und Zeigefingerspitze hielt. Seit wann rauchte er wieder?

»Ich habe übrigens gestern noch kurz mit den Kollegen von der Sitte telefoniert. Das konnte Weissmann noch nicht wissen, die Information zum Leichenfund kam mitten in der Lagebesprechung. Die sagen, dass da ein Konflikt zwischen den Russen und den Arabern schwelt, die mit aller Macht auf den Markt drängen. Könnte sein, dass wir dort als Erstes stochern sollten. Wenn die Damen sich aus Angst nicht mehr raustrauen, haben die Neuen freie

Fahrt. Und der Platz hier in der Nähe der Grenze ist heiß begehrt.«

Veronika nickte langsam, während sie die Informationen verarbeitete. Das war zumindest ein erster konkreter Anhaltspunkt.

»Aber warum diese Gewalt? Die Brutalität, mit der hier vorgegangen wird, wäre doch gar nicht nötig. Ich meine, da nimmt sich ja wirklich einer viel Zeit, die armen Dinger übel zuzurichten. Ich werde mal unsere Psychologen bitten, sich das anzuschauen«, überlegte Veronika. Becker wiegte den Kopf.

»Hmmm, ja«, brummte er nachdenklich, »aber der Kampf um das Territorium liegt auf der Hand, ich meine, wenn selbst die Kollegen von der Sitte das auf dem Schirm haben, dann muss das schon eine Weile laufen.«

Veronika verdrehte leicht die Augen. Immer diese Sticheleien zwischen Mord und Sitte, das war hier in Saarbrücken noch schlimmer als damals in Frankfurt. Daran würde sie sich nie gewöhnen. Es machte alles so anstrengend und hatte wirklich nichts mit der Sache zu tun. Aber ihr Bauchgefühl, das Unwort des Jahres laut ihres Mitarbeiters Becker, sagte ihr, dass hier noch was anderes zugrunde lag. Irgendwie schien das etwas Persönliches zu sein. Diese Frauen wurden übertötet, also weiter malträtiert, nachdem sie bereits tot waren. Das war ihr eindeutig zu viel Gewalt für eine territoriale Kampfansage.

Sie atmete tief durch.

»Okay, dann lassen Sie uns zwei Spuren verfolgen. Die Kollegen von der Sitte sollen sich ihre Kontakte im Milieu vorknöpfen, ob die Araber was damit zu tun haben. Irgendjemand wird schon was wissen. Außerdem sollen die uns den Zuhälter von der Kleinen hier vorladen. Mal sehen, ob wir nicht noch ein anderes Motiv finden. Auch die Damen, die hier in den letzten Nächten Dienst hatten, will ich alle im Präsidium sehen. Ich möchte wissen, ob die irgendetwas Auffälliges beobachtet haben. Komische Freier, aufdringliche Typen. Irgendetwas. Und das mit ein bisschen Tempo, nicht dass wir hier morgen die nächste zusammenkratzen müssen. Schnappen Sie sich Weissmann und Schneider, mit der Unterstützung der Kollegen von der Sitte müsste das gehen.«

Da war sie wieder. Zurück in ihrem Element. Verdammt, fühlte sich das gut an. Die Unsicherheit der letzten Tage war wie weggeblasen. I'll be back, dachte sie sich süffisant, mit der markanten Terminator-Szene im Kopf.

Beckers Gesicht sprach Bände. Es schien ihm überhaupt nicht in den Kram zu passen, mit den jungen Kollegen jetzt die Laufarbeit zu übernehmen und die Prostituierten zu verhören. Er tat ihr fast leid. Sie schlug versöhnlichere Töne an.

»Okay, Becker, wir machen einen Deal. Ich fahre zurück ins Büro und übernehme den kompletten Papierkram. Schicken Sie mir die anderen Kollegen, wenn sie hier fertig sind. Dann verteilen wir die restlichen Aufgaben bezüglich der noch offenen Fragen. Heute Abend fahre ich zu Thiel auf den Winterberg und besuche im Vorbeigehen auch noch Langner. Vielleicht hat Thiel schon erste Ergebnisse zu der jungen Dame hier«, sie deutete auf den Körper, der nun unter einer dunklen Plane versteckt lag.

Becker nickte stumm, aber immer noch wenig erfreut. Doch das war sein Problem. Auf dem Weg zurück zum Auto schaute sie auf ihr Handy, um zu sehen, ob Francesco sich endlich gemeldet hatte. Ein kleiner einsamer

Haken hinter ihrer Nachricht zeigte ihr, dass er sie noch nicht gelesen hatte.

Das war schon komisch für jemanden, der oft mit seinem Smartphone verwachsen zu sein schien.

40

Kaltes Metall schnitt in sein linkes Handgelenk, als er versuchte, die Hände gegen seine pochenden Schläfen zu pressen. Sein Gehirn fühlte sich an, als wäre es zwischen zwei knarzende Mühlsteine geraten. In Wellen schwappte ein stechender Kopfschmerz über ihn. Ihm wurde speiübel. Seine Augen bemühten sich tapfer, sich an die Dunkelheit zu gewöhnen. Er hielt inne. Wo war er hier? Ein kalter, modriger Geruch umschloss ihn, raue fensterlose Wände nahmen langsam in seinem Sichtfeld Gestalt an. Er saß auf einer fleckigen, feuchten Matratze, die die Hauptursache für den schimmeligen Gestank zu sein schien. Ein Keller? Was war passiert? Wie war er hierhergekommen und wieso hatte man ihn angekettet?

Francesco hatte Mühe, sich seiner Situation bewusst zu werden. Träumte er? Immer wieder fasste er sich ans

Handgelenk, versuchte, es aus dem Klammergriff der Handschelle zu winden, zog an der neu glänzenden Kette, die ihn mit einem Haken an der Wand verband.

Es war stockdunkel. Er tastete mit der freien Hand so weit wie möglich den Raum ab. Fuhr mit den Fingern über rauen Stein und kalten Beton am Boden. Wenn er seine Arme ganz ausbreitete und bis an die Schmerzgrenze des gefesselten Handgelenks ging, berührte er auf der anderen Seite mit den Fingerspitzen eine rostige Metalltür. Aber er hatte nicht genug Kraft und Hebel, um gegen sie zu drücken. Sie war nur wenige Zentimeter zu weit entfernt, ebenso wie der Türgriff, der unerreichbar schien.

Er ließ sich auf die Matratze fallen, auf der er vor einigen Minuten, oder Stunden, aufgewacht war. Der aufgewirbelte Staub nahm ihm kurz die Luft zum Atmen. Was war hier los?

Ihm fiel das Bewerbungsgespräch mit der jungen Frau ein. Ihm waren ihre stahlblauen Augen aufgefallen, die ihn während des gesamten Termins von den Narben in ihrem Gesicht, die sie unter Make-up zu verstecken suchte, abgelenkt hatten.

Dann erinnerte er sich an einen kurzen Schmerz im Bein, unwillkürlich fasst er an die Stelle, die immer noch wehtat. Dann war ihm schummrig geworden, sein Kreislauf war abgesackt und er war froh gewesen, als sie ihn mit rausbegleitete. Er brauchte dringend frische Luft. Doch sein Kopf vernebelte sich immer weiter. Da war ein Aufzug. Grelles Licht. Es ging abwärts. Er wollte etwas sagen, doch seine Zunge funktionierte nicht mehr. Als wäre sie auf das Dreifache ihrer Größe angeschwollen. Er spürte die Angst wieder, die in ihm aufgekeimt war. Panik davor, zu ersticken. Das Gefühl, dass seine Zunge immer weiterwuchs und er nicht mehr an ihr vorbeiatmen konnte. Er versuchte zu schlucken. Es fühlte sich an wie sandiges Wasser, das sich durch seine Kehle quetschte.

Die Wände in dem schmalen Gang, den sie durchquerten, schienen sich auf ihn zuzuschieben. Dann neigten sie sich wie in einer Achterbahn.

Da war ein Auto. Dunkel, glänzend.

Eine schemenhafte Gestalt, die eine Tür öffnete und ihn auf das Polster schob. Weich. Einfach nur noch hinlegen. Der süßliche Geruch nach billigem Wunderbaum und einem teuren, herben Männerparfüm mischte sich in seiner Nase zu einem übelkeiterregenden Duft, der die Schleimhäute in seinem Mund zucken ließ. Jetzt bloß nicht übergeben. Dieser Gedanke war das Letzte, an das er sich erinnerte. Dann nichts mehr.

Bis er hier aufgewacht war. Er schaute an sich hinunter. Schuhe und Klamotten hatte er noch an. Jacke und Tasche waren weg. Auch im Raum konnte er sie nicht entdecken. Irgendwo da war sein Telefon drin.

Er brauchte sein Handy. Er musste Veronika anrufen, sie vermisste ihn sicher schon und wusste doch gar nicht, wo sie ihn suchen sollte. Warum musste er auch immer solche Geheimnisse um alles machen?

Er fror. Wie kalt es hier war. Maximal zehn bis zwölf Grad, schätzte er. Vielleicht lag es auch an seinem Kreislauf. Hektisch begann er, seine Hände zu kneten.

»Beruhig dich«, presste er angestrengt heraus. »Denk nach. Wo könntest du sein? Warum zum Teufel hat man dich hergebracht?«

In seinem Kopf ratterte es. Ohne Handy war er aufgeschmissen. Er hoffte, dass es irgendwo in der Nähe war und Empfang hatte. Dann würde die Polizei es orten können, wenn man ihn überhaupt schon suchte. Ab wann galt man als vermisst? 24 Stunden? Oder 48? Als erwachsener Mann. Er war sich nicht sicher.

Um ihn herum herrschte absolute Stille. Er wusste nicht, wie lange er bewusstlos gewesen war – er könnte sich überall auf der Welt befinden.

Erst die Anschläge auf Veronika und jetzt das. Aber was hatte er damit zu tun? Und wieso dieses Jobangebot? Das war doch echt, oder? Ein heißer Schauer durchlief ihn. Er hatte es gar nicht weiter überprüft.

Matze. Er war der Einzige, der davon wusste. Aber wie lange würde es dauern, bis sein Wissen zu Veronika gelangte? Die beiden kannten sich ja noch nicht einmal persönlich. Sein Magen drehte sich um bei dem Gedanken. Er würgte und erbrach am Fußende der Matratze bittere Gallenflüssigkeit.

Wie lange würde es dauern, bis sie ihn hier fänden?

41

Sylvia Meyer hatte den Auftrag, sich um die Befragung der Putzkolonne zu kümmern. Sie hatte für den Nachmittag mit dem Geschäftsführer der Reinigungsfirma einen Termin in den Räumlichkeiten des Rundfunkgebäudes ausgemacht, wohin sie direkt vom Fundort der Leiche aus fuhr. Dort, im Aufenthaltsraum der Reinigungskräfte, würde sie sich mit allen Frauen unterhalten, die an den besagten Tagen rund um das Fernsehstudio eingesetzt worden waren. Sie hoffte, dass diese Spur sie weiterbringen würde. Vielleicht war ja einer der Frauen etwas Ungewöhnliches aufgefallen. Jemand, der nicht dort hingehörte. Das wäre eine Genugtuung, vor allem nachdem man die Aufgabe mit der Putzkolonne wie eine stinkende heiße Kartoffel an sie durchgereicht hatte.

Die feinen Herren aus ihrem Team waren selbstverständlich nicht dafür gemacht, mit den hauptsächlich aus Frankreich stammenden Putzfrauen zu kommunizieren.

»Du weißt doch sicher besser, worüber man sich mit denen unterhält«, hatte sie sich anhören dürfen. Diese Chauvis. Wahrscheinlich hatten sie nur Sorge, dass ihr mangelhaftes Französisch sie, trotz umfassender Schulungen während der Dienstzeit, in eine unangenehme Lage bringen würde. Dann schickte man doch lieber das Küken mit den französischen Wurzeln. An der Sprachbarriere scheiterten ihre eigenen Ermittlungen heute also nicht.

Trotzdem war sie etwas nervös, als sie den Aufenthaltsraum betrat und 15 Augenpaare sie ablehnend bis skeptisch anschauten. Die Gesichter und auch sie selbst entspannten sich, als sie sich fließend auf Französisch kurz vorstellte und ihr Anliegen vorbrachte.

Sie würde die Frauen einzeln befragen, dafür hatte ihr der Hausmeister des Rundfunkgebäudes ein kleines Büro in der Nähe zur Verfügung gestellt, und nachdem sie alle Personalia der Anwesenden erfasst hatte, bat sie reihum zum Gespräch.

Die meisten berichteten stoisch von ihren Tätigkeiten, manche sprachen ein wenig Deutsch, viele wohnten in der Grenzregion und arbeiteten schon länger bei der Reinigungsfirma.

Sylvia Meyer fragte jede Einzelne der Frauen nach den Kolleginnen, mit denen sie an diesem Tag zusammengearbeitet hatten. Sie wollte für sich ein Modell der Teams erstellen und auf dieser Basis dann die Aussagen abgleichen. Vielleicht ließen sich ja so die Abläufe ganz gut rekonstruieren.

Und genau bei dieser Frage kamen die meisten ins Grübeln. Mehrmals wurde eine Kollegin erwähnt, die man nur »die Neue« nannte. Nicht eine der Anwesenden kannte ihren vollen Namen. Auch der Geschäftsführer zögerte. Sie sei zum Probearbeiten gekommen. Carina, Katharina? Auf jeden Fall keine Französin, aber eine Bekannte einer Freundin habe sie empfohlen. Wer? Ja, das könnten sie herausfinden. Sie sei nur wenige Tage zur Arbeit erschienen und nach dem Vorfall nicht mehr wiedergekommen. Jetzt, wo sie so darüber nachdachten, sei es schon komisch. Ob sie Ärger bekämen, weil es ihnen nicht früher aufgefallen war?

Sylvia Meyer notierte eifrig mit. Das war schon ein merkwürdiger Zufall. Sie bedankte sich bei allen herzlich für die Auskünfte und verteilte ihre frisch gedruckten Visitenkarten, falls jemandem noch etwas einfallen sollte. Sie bat die Anwesenden, sich für weitere Nachfragen bereitzuhalten. Außerdem beauftragte sie die Putzfrau, die sich bezüglich der Bekannten noch mal umhören wollte, sich bei ihr zu melden.

Das war doch eine Spur. Sie triumphierte innerlich, als sie ins Präsidium zurückfuhr und »Don't Stop Me Now« von Queen im Radio hörte. Diese unbekannte Frau kam ihr höchst verdächtig vor. Vielleicht war sie auf eine Handlangerin des Täters gestoßen, aber auf jeden Fall ein erster Ansatzpunkt.

Sie freute sich schon auf Frau Harts Gesicht, wenn sie ihr ihren Bericht vorlegte, und hoffte, dass ihr das bei der Chefin Pluspunkte einbringen würde.

42

Dimitri war außer sich. Er hatte von seinem Kontaktmann bei der Polizei erfahren, dass es eines seiner Mädchen erwischt hatte. Valeria. Die kleine Russin mit der Pechsträhne. Nach dem ganzen gesundheitlichen Kram, der bei ihr angefallen war, hatte er fast noch draufgelegt. Es war eine Schande, sie so jung auf den Straßenstrich zu schicken. Aber für seine Läden ging das nicht mehr. Trotzdem, er hasste es, wenn sich jemand an seinem Eigentum vergriff. Jetzt war der Spaß vorbei. Vor allem, als er im Detail hörte, was man mit ihr gemacht hatte. Er würde schon die passenden Maßnahmen ergreifen – die Araber hatten sich mit dem Falschen angelegt.

Was ihn aber ebenso beunruhigte, war die Aussicht, dass er als Valerias Zuhälter demnächst bei der Polizei auflaufen musste, auch das hatte ihm sein Kontakt gesteckt. Sie wollten alle Spuren verfolgen, hatte er ihm mitgeteilt. Was sollte der Scheiß? Was steckten die ihre Nase in seine Geschäfte? Er würde das mit diesen Möchtegern-Scheichs schon regeln. Und wenn die danach tot über dem Zaun hingen, dann war doch allen geholfen.

Seine Söhne, die er per WhatsApp zu sich bestellt hatte, betraten mit langen Gesichtern sein Büro. Wenn ein Mädchen verloren ging, bedeutete das meistens Stress und Ärger. Normalerweise hauten die Dinger irgendwann ab, weil sie jemanden kennengelernt hatten, der ihnen den Himmel auf Erden versprach. Einige kamen nach wenigen Wochen reumütig zurück. Andere spürten sie auf und polierten ihnen und ihren Gigolos ordentlich die Fresse. Wieder andere ließen sie laufen. Je nach Stimmung. Aber dass jemand so brutal eingriff und der Tussi einfach das Licht ausknipste, war eine Kriegserklärung. Das wussten sie alle.

Dimitri bellte ihnen seine Anweisungen zu, sein Puls raste. Je mehr er darüber nachdachte, desto wütender wurde er.

Diese Aktion kam zum ungünstigsten Zeitpunkt. Corinnas Racheakt hatte ihn dazu verleitet, seine Deckung zu verlassen und einige Kontakte spielen zu lassen. Der Mechaniker hatte sich zu dämlich angestellt. Er hoffte jetzt nur, dass die beiden Schwachmaten, die seine Söhne waren, hierbei keine Fehler gemacht hatten. Nicht auszudenken, wenn man ihnen hier irgendwelche Verbindungen nachweisen könnte. Es würde dauern, bis das wieder aus der Welt war. Vor allem mit dieser neuen Kommissarin, die Corinna so hasste. Die schien sich wie ein Terrier in den Fall zu verbeißen. Hoffentlich hatte Corinna hier bald mal Erfolg. Dann würde sich das eine oder andere Problem vielleicht auch schneller lösen lassen. Nicht, dass er hier auch noch selbst eingreifen musste.

Seinen Söhnen bläute er die Strategie ein. Sie würden sich bei der Polizei kooperativ zeigen. Momentan waren sie auch Opfer, Valeria war regulär bei ihnen gemeldet. Eine Angestellte. Auch die anderen Mädchen, zumindest die legalen, würden ihre Aussage machen. Aber zuerst würde Aleksander sie genauestens befragen. Die Familie Sokolov würde ihre eigenen Ermittlungen anstellen, unter seiner Leitung. Es musste schnell und effektiv gehen. Yuri sollte schon einmal einen Schlägertrupp zusammenstellen. Sobald sie wussten, wer dahintersteckte, würden sie zuschlagen.

Er grinste bei dem Gedanken an sich als Ermittler. Hauptkommissar Dimitri Sokolov auf der Spur des Bösen.

43

Während sie am Schreibtisch saß, schaute Veronika im Minutentakt auf ihr Handy. Es war schon später Nachmittag, als sie den ersten Bericht endlich fertig hatte, und es gab immer noch kein Lebenszeichen von Francesco. Lebenszeichen, was für ein abstruses Wort. Sie fegte den Gedanken schnell weg. Er hatte noch nicht einmal ihre Nachricht gelesen. Immer wieder starrte sie auf die leeren beiden Häkchen, die wie eine Anklage hinter all ihren Botschaften auf ihrem Display prangten.

»Zuletzt online um 09.30 Uhr«, stand unter seinem Namen. Jetzt war es 16.30 Uhr. War er unterwegs und hatte sein Handy irgendwo liegengelassen? Oder war es ihm geklaut worden? Heute Morgen hatte er ihr ja noch eine Nachricht geschickt. Sie checkte zum wiederholten Mal seine Profile auf Facebook und Instagram, wo er fast täglich etwas postete. Seit gestern Abend nichts Neues. Als Letztes hatte er von seinem Treffen mit Matze berichtet.

Vielleicht hatte Francesco ihm erzählt, was er heute vorhatte. Schließlich sollte es ja eine Überraschung sein. War es zu früh, um ihn danach zu fragen? Sie kannten sich nicht einmal persönlich. Machte sie sich damit lächerlich? Sieben Stunden waren prinzipiell ja nicht ungewöhnlich an einem normalen Wochentag. Und heute war Freitag, er war vielleicht einfach nur sehr beschäftigt mit seiner Überraschung. Wer wusste das schon? Und nur weil ihr Bauchgefühl sie gleich das Schlimmste vermuten ließ, musste das ja nichts heißen. Er würde sie sicher für völlig verrückt halten. Voll die Stalker-Mutti, würde er sie lachend nennen.

Aber sie wusste, dass sie früher oder später durchdrehen würde. Es machte sie wahnsinnig, etwas nicht unter Kontrolle zu haben. Und sie sorgte sich um ihn, das war unbestritten. Nach allem, was in den letzten Tagen vorgefallen war, war das doch verständlich. Oder? Und sie musste sich endlich wieder auf ihren Fall konzentrieren.

Ach was soll's, Stalker-Mutti hin oder her, dachte sie und tippte eine kurze Nachricht über Facebook an den besten Kumpel ihres Freundes:

»Hey, alles gut bei dir? Ich habe gehört, ihr hattet einen super Abend gestern. Sag mal, du weißt nicht zufällig, wo Francesco steckt, oder? Der hat sich seit heute Morgen nicht mehr gemeldet und reagiert gar nicht auf meine Nachrichten. Du kennst ihn – das ist echt ungewöhnlich, wo er doch sein Handy immer am Start hat. Hab ein ungutes Gefühl. Sag kurz Bescheid, ja? Danke und viele Grüße, Veronika.«

Senden. Sie atmete durch. Sollte er sie doch für verrückt halten. Sie fühlte sich jetzt ein wenig besser.

Eine knappe halbe Stunde später, sie arbeitete gerade konzentriert die spärlichen Erkenntnisse durch, die nach und nach eintrudelten, kündigte ein leises »Ping« eine neue Nachricht in ihrem Posteingang an. Ihr Herz hüpfte, doch die E-Mail war leider weder von Francesco noch von seinem Freund Matthias. Sylvia Meyer hatte ihr einen ersten Kurzbericht von ihrer Vernehmung mit den Putzkräften des SR zugeschickt. Veronikas Puls beschleunigte sich, als sie die Zeilen zu der unbekannten Frau las, die seit dem Vorfall nicht mehr aufgetaucht war.

Stand diese Person im Zusammenhang mit dem Anschlag auf sie? Wer war das?

Wir brauchen ein Phantombild, schoss es ihr durch den Kopf. Ich will sofort wissen, mit wem ich es hier zu tun habe.

Veronika wählte die Durchwahl der jungen Kollegin und besprach die Ergebnisse der Befragung. Es war eindeutig, dass die Unbekannte zu der Gruppe Frauen gehört hatte, die am besagten Tag für die Reinigung des Studios zuständig waren.

»Meyer, lassen Sie ein Phantombild anfertigen. Kontaktieren Sie die Frauen, die von der Verdächtigen berichtet haben, und lassen Sie sie herkommen. Mal sehen, was wir denen noch entlocken können. Ach so, und Meyer? Sehr gute Arbeit, danke Ihnen.«

Sie legte auf.

An der Francesco-Front gab es in der Zwischenzeit nichts Neues. Seufzend machte sie sich auf den Weg zu Becker und den Kollegen, deren Stimmen sie eben auf dem Flur gehört hatte, um sich jeweils ein Update geben zu lassen.

Die Männer würden sicher im Strahl kotzen, dass das Küken im Team jetzt diese Spur aufgetan hatte, während sie sich alle vor der Befragungsrunde mit den Putzfrauen gedrückt hatten.

Becker berichtete, dass sie in enger Abstimmung mit der Sitte standen. Die Kollegen hatten das Opfer identifiziert, auch wenn das beim Zustand ihres Gesichtes schwergefallen war. Ihr Name war Valeria und irgendein unaussprechlicher Nachname, den er sich noch einmal schriftlich geben lassen würde. Sie kümmerten sich auch darum, den Zuhälter und die Prostituierten aufzutreiben, die sonst immer an dieser Stelle anschafften. Spätestens morgen könnten sie mit den Befragungen beginnen. Veronika ließ Sylvia Meyer ihre Ergebnisse vorstellen, die vor Stolz fast platzte. Irgendwie fühlte sich die Hauptkommissarin dabei an ihre ersten Dienstjahre erinnert.

»Kollegen, gute Arbeit. Morgen wird es hier ganz schön voll werden. Meyer, Sie koordinieren die Phantombild-Geschichte, schauen Sie zu, dass nicht alle gleichzeitig kommen, und reservieren Sie dafür mindestens einen Raum. Wichtig ist, dass die Kollegen verfügbar sind zum Erstellen der Bilder. Kümmern Sie sich darum. Und Becker, Sie übernehmen die Befragungen im Mordfall Deutschmühlental. Vielleicht finden wir auch noch Infos zu dem ersten Opfer.« Sie schaute auf die Uhr. Es war gleich sieben Uhr. Fast zehn Stunden seit Francescos letztem Zeichen. »Ich werde morgen früh zum Winterberg hochfahren, das bringt jetzt nichts mehr. Wir treffen uns hier um zehn zur Teambesprechung, die Vernehmungen dann bitte drum herumlegen. Gibt es noch Fragen?« Sie schaute in die Runde. Nur müde Gesichter. Nichts ging mehr.

Auch Veronikas Kopf war leer. Ihre Gedanken kreisten ausschließlich um Francesco.

Sie beschloss, an seiner Wohnung vorbeizufahren und nach dem Rechten zu schauen. Vielleicht war er umgekippt und lag irgendwo hilflos. Ihr wurde heiß und kalt. Warum war ihr das nicht früher eingefallen? Sie stieg auf ihr Fahrrad und trat fest in die Pedale. Bis zur Innenstadt war es nicht weit. Matze hatte sich noch nicht auf ihre Nachricht gemeldet. Wo waren die Kerle bloß, wenn man sie brauchte?

Ihre Knie zitterten, als sie die Wohnungstür mit dem

Schlüssel aufschloss, den er ihr vor einigen Wochen erst feierlich überreicht hatte. Sie hatte ihn bisher nicht benutzt.

Die Wohnung war dunkel. Es roch nach Francesco, einer Mischung aus seinem Parfüm und dem herben Duschgel.

Leise rief sie seinen Namen und streifte durch alle Räume, immer in der Hoffnung, ihn irgendwo schlafend zu finden. Aber er war nicht da. Sie suchte nach seiner Jacke, Schlüssel und Handy. Alles war weg.

Veronika schaute auf dem Schreibtisch nach, auf dem immer ein Wochenkalender mit seinen Terminen lag. ZF hatte er für diesen Morgen eingetragen. Was war das für eine Abkürzung? War das ein Name oder ein Treffpunkt?

Ihre Hand blieb auf seinem Laptop liegen, der mitten auf dem Tisch stand. Sollte sie reinschauen? Sie kannte sein Passwort nicht. Und was, wenn er noch eine andere Freundin hatte und sie intime Fotos und Mails auf dem Computer fände? Sie stellte sich vor, wie er sie auslachte, weil sie ihm die ganze Zeit seine Romantiknummer abgenommen hatte.

Nein, das würde er ihr nie antun.

Okay, ich werde verrückt. Schluss jetzt. Er wird sich schon melden, versuchte sie sich zu beruhigen. Wahrscheinlich würde er ganz gerührt sein, dass sie sich solche Sorgen gemacht hatte. Er, der ihr im Streit immer vorwarf, zu keiner richtigen Emotion fähig zu sein.

Sie wollte einfach solange bei ihrer Freundin Theresa vorbeischauen, um sich abzulenken. Die würde sicher ein paar Tipps parat haben, wie man ihm so ein treuloses Verhalten gleich wieder austrieb. Dafür war ihre Freundin stets bestens gewappnet.

Leise zog sie die Tür von Francescos Wohnung hinter sich zu. Doch das schlechte Gefühl blieb an ihr haften wie ein klebriges Kaugummi. Ihre Gedanken wanderten immer wieder zu den schlimmsten Szenarien.

Mensch, Francesco, jetzt melde dich doch.

44

Dieses Gefühl. Einfach nur Befriedigung. Die fast schon sportliche Anstrengung der Schläge und des Tragens ihres wehrlosen Körpers vorher hatten ihre Spuren hinterlassen. Er spürte das leichte Ziehen eines Muskelkaters in den Oberarmen und Schultern. Auch seine Fingerknöchel waren in Mitleidenschaft gezogen worden und wiesen kleine Platzwunden an den Gelenken auf. Dort, wo er auf Valerias Knochen getroffen war. Beim nächsten Mal würde er über Lederhandschuhe nachdenken müssen. Vielleicht solche fürs Motorrad, die an den Fingern extra verstärkt waren, um die Gelenke bei Unfällen zu schützen. Die würde er sich gleich morgen besorgen, wenn er in die Stadt ging. Samstags war der beste Tag für so einen Bummel über den Sankt Johanner Markt oder durch die Fußgängerzone. Wenn das Wetter hielt, würde er sich noch die Bundesliga in einer der Kneipen anschauen.

Die Kollegen hatten ihn heute früh beim Kaffeeholen schon neugierig auf seine Finger angesprochen. Die waren wie Aasgeier. Ein Sturz mit dem Mountainbike im Stadtwald war seine Erklärung gewesen. Alle kannten ihn als supersportlich. Also fragte niemand mehr. Und die Azubine aus der Buchhaltung hatte ihm sogar noch Pflaster gebracht.

Er lehnte sich in seinem Bürostuhl zurück, kreuzte die Finger unter dem Kinn und starrte auf den Bildschirm mit der Kreditkalkulation, an der er gerade arbeitete. Das Geräusch der brechenden Knochen hatte ihn bei der Ersten noch irritiert. Dieses Mal schlug oder trat er jedes Mal so fest zu, dass die Knochen brechen mussten. Zuerst das Schambein mit einem gezielten Tritt, die Rippen, das Schlüsselbein, Joch- und Nasenbein mit präzisen Schlägen. Arme und Beine sowie das Becken waren am widerspenstigsten gewesen.

Doch den Rausch hatte er intensiver empfunden als beim letzten Mal. Er wusste nicht mehr alles, er hätte sich gerne an noch mehr Details erinnert. An jede seiner Bewegungen und ihre Auswirkungen. Wann sie das Bewusstsein verloren hatte, ob sie noch einmal aufgewacht war. Er hatte keine Erinnerung daran. Das war mehr als ärgerlich.

Ihr Personalausweis lag in der obersten Schublade seines Schreibtisches. Mit dem Finger fuhr er über das verpixelte Foto ihres Gesichts.

»Gott hat dich erschaffen und ich habe dich erlöst«, flüsterte er heiser. »Das nimmt mir keiner mehr weg.« Dann klappte er den Computer auf und verband seine Smartwatch, die er am Handgelenk trug und die alle seine Vitaldaten und sportlichen Leistungen aufzeichnete, mit dem entsprechenden Programm, um die Läufe, die er die gesamte Woche absolviert hatte, mit seinem Profil zu verbinden. Über die Zeiten würden wieder einige staunen. Er schlug sich wirklich nicht schlecht für sein Alter.

45

»Die Schlampe soll die Fresse halten. Mann, geht die mir auf den Sack. Was nölt die noch rum. Die kann froh sein, dass wir hier überhaupt für sie rumspringen. Was erwartet die eigentlich? Voll der Kindergarten, sag ich dir«, brummte Yuri Sokolov im Auto, als sie sich auf den Weg zu den Wohngemeinschaften ihrer Mädchen machten. Aleksander schaute ihn fragend an.

»Ist doch wahr, ohne Scheiß. Ich hatte keinen Bock, dem Typen eine Kugel in den Kopf zu jagen. Weiß die eigentlich, was das für einen Lärm macht? Und dann haste noch so ein paar Nordic Walker in der Nähe, die gleich die Bullen rufen. Nee, danke! Das Ding wird sich eh von alleine erledigen. Nach ein paar Tagen ist der durch. Und wenn man ihn irgendwann findet, wird sich niemand mehr an ihn erinnern. Ich war schon froh, dass ich keinem auf dem Weg begegnet bin. Wenn die sich jetzt aufregt, dann ist das ihr

Problem. Nachdem wir das hier erledigt haben, kann der Alte zukünftig den Mist für die Schlampe alleine machen.«

Sein Bruder lachte kehlig. »Jetzt beruhig dich mal. Ist doch alles gut. Das Ergebnis zählt, fertig. Die wird schon nicht aufmucken. Wen hat die denn sonst noch, neben ihrem Lieblingsonkelchen Dimitri? Wenn sie uns zu sehr nervt, dann stecken wir das ihren Brüdern. Ich habe gehört, dass die sich wieder in Deutschland rumtreiben, die Säcke. Da wird sie sich umschauen. Die Bruderliebe hatte ihr ja nicht so gefallen, wenn ich mich recht erinnere?«, dröhnte er weiter. »Und jetzt vergiss es. Wir haben zu tun.«

Sie erreichten die Wohnungen, die alle auf einer Etage lagen, und trommelten die Mädchen zusammen. Valerias Tod hatte sich schon herumgesprochen und entsprechend aufgeregt waren alle. Keine wollte sich mehr dort an die Straße stellen, zwei Tote innerhalb weniger Tage, das reichte ihnen. Die Angst war zu groß. Von denen, die dort gestanden hatten, war nicht viel zu erwarten. Die Freier waren rar geworden. Seit es die Flat-Rate-Bordelle am Stadtrand gab, holten sie sich ihre Befriedigung lieber dort. Geiz ist geil, war nun auch hier das Motto der Stunde.

»Das erste tote Mädchen, das hat noch einen Freier gehabt, das habe ich gesehen. Der kam ohne sie aus dem Wald. War so ein Familienauto. Sie selbst ist danach nicht mehr aufgetaucht. Ich glaube zumindest, dass sie nicht im Auto saß. Aber auf das Kennzeichen habe ich nicht geachtet«, erzählte eine der Erfahreneren.

»Und war das einer der Araber?«, fragte Yuri sie herrisch. Sie schüttelte den Kopf. Nichts zu machen.

Sie instruierten alle, morgen auf die Polizeianfrage zu reagieren und auf dem Revier auszusagen.

Yuri zögerte kurz, als er während der Abendplanung in die ängstlichen Gesichter blickte. Doch es war Freitag, das Geschäft sausen zu lassen, war keine Option. Wenn die Araber dahintersteckten, hätten sie in Kürze ihr Ziel erreicht. Aber nicht mit ihm.

»Ihr geht da raus. Ich stelle mich mit dem Auto in die Nähe, okay? Ihr behaltet das Handy die ganze Zeit in der Hand, außer wenn ihr anderweitig beschäftigt seid. Wenn euch jemand komisch vorkommt, steigt ihr nicht ein oder ruft mich an. Kapiert?«

Einige nickten stumm, aber mit Tränen in den Augen. Sich gegen die beiden zu widersetzen hatte noch niemandem geholfen, im Gegenteil.

46

Seit den frühen Morgenstunden saßen in drei verschiedenen Vernehmungsräumen die Putzfrauen und die Kollegen über Computerbildschirmen zusammen und bastelten das Gesicht ihrer Verdächtigen.

Becker beobachtete das Treiben auf dem Flur von seinem Schreibtisch aus. Trotz Samstagsdienst waren alle motiviert und glaubten an den Durchbruch. Er ärgerte sich, dass sie diese Spur erst vier Tage nach dem toten Studenten entdeckt hatten. Warum zog sich das alles so?

Und dass die Hart nun doch wieder in der ersten Reihe mitmischte, das beschäftigte ihn noch viel mehr. Hatte es nicht sogar an ihr gelegen, dass sie so viel Zeit vergeudet hatten? Sie war doch auch irgendwie befangen, immerhin war sie das Ziel der Anschläge gewesen, daran bestand aus seiner Sicht kein Zweifel.

Er würde mit seinem Kumpel Lothar sprechen müssen. Der Dezernatsleiter hatte ja schon angedeutet, dass man das Fräulein Hart hier an dieser Stelle etwas außen vor lassen könne – und falls es ihr zu heiß wurde, dann ließ sie sich vielleicht doch zur Sitte oder in ein etwas moderateres Dezernat versetzen. Oder gleich ganz zurück in ihr hessisches Kaff.

Ihm selbst kam das alles immer noch dubios vor. Es fuchste ihn, dass dieser Mechaniker damit in Zusammenhang gebracht werden konnte. Jemand aus den eigenen Reihen. Das passte partout nicht in sein Weltbild. Jeder ließ mal fünf grade sein, aber ein Fahrzeug zu manipulieren? Das hätte sonst wen treffen können.

Er hatte sich am Vorabend im Saarbrücker Glücksspielmilieu etwas umgehört, da schuldeten ihm noch einige was. Aus den alten Zeiten. Kovar war dort kein unbeschriebenes Blatt. Er hatte in den 90ern eine Glückssträhne gehabt und dann die Bodenhaftung verloren. Kasino, Pferderennen, Fußballwetten auf internationaler Ebene – er zielte auf die ganz große Kohle. Dass diese Gestalten nie den Hals vollkriegen konnten. Und wie das am Ende solch trauriger Existenzen üblich ist, war dann alles weg. Frau, Wohnung, Geld. Nur eine Menge neuer »Freunde« schauten gerne mal vorbei, um sich das zurückzuholen, was sie ihm zu horrenden Zinsen geliehen hatten.

Laut der Aussagen aus dem Milieu hatte er es dann irgendwann geschafft, sich zu stabilisieren. Jemand hatte ihn unter seine Fittiche genommen, bürgte für ihn. Dafür, so vermutete man, arbeitete er für diese Person. Nur um wen es sich dabei konkret handelte, damit wollte keiner rausrücken.

Immerhin könnte hier ein Motiv für die Manipulation des Polizeifahrzeugs versteckt liegen. Da war irgendwo ein Auftraggeber hintendran, der das große Rad drehte. Und der musste im oder um das Spielermilieu zu finden sein.

Becker seufzte. Aber was hatte die Hart mit diesem Milieu zu schaffen?

Er würde das Team-Meeting abwarten müssen, das sie für 10.00 Uhr angesetzt hatte. Wenn es jetzt noch eine Verbindung zwischen dem Milieu und dem SR gab, am besten noch zu dieser Unbekannten aus der Putzkolonne, dann könnten sie hoffentlich bald einen Haken an die unsägliche Geschichte machen, bevor noch Schlimmeres passierte.

Und wenn dabei parallel, so quasi im Vorbeigehen, der Hauptkommissar und die Leitung der Abteilung für ihn raussprangen, dann umso besser.

47

Veronika war irgendwann um 4.00 Uhr auf Theresas Couch eingeschlafen. Sie hatten stundenlang überlegt, wo Francesco stecken könnte. Hatten seinen Onkel im Restaurant angerufen und es bei ein paar Freunden versucht. Niemand hatte ihn gesehen. Ihre Verzweiflung stieg mit jeder Minute und Theresa wollte sie in diesem Zustand nicht nach Hause fahren lassen. Völlig gerädert durch den Schlafmangel und die Sorgen machte sie sich am frühen Morgen auf den Weg zu ihrer Wohnung. Vielleicht schlummerte Francesco dort selig in ihrem Bett. Nur Rocky, ihr Kater, würde schmollen – hatte er doch gestern kein frisches Abendessen bekommen und sich mit seinem Trockenfutter begnügen müssen.

Mit zitternden Händen öffnete Veronika ihre Haustür. Doch außer dem krächzenden Maunzen von Rocky war die Wohnung totenstill. Keine Nachricht auf dem Anrufbeantworter, kein Anruf in Abwesenheit, nichts.

Rocky fraß seine Extraportion Nassfutter, als Veronika sich schnell unter die kalte Dusche stellte und versuchte, ihre Gedanken zu sortieren. Da stimmte etwas nicht, das war ihr klar. Irgendjemand musste doch wissen, wo er steckte. Was, wenn ihm etwas zugestoßen war? Es war ja möglich, dass im Krankenhaus niemand wusste, wen man erreichen konnte. Aber hätte dann sein Onkel nicht davon gewusst?

Sie würde heute Morgen gleich mal die Saarbrücker Krankenhäuser durchtelefonieren. Außerdem wollte sie auf Facebook noch ein paar weitere seiner Freunde anschreiben, nur für den Fall. Er konnte ja nicht vom Erdboden verschluckt sein.

Nicht dass … – sie wischte den Gedanken weg. Die Attentate hatten ihr gegolten, Francesco hatte damit nichts zu tun.

Ihre Gedanken drehten sich lauernd um ihre Angst, auch als sie bereits auf dem Weg zur Arbeit war. Ihre Freundinnen Ella und Theresa unterstützten sie mit ermutigenden Nachrichten, doch so richtig drangen die Botschaften nicht zu ihr durch.

Kaum im Büro angekommen nahm sie den Hörer in die Hand. In den Krankenhäusern war in den letzten 24 Stunden niemand mit Francescos Namen eingeliefert worden, es gab auch keine unbekannten Opfer. Fehlanzeige.

Veronika wusste nicht, ob sie erleichtert sein sollte. Ihre Sorge wuchs mit jeder Minute, sie starrte auf ihr Handy, dann auf den Bildschirm ihres Laptops. Sie kaute ihre Unterlippe blutig.

Als Philipp Weissmann kurz vor 10.00 Uhr den Kopf durch ihre Tür steckte, schaute sie ihn mit einer Mischung aus Hoffnung und Verzweiflung an.

»Ist alles okay bei Ihnen?«, fragte er besorgt. Veronika nickte. Sie wollte ihre privaten Sorgen noch nicht mit den Kollegen teilen. Vielleicht würde sich alles in Wohlgefallen auflösen, und dann hätte sie sich vollends lächerlich gemacht. Die Ermittlungen rund um die Anschläge auf sie waren persönlich genug. Sie hatte schon jetzt das Gefühl, dass sie argwöhnisch beobachtet wurde, wenn sie sich im Polizeipräsidium bewegte. Als hätte sie etwas falsch gemacht, weil sie offensichtlich die Wut eines mutmaßlichen Attentäters auf sich gezogen hatte.

Bisher hatte ihr noch niemand seine Anteilnahme gezeigt oder ein persönliches Wort dazu mit ihr gewechselt. Keiner ihrer Kollegen hatte sie gefragt, wie es ihr wirklich damit ging. Sie trat natürlich auch immer mit einer besonders harten Schale auf. Das hatte sie sich bereits früh antrainiert.

Vielleicht hielten sie sie aber auch schon für verrückt und ließen sie deshalb in Ruhe. Wenn sie jetzt noch Panik schob und ihren Freund als vermisst meldete, dann würde sie bald in die Klapse eingeliefert werden. Er tauchte sicher bald auf.

Sie griff zu ihrem Handy. Wählte zum 150. Mal Francescos Nummer. Die Mailbox antwortete sofort. Zum 150. Mal. Seine Stimme. Melodisch, weich und doch mit sonorem Klang. Wie sehr sie ihn vermisste.

Sie brachte das Team-Meeting schnell hinter sich, alle wussten, was sie zu tun hatten. Wegen der ganzen Geschichte mit Francesco war sie natürlich nicht auf dem Winterberg bei Thiel gewesen. Sie würde da später hinfahren, wenn er auch da war. Die Blicke, die die Kollegen untereinander tauschten, sprachen Bände. Hatte sie schon wieder versagt? Welche Ermittlerin schaffte es nicht einmal, den Pathologen zu besuchen und sich dort die Ergebnisse zu holen. Vielleicht sollte sie es delegieren? Nein, sie schaffte das.

Am Ende ihres Meetings, als die meisten schon den Raum verlassen hatten, kündigte ein leichtes Vibrieren den Eingang einer Nachricht auf ihrem Handy an. Ihr Herz setzte einen Schlag aus und sie spürte, wie das Blut aus ihrem Gesicht wich. Becker warf ihr einen aufmerksam-besorgten Blick zu.

Es war Matze, der ihr auf Facebook geschrieben hatte. Mit zitternden Fingern klickte sie auf die Nachricht.

»Hallo Vero, hast du mittlerweile was von Francesco gehört? Erreiche ihn nicht auf dem Handy. War bis gestern Abend spät auf Dienstreise, deswegen habe ich deine Nachricht erst jetzt gesehen. Zu mir hat er nichts gesagt, außer, dass er zu einem Vorstellungsgespräch mit ZF beziehungsweise mit einer Headhunterin wollte. Sollte wohl eine Überraschung für dich werden. Komisch, die haben ihn bestimmt nicht gleich eingestellt und ins Ausland geschickt? Hast du schon sein Handy geortet? Bei der Polizei müsstet ihr das doch können. Melde dich, wenn du was hörst, mache mir langsam auch Sorgen. Hier noch meine Handynummer …«

Bewerbungsgespräch? ZF? Das passte zu dem Eintrag in seinem Kalender. Wo hatte das stattgefunden? War er dort überhaupt aufgetaucht?

Sie googelte die Nummer der Personalabteilung des Maschinenbauers. Doch heute war Samstag. Dort würde sie niemanden erreichen. Sie hinterließ eine Nachricht auf dem AB. Das war besser als nichts.

Dann rief sie in der IT-Forensik an. Glücklicherweise schuldete ihr der diensthabende Kollege einen Gefallen. Sie gab ihm Francescos Nummer durch, damit er prüfen konnte, in welcher Funkzelle er zuletzt eingeloggt war. Sie musste ihm aber versichern, dass es keine Probleme deswegen geben würde.

Eigentlich brauchte man dafür einen richterlichen Beschluss. Dieser tiefe Eingriff in die Privatsphäre wurde durch das TK-Fernüberwachungsgesetz geregelt, welches dies nur erlaubte, wenn eine Gefahr für Leib und Leben bestand.

Doch der Kollege spürte ihre Verzweiflung und versprach, ihr in wenigen Minuten eine unverbindliche Info zukommen zu lassen.

Kurz darauf kam eine kryptische Mail ihres Kollegen. Letzte Ortung: Freitag, 10.30 Uhr, in der Nähe des Deutsch-Französischen Gartens, Richtung Messegelände.

Danach ausgeschaltet.

Veronika atmete durch. Sie konnte hier nicht weiter sitzen und nichts tun.

Sie gab Becker kurz Bescheid, der bereits im Gespräch mit ein paar eindeutig gekleideten jungen Frauen war, schnappte sich ihre Autoschlüssel und fuhr in Richtung französischer Grenze. Hier befanden sich ein Kasino und ein Hotel, vielleicht war er dort versackt.

Ihren Mini stellte sie auf dem Hotelparkplatz ab und ließ ihren Blick über die parkenden Autos schweifen. Da. Eine bekannte Autoform. In der richtigen Farbe. Sie rannte auf den dunkelblauen Audi A3 zu und brauchte einige Sekunden, um zu kapieren, dass es Francescos Wagen war, vor dem sie stand. Das Kennzeichen stimmte. Auf dem Beifahrersitz lag sein Schal. Ansonsten sah alles aus wie immer. Ein Schokoriegelpapier steckte zerknüllt in der Fahrertür, seine obligatorischen Zitronen-Kaugummis standen in der Mittelkonsole.

Auf weichen Knien machte sich Veronika auf den Weg ins Hotel. Hier herrschte geschäftiges Treiben, eine Seniorengruppe polterte durch die Lobby auf dem Weg zum Brunchbuffet. Sie hielt der Rezeptionistin ihre Polizeimarke hin und zeigte ihr dann ein Bild von Francesco, das sie auf ihrem Handy hatte.

Die junge Frau schüttelte den Kopf, holte aber einen Kollegen, der am Vortag Dienst gehabt hatte und der das Foto eingehend betrachtete.

»Ja, ich erinnere mich«, sagte er schließlich nach endlosem Zögern. Veronikas Blut rauschte in den Ohren.

»Er war hier, Freitagvormittag, gegen halb elf. Wir haben gerade das Frühstücksbuffet abgebaut und mir ist die Frau aufgefallen, mit der er im Café saß. Die hatte so eisblaue Augen. So etwas habe ich noch nie gesehen. Toller Körper. Vielleicht Anfang 20. Nur im Gesicht hat etwas nicht gestimmt, aber ich war nicht nah genug dran, um es genau zu sehen. Die Augen, die waren so stechend und kalt. Aber wenn Sie mich fragen, war das keine aus dem Milieu.«

In Veronikas Kopf überschlugen sich die Bilder. Hatte er doch eine Geliebte? Was machte sie hier wie eine Idiotin? Er hatte sich vor 24 Stunden mit einer anderen getroffen. Wer weiß, ob das wirklich das Bewerbungsgespräch war.

Die Erinnerung des Rezeptionisten kam zurück.

»Die beiden sind dann irgendwann Arm in Arm gemeinsam zum Aufzug, er war nicht mehr ganz stabil auf den Beinen. Aber Alkohol hatte er bei uns nicht getrunken. Vielleicht vorher schon. Ein Zimmer hatten die beiden meines Wissens aber nicht. Er hat nämlich seine Mappe stehen lassen, mit Bewerbungsunterlagen, die wollten wir ihm bringen. Aber wir haben keine passende Reservierung gefunden. Und sie haben bar bezahlt. Vielleicht sind sie mit dem Auto weg. Wollen Sie den Ordner mitnehmen? Ich habe ihn hier.«

Veronika nickte stumm. Da war Francescos Handschrift, quer über den Ordnerrücken. Ein Stich durchfuhr ihr Herz.

»Haben Sie hier Überwachungskameras?«, presste sie zwischen schmalen Lippen hervor. Jetzt galt es. Sie hoffte, der Typ würde nicht zu viele Fragen stellen. Aber der fühlte sich wie mitten in einer Tatort-Folge und war sehr kooperativ. Er führte sie in einen der hinteren Räume.

In den nächsten Minuten sah sie auf einem kleinen Monitor, wie Francesco die Lobby betrat, an seinem Jackett zupfte und dann zielsicher ins Café schritt. Sie hätte seinen Gang unter Hunderten erkannt. Der Hotelmitarbeiter spulte vor, aus dem Café gab es keine Aufnahmen. Kaum eine halbe Stunde später kam Francesco mit einer jungen Frau wieder heraus, er hatte seinen Arm um ihre Schulter gelegt, ihre Haare hingen ihr tief ins Gesicht. Aber ihr Körper war gut zu erkennen. Sie war groß und schlank. Doch irgendetwas stimmte mit ihm nicht. Er hatte seine Beine nicht unter Kontrolle, schleifte sie komisch hinter sich her. Als wäre er betrunken. Immer wieder stolperte er fast und es schien die junge Frau eine enorme Kraftanstrengung zu kosten, ihre Last bis zum Aufzug zu bugsieren.

Die nächsten Aufnahmen zeigten die beiden in der Tiefgarage, wo ein dunkles Auto auf sie wartete. Nummernschilder waren abgeklebt worden und der Fahrer stand verborgen hinter einer Säule. Nur kurz trat er hervor und verfrachtete Francesco ins Auto, bevor er mit quietschenden Reifen losfuhr. Die Kamera an der Ausfahrt erfasste kurz die beiden Personen auf den vorderen Sitzen. Durch die heruntergeklappte Sonnenblende sah man vom Fahrer nur das markante Kinn. Die Beifahrerin hingegen konnte man deutlich sehen. Selbst in dem unscharfen Bild schienen ihre Augen zu leuchten. Veronika lief ein Schauer über den Rücken. Ihr schoss das Wort »Entführung« durch den Kopf. Francesco war entführt worden.

Sie versuchte, nicht die Nerven zu verlieren, und ließ sich die Datei der Überwachungskameras auf eine CD brennen. Sie atmete tief durch, während die Panik in ihr Tango tanzte. Am liebsten hätte sie sich unter den Schreibtisch gehockt und geweint. Alle Kraft war aus ihr gewichen. Sie nestelte ihr Handy aus der Hosentasche und wählte eine Nummer im Präsidium.

»Becker? Hart hier. Die haben Francesco. Was für eine Scheiße. Ich bin hier im Tagungshotel am Deutsch-Französischen Garten. Jemand hat meinen Freund entführt. Ich habe es auf der Überwachungskamera gesehen. Und das war vor 24 Stunden.«

Ihre Stimme war tränenerstickt, als sie die Worte aussprach. Das hier war real. Jetzt hatte sie die traurige Gewissheit. Becker versprach, direkt zu kommen. Sie solle auf ihn dort warten und sich nicht bewegen.

Das war alles kein Zufall mehr.

48

Er fiel immer wieder in einen unruhigen fiebrigen Schlaf. Er fühlte sich ausgetrocknet, seine Lippen waren spröde und er hatte das Gefühl, permanent Sandkörner herunterzuschlucken.

Er hatte beim Abtasten des Raums in seinem Radius eine kleine Wasserflasche gefunden, die seine Entführer wohl in einem kurzen Moment menschlicher Güte für ihn dagelassen hatten. Allerdings war er nur mit Mühe an die Flasche gekommen, mit allerletzter Kraft hatte er sie mit den Fingerspitzen greifen und zu sich ziehen können. Er war so erleichtert und durstig gewesen, dass er sie mit einem Zug fast geleert hätte. Nur ein kleiner Rest schwappte noch über den Flaschenboden, wenn er sie in seinen Händen drehte. Das war dumm. Warum hatte er sich das Wasser nicht eingeteilt? Ob sie ihn schon suchten?

Seine Augen hatten sich an die Dunkelheit gewöhnt, doch in dieser tiefen Schwärze ließ sich nichts erkennen, er hatte keine Ahnung, was das für ein Raum war. Ein Keller? Dafür hörte man zu wenige Geräusche drum herum. Es war totenstill. Ein Bunker? Davon gab es viele in der Grenzregion. Er hatte selbst welche in Spicheren, direkt an den Schlachtfeldern von 1870, besichtigt.

Aber wie viele gab es davon? Und durfte die deutsche Polizei überhaupt auf der anderen Seite der Grenze nach ihm suchen?

Er wusste nicht, wann sie ihm das Handy abgenommen hatten. Er konnte noch nicht einmal einschätzen, wie spät es war. Ob tagsüber oder nachts. Wie lange er schon hier war.

Er versuchte, sich abzulenken. Sagte alle Kinderreime, die er kannte, auf und wandelte sie ab.

»Wer anderen eine Bratwurst brät, der hat ein Bratwurstbratgerät. Grabe einen Graben nicht, sonst erwischt dich noch die Gicht.«

Er summte alle Melodien, die ihm durch den Kopf geisterten. Formte Wortketten. Rechnete im Kopf mit riesigen Zahlen. Dachte an seinen letzten Urlaub. An die Träume für die Zukunft. An Veronika.

Hatte er ihr oft genug gesagt, wie sehr er sie liebte? Dass er für immer mit ihr zusammenbleiben wollte? Dass er es ernst meinte und sie trotz ihrer Eigenheiten und Schrullen genau das war, was er an einer Frau liebte?

Würde er ihr das jemals wieder sagen können?

49

Veronika saß wie versteinert in der schicken Lobby des Hotels und starrte auf das schmale, hohe Wasserglas, das ein besorgter Hotelmitarbeiter vor ihr abgestellt hatte. Die übrigen Beschäftigten des Hotels hatten sich hinter die Rezeption zurückgezogen und tuschelten auffällig unauffällig. Becker erreichte seine Vorgesetzte nur wenige Minuten, nachdem sie ihn aus dem Büro der Hotel-Security angerufen hatte.

»Wie geht es Ihnen?«, fragte er sie, als er sich neben sie kniete. Er wandte sich den Kollegen zu und gab die Anweisung, sich mit den übrigen Hotelangestellten zu unterhalten und das Beweismaterial zu sichern. Er würde sich persönlich um Veronika kümmern.

»Wir übernehmen hier. Der Kollege wird Sie nach Hause fahren. Ruhen Sie sich aus. Lassen Sie uns Ihre Autoschlüssel da, wir bringen Ihnen den Wagen später vorbei.«

Veronika nickte langsam. Sie fühlte sich wie unter einer Glasglocke gefangen, sie war unfähig, auch nur einen klaren Gedanken zu fassen. Das Auto. Ihre Augen füllten sich mit Tränen.

»Sein Auto. Francescos Auto steht noch hier. Das müssen wir sichern. Nicht, dass der Täter das auch noch mitnimmt. Es steht dahinten auf dem Parkplatz. Der dunkelblaue Audi. Ich …« Ihre Stimme brach.

Was machte sie hier? Irgendjemand hatte es auf sie abgesehen, und statt sie weiterzuverfolgen, nahmen sich die Unbekannten ihren Freund vor. Wer war das und was wollten sie von ihr? Was sollte sie tun, damit das aufhörte?

Sie konnte jetzt nicht nach Hause. Sie musste Francesco finden. Dass er in das Auto gezerrt worden war, war schon über 24 Stunden her. Warum hatte sie nicht vorher angefangen, ihn zu suchen?

Sie blickte Becker direkt in die Augen und wischte sich den Rotz von der Nase. Dann atmete sie tief ein.

»Nein, danke Ihnen. Aber ich kann jetzt nicht nach Hause. Diese zwei Personen haben meinen Freund entführt, irgendjemand versucht mich umzubringen. Ich kann nicht zu Hause sitzen und rumheulen. Wir müssen ihn finden.«

Sie schaute sich um.

»Lassen Sie alles sichern, was nicht bei drei auf dem Baum ist. Ich will alle Abrechnungen aus dem Café, die Namen aller Gäste, die Aufnahmen der letzten Tage, von hier und aus dem Kasino nebenan, Infos zu dem Auto. Wir treffen uns noch einmal um 12.00 Uhr zum Team-Meeting. Das ist in einer Stunde. Dann verteilen wir die Aufgaben.«

Becker nickte stumm, erhob sich und wollte gerade auf dem Absatz kehrtmachen, als Veronika ihn aufhielt.

»Ich weiß, Becker, dass Sie nicht mein größter Fan sind, und ich habe keine Ahnung, wie ich aus dieser Geschichte rauskommen werde. Aber ich brauche Sie jetzt an meiner Seite. Wir müssen diese Schweine finden, die ihn mitgenommen haben. Es darf ihm nichts passieren. Sie haben doch auch Familie, vielleicht verstehen Sie mich ein bisschen.«

Ihre Stimme wirkte jetzt entschlossen. Sie wollte sich nicht unterkriegen lassen.

Becker schluckte den Kloß runter, der sich in seinem Hals bei den letzten Worten gebildet hatte. Sie hatte recht. Natürlich war es ihm seit Tagen um seinen eigenen Vorteil gegangen und er hatte die Hoffnung nicht aufgegeben, dass er irgendwann auf dem Posten sitzen würde, der ihm zustand. Aber hier ging es um ein Menschenleben, das vielleicht noch zu retten war. Er wollte weder auf eine tote Hauptkommissarin folgen noch auf eine, die an dem Tod ihres Freundes zerbrochen war. Und das nur, weil er sich in Machtspielchen verloren hatte.

Das reichte. Sie waren ein Team. Es gab einen Strang für alle und sie würden daran ziehen, bis der Fall gelöst war. Den Rest musste er wann anders klären.

Er klopfte Veronika beherzt auf die Schulter und schickte vorsichtshalber doch einen Beamten mit, der ihr Auto fahren sollte. Ihre Sicherheit hatte ab jetzt die höchste Priorität.

50

Seit einer halben Stunde saß sie schon an ihrem Küchentisch und starrte auf die Kaffeeflecken auf der Resopaloberfläche, die sich neben dem überquellenden Aschenbecher zu einem Abbild der olympischen Ringe formiert hatten.

Was dachte sich dieser Arsch nur, wer er war? Yuri hatte sich bei ihr nach der Aktion gestern nicht mehr gemeldet und auf keine ihrer Nachrichten reagiert. Erst nachdem sie ihn gestern Abend in seinem dämlichen Fitnessstudio besucht hatte, musste er ihr wohl oder übel endlich Auskunft geben.

Er hatte den Job natürlich nicht wie besprochen zu Ende gebracht, sondern diesen Italo-Lover einfach irgendwo eingesperrt und dann ein Foto davon gemacht. Das hatte er ihr jetzt geschickt und meinte, dass sich das Thema in den kommenden Tagen sowieso von selbst erledigen würde. Wo sie also das Problem sähe?

Wo das verfickte Problem war? Natürlich hatte es auch Charme, zu wissen, dass er nun langsam und qualvoll verrecken würde. Aber ihr war das zu unsicher. Sie wollte Nägel mit Köpfen machen und hätte es am liebsten gleich erledigt – und so hatte sie es dem Schwachmaten von Yuri aufgetragen.

Doch der interessierte sich kein bisschen dafür, was sie sagte. Er wurde frech und warf ihr eine Reihe russischer Schimpfwörter an den Kopf.

Sie solle die Füße stillhalten und froh sein, dass sein Vater ihre hysterischen Spinnereien immer noch unterstützte. Wenn sie so weitermachte, stünde sie bald allein da und er würde sich nicht wundern, wenn ihr jemand dann mal so richtig die Fresse polierte.

Er musterte ihr Gesicht und grinste hämisch. »Na ja, das, was Yevgeni davon übriggelassen hat.«

Corinna kochte vor Wut. So respektlos hatte man sich ihr gegenüber schon lange nicht mehr verhalten. Dieses dumme Arschloch.

Doch sie zögerte, Dimitri über die Aktionen seines missratenen Sohnes zu informieren. Was, wenn Yuri recht hatte? Was, wenn Dimitri wirklich langsam die Schnauze voll hatte und die Stimmung irgendwann kippte? Letztendlich brachten ihm ihre Aktionen nichts außer Ärger.

Und einen seiner Handlanger hatte er ungeplant auch schon aus dem Weg räumen lassen müssen.

Es war Zeit, die ganze Aktion etwas zu beschleunigen.

Ihr Informant aus dem inneren Kreis der kleinen Kommissarin hatte ihr berichtet, dass sie jetzt erst das Verschwinden ihres Freundes bemerkt hatte, aber inzwischen im Hotel war. Es war eine Frage der Zeit, bis sie zumindest ihr Gesicht auf irgendeiner Kamera entdeckten. Aber wer würde sie schon erkennen?

Die Ermittler tappten komplett im Dunkeln, was die Drahtzieher der Anschläge anging. Und die kleine Chef-Ermittlerin irrte weggetreten wie eine Schlafwandlerin durch ihre alten Fälle. Wie armselig.

Okay, es war Zeit für Runde zwei.

Erst ein Foto von dem Loverboy, und dann noch ein paar kleine Hinweise auf die toten Mädchen in Perl und darauf, dass die Bullen und allen voran die Versagerkommissarin ihren Job nicht richtig gemacht hatten. Denn sie hatten nur das gesehen, was ihnen Paul auf dem Serviertablett präsentiert hatte. Hatten keine Hintergründe verfolgt oder weitere Analysen angeordnet. Sie selbst war völlig unsichtbar geblieben. Obwohl sie befürchtete, dass der Trottel auch zu ihr Spuren hinterlassen hatte.

Das würde für Verwirrung sorgen. Zeit, ein wenig aus dem Schatten zu treten.

»Catch me and I'll kill you!«, flüsterte sie vor sich hin und klappte ihren Laptop auf.

51

Als Veronika den Meeting-Raum betrat, herrschte augenblicklich Totenstille. Francescos Verschwinden hatte sich in Windeseile herumgesprochen und jedem Einzelnen war der Ernst der Lage bewusst.

Wenn sie eine Chance haben wollten, ihn lebend zu finden, dann mussten sie sich beeilen.

Becker übernahm die Leitung der Sitzung, hatte sich aber kollegial hinter Veronika gestellt und sprach, im Gegensatz zu den vorherigen Treffen, nicht nur von sich, sondern immer von »wir«.

Sylvia Meyer präsentierte das Phantombild, das die Kollegen aus den gesammelten Personenbeschreibungen der Putzfrauen erstellt hatten.

Veronika stockte der Atem. Die Person erinnerte sie an jemanden. Das war doch die Frau von den Überwachungskamerabildern im Hotel.

»Wer bist du?«, flüsterte sie. Becker schaute sie fragend an.

»Das ist die Frau aus dem Hotel. Sie war auf den Überwachungsbildern drauf mit Francesco. Wer ist das?«, sagte sie dann lauter und ließ den Blick in die Runde schweifen. Einige der Kollegen schauten sie mit offenen Mündern an. Sie hatten eine erste Hauptverdächtige.

Becker ergriff als Erster das Wort.

»Okay, wir gehen mit dem Bild in die Fahndung. Schaut, dass wir das über Interpol spielen können. Hier ist Gefahr im Verzug. Weissmann, Sie kümmern sich darum, das Foto durch die Gesichtserkennungsdatenbank laufen zu lassen. Irgendwo muss diese Frau doch mal aufgetaucht sein. Wer so handelt, ist kein unbeschriebenes Blatt. Finden Sie heraus, in wessen Auftrag sie agiert. Irgendeine Verbindung muss es zu Frau Hart geben. Meyer, Sie organisieren uns eine Suchhundestaffel. Wir durchkämmen die umliegenden Wälder. Und dann zeigen Sie das Phantombild dem Chef der Reinigungsfirma. Es kann ja nicht sein, dass sich da jemand einfach so bei ihm einschleust. Ich will wissen, wo die so plötzlich herkam und wer sie empfohlen hat. Die anderen unterstützen, wo Not am Mann ist. Los geht's.«

Ermutigend schaute er zu Veronika und erschrak bei ihrem Anblick. Sie war leichenblass und starrte auf ihr Handy, auf dem sie gerade eine Mail von einem kryptischen Absender geöffnet hatte.

Stumm hielt sie ihm das Foto, welches an die Nachricht angehängt war, vor die Nase. Ein männlicher Körper lag leicht verrenkt auf einer fleckigen Matratze. Bodenbelag und Wände deuteten auf einen Kellerraum hin. Die Hand des Mannes war mit einer Handschelle an einem Haken an der Wand befestigt. Ihm blieb kaum Bewegungsraum. Auch wenn Becker ihn nicht persönlich kannte, so schien er gleich zu erkennen, um wen es sich hierbei handelte.

Es war Francesco.

52

»In your face, bitch!«, lachte sie laut auf. Sie hatte der kleinen Kommissarin per E-Mail einen Liebesgruß von ihrem Italo-Lover geschickt. Nur dass er dabei nicht mehr so ganz frisch aus der Wäsche geschaut hatte.

Na ja, wahrscheinlich das letzte Foto von ihm, auf dem er noch atmete. Sie würde ihr irgendwann dankbar dafür sein. In den folgenden Minuten hatte sie weitere Fotos über das gleiche Konto geschickt, welches sie sich im Darknet angelegt hatte. Die Mail wurde dadurch über so viele Server auf der ganzen Welt geschickt, dass eine Rückverfolgung auf ihre IP-Adresse fast unmöglich war.

Die weiteren Bilder zeigten der Kommissarin allerdings nicht mehr ihren Liebsten, sondern pikante Details aus alten Tagen. Als Paul, der Idiot, für sie jeden Schritt seiner Arbeit dokumentiert hatte. Sie hatte ihm die drei Schlampen ausgesucht, die er in ihrem Namen qualvoll zerstört hatte.

Diese Bilder zeigten das Equipment, das er eingesetzt hatte. Seine Opfer in erniedrigenden Posen, wie sie um Gnade winselten, wenn er ihnen wieder ihre Ration gab. Den Fortschritt der Zerstörung.

Wie gerne würde sie Mäuschen spielen, wenn sie sich alle gemeinsam ihre Bilder anschauten. Wenn ihnen endlich die Augen geöffnet wurden. Diesen Blindfischen. Dass sie versagt hatten. Dass der Fall nicht abgeschlossen war, für den sich die kleine Kommissarin so in der Presse hatte feiern lassen.

Dabei hatte sie nichts erreicht. Es war Paul, der so viele Fehler gemacht hatte. Der den Hals nicht voll bekam und unvorsichtig wurde.

Aber jetzt wussten sie, woran sie waren. Wer sie war.

Sie war der Endgegner. Der Veronika Hart mit allen Mitteln zerstören würde.

Zur Überbrückung hatte sie für heute Nacht aber noch einen anderen Plan geschmiedet. Bis die Kommissarin all diese Infos verdaut hatte, würde sie den Freundinnen einen kleinen Besuch abstatten. Da von Dimitris Jungs erst einmal keine weitere Hilfe zu erwarten war, musste sie wohl selbst aktiv werden.

Aber mit den zwei Yoga-Hasen würde sie es schon aufnehmen können.

Sie durchforstete eine Weile die Ordner mit Pauls Bildern auf ihrem Laptop. Sie hatte für jedes der Mädchen einen eigenen Ordner angelegt, in dem Videos, Bilder und die Infos gespeichert waren, die sie Paul vor jedem Jagdausflug zugeschickt hatte. Der Ordner von Anna-Maria war am wenigsten gefüllt. Dieses Miststück hatte sich der totalen Zerstörung entzogen und sich am nächstbesten Strick erhängt. Danach war alles aus dem Ruder gelaufen. Die Fehler, diese Fehde mit dem Landwirt, wie hieß er noch gleich? Ach ja, Gunnar Petersen. Und dann die Nummer mit dessen Frau, die er auf seiner Flucht entführt hatte. Dieses Geheule am Telefon. Was hatte der sich eigentlich dabei gedacht?

Sie war froh, dass sich das Problem letztendlich für sie von selbst gelöst hatte. Die Medien waren einige Tage voll davon gewesen und sie hatte in Ruhe zu Hause gesessen und die dilettantische Arbeit der saarländischen Kripo beobachtet. Und dann war Ruhe gewesen.

Die Zeit verging, ihr wurde langweilig. Es fehlte etwas in ihrem Leben.

Ihre Liste war nicht abgearbeitet worden. Drei Tussen standen noch drauf und daran war letztendlich nur die Kommissarin schuld.

Der unbändige Hass auf Veronika Hart war schleichend gekommen, hatte sich Tag für Tag mehr in ihre Seele gefressen, bis sie nur noch daran denken konnte. Ihr Plan, nach Saarbrücken zu kommen und ihr diese Ungerechtigkeit heimzuzahlen, war schnell gefasst.

Und trotz einiger Rückschläge lief es doch bisher ganz gut. Sie musste sich noch warmlaufen. Jetzt fing der Spaß erst an. Sie würde es ihnen allen zeigen.

53

Das Atmen fiel ihm immer schwerer. Er hatte das Gefühl, dass ihm die Brustmuskulatur den Dienst versagte. Doch das Schlimmste war der Durst. Seine Zunge fühlte sich riesig an, sein Mund produzierte kaum Spucke. Ihm war schwindelig und immer wieder fiel er in einen unruhigen Schlaf. Er träumte von Veronika, von Rocky, der ihm um die Beine strich. Er dachte an das Bier, welches er vor einer gefühlten Ewigkeit mit seinem Kumpel Matze getrunken hatte, an die Meinungsverschiedenheiten, die er in den vergangenen Wochen und Monaten mit seinen Eltern gehabt hatte.

Und er dachte an die Worte, die er nicht gesagt hatte. An die vielen Momente, die so unbeachtet vorbeigehuscht waren, obwohl sie es verdient gehabt hätten, mehr im Fokus zu stehen.

Er stank fürchterlich, er hatte das Gefühl, von innen zu verwesen. Wie lange war er schon hier? Wie weit war er weg? Konnte man ihn überhaupt finden?

Immer wieder wachte er abrupt auf, erschrak vor der Dunkelheit, berührte die rauen Wände auf der Suche nach einer geheimen Klappe, einem Hinweis, der ihm das Leben retten würde.

Plötzlich hörte er Geräusche. Das war mehr als das Rascheln der Ratten, die vor der Tür vorbeihuschten. Es waren Stimmen. Schritte. Ein Flüstern.

Er fühlte sich wie gelähmt. Kam da jemand zurück, um ihn umzubringen? Oder würden sie ihn rausholen?

Die Stimmen kamen näher. Sie klangen wie Kinderstimmen. Hell und aufgeregt. Kinder im Spiel.

Er öffnete den Mund, um zu schreien. Doch kein Ton entwich aus seiner trockenen Kehle. Er setzte erneut an, bis ihm Tränen in die Augen stiegen.

Bitte, nicht weggehen, schrie es in ihm. Das war vielleicht seine letzte Chance. Er musste irgendwie auf sich aufmerksam machen.

54

Das gesamte Team starrte irritiert auf die Bilder, die Veronika über den Beamer auf die weiße Wand geworfen hatte. Sie bemühten sich, Francescos Foto zu analysieren. Es war dunkel und Veronika versuchte krampfhaft, auszublenden, dass dieses Stück Elend auf der Matratze ihr Freund war.

Boden und Wände, da waren sich alle einig, sahen nach einem Kellerraum aus. Oder einem Bunker, wie Philipp Weissmann einwarf. Er war erst vor wenigen Wochen auf einer Führung durch Bunkeranlagen in der Grenzregion gewesen und fühlte sich bei dem Bild daran erinnert.

Veronika hatte gar nicht gewusst, dass es hier in der Gegend noch so viele davon gab.

»Doch, doch«, erklärte Weissmann. »Alleine in Saarbrücken gibt es zahllose Bunker, im benachbarten Frankreich noch einmal mindestens ebenso viele. Das ist wirklich total spannend.«

Becker schickte Weissmann für seine unangebrachte Begeisterung an dieser Stelle einen vernichtenden Blick zu. Der verstand sofort.

»Schicken Sie mir doch das Bild zu, Frau Hart. Ich setze mich mit den Organisatoren dieser Führungen in Verbindung. Vielleicht erkennen die auf dem Bild ein Detail, das uns weiterhelfen könnte.«

Veronika nickte stumm und Weissmann verschwand mit eingezogenem Kopf in sein Büro. Die anderen schauten betreten zur Seite.

Als Veronika die weiteren Bilder, die ihr von der unbekannten Adresse geschickt worden waren, auf die Leinwand warf, tauschten einige ungläubige Blicke aus.

»Das ist eindeutig der Keller in Perl«, stellte Becker fest, der als Erster aus seiner Erstarrung aufgewacht war.

»Wo kommen die her? Ich müsste noch einmal nachschauen, ich könnte schwören, dass die mit den Bildern übereinstimmen, die wir auf dem Rechner vom Täter gefunden haben. Aber der ist tot. Und wie kommt diese Person an die Bilder?«

Er kratzte sich am Hinterkopf. Daraus sollte mal jemand schlau werden. Wie passten diese Fotos und die junge Frau zusammen? War sie ein mögliches Opfer, welches hatte fliehen können? Von der Statur passte sie ins Profil des Täters.

In Veronikas Kopf liefen die Synapsen heiß. Sie versuchte, die Details aus dem alten Fall wieder in die vorderste Reihe ihrer Erinnerung zu sortieren. Sie schaute in die Runde.

»Okay, Meyer, was machen Sie noch hier? Geben Sie die Fahndung nach der Frau raus. Schneider, Sie suchen uns die wichtigsten Erkenntnisse aus dem Perler Fall raus. Wir haben da etwas übersehen. Es gab damals Mitwisser und einer oder eine davon hat ein massives Problem mit uns. Los geht's!«

Veronika ließ sich in den Stuhl zurückfallen. Ihr war schwindelig, sie schaffte es nicht, die Fäden in ihrem Kopf aneinanderzuknüpfen. Was hatte der Perler Fall damit zu tun? Der Täter war tot. Und jetzt die Anschläge auf sie. Auf Francesco. Was kam als Nächstes? Und was wollte der Unbekannte ihr mit den Bildern sagen? Dass er nah an ihr dran war. Und wer war diese Frau? Wie hing die mit drin?

55

Was war das für eine kranke Scheiße? Er musste da aussteigen. Was hatte diese gruselige Mordserie vor einem halben Jahr damit zu tun?

Er schwitzte wie ein Schwein. Er durfte sich jetzt nur

nicht verdächtig machen. Das hier konnte nicht auffliegen. Er musste dafür sorgen, dass er heil aus der Nummer rauskam. Er hatte der Tussi doch alle Informationen geschickt. Wie Dimitri es ihm »empfohlen« hatte. Sonst würde er ihm alle Knochen brechen und in seinem Leben nichts mehr beim Alten lassen. War das die Tussi aus dem Video? Getroffen hatte er sie ja noch nicht. Aber er hatte Yuri auf den Aufnahmen erkannt. Das Kinn vergaß man nicht.

Nein, er hing da zu tief drin.

Dimitri würde ihn niemals rauslassen. Warum auch? Er hatte ihn doch voll in der Hand. Aber wenn diese Irre jetzt auch noch etwas mit dem Perler Fall zu tun hatte?

Beruhig dich. Die werden dir nichts nachweisen können. Verhalte dich unauffällig und alles wird gut. Es würde schon klappen. Er brauchte nur ein bisschen Chuzpe, wie man so schön sagte. Und er hatte immer Glück. Na ja, oft. Manchmal. Aber wenn, dann richtig. Wie hieß es? Pech im Spiel, Glück in der Liebe. Bei ihm könnte es ruhig umgekehrt sein.

Er war erneut blank und die Finger juckten schon wieder. Vielleicht würde ihm ja Dimitri für seine Loyalität ein weiteres Darlehen gewähren. Eins, mit dem er gewinnen und ein neues Leben anfangen könnte. Er würde nach Brasilien auswandern, oder nach Bali. Eine Strandbar aufmachen. Und mit seiner Kohle die Puppen tanzen lassen.

Er lächelte beim Gedanken daran, mit einem kühlen Bier im Sonnenuntergang am Strand zu liegen. Musik in den Ohren, eine schöne Frau neben sich, oder warum nicht gleich mehrere, die um seine Aufmerksamkeit buhlten, ein paar coole Surfer-Jungs, mit denen er abhängen konnte.

Sein Puls beruhigte sich. Es würde gut werden. Jetzt nur vorbildlich Dienst nach Vorschrift machen, sein Team unterstützen und weiterhin dieser Tussi Nachrichten schicken und sie über die Fortschritte informieren.

Eigentlich nicht schwer. Und das war der Start in ein neues Leben definitiv wert.

56

»Hey, Süße. Alles okay bei dir? Gibt es etwas Neues von Francesco? Ich mache mir ernsthaft Sorgen. Bitte melde dich, wenn du was hörst. Oder wenn du was brauchst. Du bist auch jederzeit als Übernachtungsgast willkommen. Pack den Kater ein und komm, falls du es alleine in deiner Wohnung nicht aushältst. Bitte, Liebes. Melde dich, wenn ich helfen kann. Drück dich.«

Theresa legte auf. Es war die vierte Nachricht, die sie ihrer Freundin auf die Mailbox gesprochen hatte. Den ganzen Tag hatte sie nichts mehr gehört. Sie hoffte nur, dass sie bereits eine heiße Spur verfolgten und der Spuk bald ein Ende haben würde. Sie ließ sich seufzend auf ihre Couch fallen und schaute aus dem Terrassenfenster ihrer

Erdgeschosswohnung. Es wurde langsam dunkel draußen, bei den Nachbarn, die hinter ihrem Gartenanteil wohnten, gingen die ersten Lichter an.

Das, was die letzten Tage passiert war, war kaum zu begreifen. Erst die Anschläge auf Veronika, mit dem toten Studenten und dem verletzten Max Langner, von denen ihr ihre Freundin erst heute Nacht so richtig erzählt hatte. Und jetzt Francesco. Hing das wirklich alles zusammen? Das war schon ein komischer Zufall.

Sie hatte ja immer gesagt, dass Veronika sich doch einen harmloseren Job suchen sollte. Auch wenn sie sich noch nicht allzu lange kannten, erst ein knappes Jahr, und sie sicher nicht alles mitbekam. Für sie selbst wäre diese ständige Verbrecherjagd, der Kontakt mit dem Abschaum der Gesellschaft, Mördern, Vergewaltigern und selbst einfachen Kriminellen nichts. Da waren ihr ihre Viren im Labor lieber. Die konnten zwar auch gefährlich und sogar tödlich sein, aber niemals hinterlistig und gemein. Das war die Natur mit ihrer eigenen Logik.

Sie gelangte mehr und mehr zu der Überzeugung, dass der Mensch die größte Fehlentwicklung der Natur darstellte. Er war auf der Welt, um sie zu zerstören. Er züchtete Tiere, um sie zu töten. Er massakrierte und quälte seinesgleichen nur aus purer Lust.

Theresa lächelte. Veronika würde jetzt die Augen verdrehen. So wie immer, wenn sie sich in ihren philosophischen Betrachtungen der Welt und der Menschheit im Allgemeinen verlor.

Wenn sie es auf die Spitze trieb und mit immer schrägeren Thesen um die Ecke kam, dann kugelten sie sich irgendwann vor Lachen und neckten sie mit ihrem neuen Spitznamen: Thesen-Resa. Oder zogen sie mit ihrem

Lebensstil als überzeugte Veganerin und ökologische Extremistin, wie sie sie nannten, auf. Glücklicherweise war sie selbst nicht so missionarisch unterwegs, dass sie die lockerere Lebensweise ihrer Freundinnen nicht akzeptieren konnte und auch mal dabei saß, wenn die beiden sich nach einer durchzechten Nacht, die nur noch selten vorkam, bei McDonald's ein Junior-Menü reinpfiffen.

Während sie hier rumsaß und auf ein Lebenszeichen von Veronika wartete, konnte sie sich genauso gut noch ein paar Folgen ihrer Lieblingsserie »This Is Us« bei Netflix anschauen. Seit sie sich vor einigen Monaten von ihrem Freund getrennt hatte, genoss sie die Freiheit, zu entscheiden, wann welche Serie lief – und wenn es zum dritten Mal war. Ihren Exfreund hatte sie damit zur Weißglut getrieben. Er war so ein Sportfreak, der keine Sekunde stillsitzen konnte und sogar während der Tagesschau Sit-ups und Unterarmstütz-Übungen machte. Serien hielt er für pure Zeitverschwendung. Tja, sein Problem. Sie schaltete dabei hervorragend ab. Jetzt nur noch schnell aufs Klo, dann einen kleinen Gin Tonic auf den Feierabend und es konnte losgehen.

Auf der Toilette sitzend scrollte sie entspannt durch ihr Facebook-Profil, als sie ein dumpfes Geräusch aus dem Wohnzimmer hörte. Irritiert lauschte sie in die anschließende Stille. Waren das Schritte? Ihr Herz drohte ihr aus dem Brustkorb zu springen. Was zur Hölle …?

Mit einem Hechtsprung erreichte sie die Tür und drehte den Schlüssel im Schloss um. Eine Millisekunde später senkte sich die Türklinke und jemand rüttelte an der Tür. Theresa hielt die Luft an.

Sie lag mit Unter- und Jogginghose in den Kniekehlen auf den Fliesen, ihr Gesicht war nur wenige Zentimeter vom Türspalt entfernt. Sie hörte jemanden auf der anderen Seite atmen. Sie blinzelte unter der Tür durch und sah die Umrisse zweier Füße. Sie bewegten sich nicht. Die Welt schien stillzustehen. Gedanken rasten durch Theresas Kopf, wie gelähmt harrte sie auf dem Boden aus. Und jetzt? Sie schaute sich im Bad um. Da lag ihr Handy, auf dem sie bis eben noch süße Katzenvideos angeschaut hatte, mit dem Display nach unten zwischen ihr und der Toilette auf dem Boden. Es war ihr bei ihrem Sprung zur Tür heruntergefallen. Sie musste Hilfe holen.

Möglichst lautlos rutschte sie auf dem Boden rückwärts, bis ihre Fingerspitzen die kühle Hülle ihres Telefons berührten. Sie wählte den Notruf.

Sie hatte keine Wahl, auch wenn die Gefahr bestand, dass ihr Flüstern sie verraten und die Person vor der Tür provozieren würde. Entweder die Tür wurde gleich eingetreten, oder der Typ haute einfach ab. Theresa hoffte auf Letzteres. »Hallo? Ja, Theresa Schulz hier«, flüsterte sie in ihr Telefon, um das sie ihre Hand wie eine Sprechmuschel gelegt hatte. »Bei mir ist jemand eingebrochen und steht jetzt vor meiner Badezimmertür. Ich habe mich eingeschlossen. Können Sie jemanden vorbeischicken? Ich wohne in der Bismarckstraße 72, im Erdgeschoss. Bitte kommen Sie schnell. Ich weiß nicht, was er vorhat.« Sie war den Tränen nahe.

Aus ihrem Wohnzimmer hörte sie laute Geräusche, Glas zersprang, es war ein dumpfes Knallen zu hören. Ihr blieb das Herz stehen. Was, wenn die Person nicht allein war? Was, wenn die gleich die Tür eintreten und sie umbringen würden? Sie wollte nicht sterben. Nicht jetzt und vor allem nicht so.

Sie kauerte sich zwischen Toilette und Wand ganz klein zusammen. Hoffentlich war die Polizei gleich da.

57

»Hallo?« Seine Stimme glich einem Krächzen. Er hatte das Gefühl zu flüstern. Er bemühte sich, alle restliche Kraft in die Stimmbänder zu legen.

»Hallo?« Diesmal war es lauter, doch hatte es gereicht, um nach draußen zu dringen?

Die hellen Stimmen vor der Tür verstummten. Waren die Kinder weg? Hatten sie ihn überhaupt gehört? Francesco war am Ende seiner Kräfte. Erschöpft rutschte er mit dem Rücken an der Wand entlang auf den Boden. Er würde hier verrotten. Er dachte an Veronika. Nein, er musste hier raus. Aber wie?

Mit einer Hand versuchte er, seinen Schuh zu öffnen, dann rutschte er auf Knien bis an die Tür, soweit es der Strick an der linken Hand zuließ. Er berührte die Tür mit den Fingerspitzen. Dann nahm er seinen Schuh und hämmerte, so fest er konnte, gegen das Metall. Das dumpfe Geräusch hallte durch den kleinen Raum, in dem er seit einer gefühlten Ewigkeit eingesperrt war. Sein Arm schmerzte von der Anstrengung, seine Kraft reichte kaum, um sich auf den Beinen zu halten. Da hörte er die Stimmen erneut.

Er hielt inne. »Hallo?«, krächzte er und lauschte. War das ein Flüstern hinter der Tür? Tränen schossen ihm in die Augen.

»Hallo? Holen Sie mich hier raus. Ich bin eingesperrt. Bitte, ich brauche Hilfe. Mein Name ist Francesco Leone, ich wurde entführt.« Dann brach er ab. Ihm wurde schwindelig, seine Knie knickten ein und er spürte, wie ihn sein

Kreislauf im Stich ließ und er langsam das Bewusstsein verlor. Das war's. Er sackte in sich zusammen.

Als er wieder zu sich kam, schmerzte sein Handgelenk. Instinktiv griff er an das Metall, welches die letzten Tage daran befestigt war. Er spürte es noch, aber der Druck darauf war weg. Er konnte seinen Arm locker bewegen. Erst dann realisierte er die frische Luft. Er atmete tief ein und öffnete langsam die Augen. Es war dunkel, nur einige Taschenlampen erhellten die Szene punktförmig. Dahinter besorgte Gesichter. Er lag im Gras, das ihn weich und nach den Resten des Sommers duftend umgab. Die Fremden um ihn herum redeten leise auf Französisch auf ihn ein. Er brauchte eine Weile, bis er das realisierte. Aber er konnte den Worten folgen.

»Ne vous faites pas de soucis, l'ambulance et la police arrivent tout de suite.« Dann unterhielten sie sich wieder untereinander. Er schloss die Augen und hörte dem Klang ihrer Stimmen zu.

Glücklicherweise sprach er gut Französisch und verstand, dass ein Krankenwagen und die Polizei auf dem Weg zu ihm waren. Außerdem hörte er, dass die Nachtwanderung, auf der die Gruppe wohl unterwegs gewesen war, nun beendet sei. Man wolle noch auf die Polizei warten und dann zurück zur Jugendherberge fahren. Was für ein Glück für ihn. Er versuchte, sich zu bedanken, doch seine Stimme versagte ihm mehrmals.

Eine junge Frau aus der Gruppe reichte ihm eine kleine Wasserflasche. Als er sie mit zittrigen Händen an den Mund führte, half sie ihm, damit er in Ruhe trinken konnte. Dankbar nickte er ihr zu. Er lebte.

Francesco lehnte sich erleichtert zurück ins Gras. Noch nie war ihm die Luft so frisch vorgekommen. Noch nie hatte einfaches Wasser so gut geschmeckt. Dennoch kämpfte er weiter mit dem Kreislauf, hörte das Rauschen seines Blutes in den Ohren. Er musste sich jetzt ausruhen. Schlafen. Alles würde gut werden.

Das nächste Mal wachte er im Krankenwagen auf. Man hatte ihm einen Zugang gelegt und ein Blutdruckmessgerät am Arm pumpte sich in regelmäßigen Abständen auf. Neben den zwei Sanitätern war auch ein älterer Polizist in französischer Uniform im Wagen dabei. Als er sah, dass Francesco aufwachte, lehnte er sich über ihn.

»Sie haben großes Glück gehabt, mein Freund. Normalerweise sind in dieser Gegend nicht so viele Spaziergänger unterwegs«, flüsterte der Beamte in fast akzentfreiem Deutsch.

»Wo bringen Sie mich hin?«

»Sie kommen nach Forbach ins Krankenhaus.«

»Ich muss dringend meine Freundin anrufen. Sie ist Polizistin in Saarbrücken. Beim LKA. Sie heißt Veronika Hart. Haben Sie ein Telefon für mich? Sie sucht mich bestimmt schon.«

Der Beamte nickte.

»Keine Sorge, wir kümmern uns darum. Aber zuerst bringen wir Sie ins Krankenhaus. Sie sehen aus, als hätten Sie viel mitgemacht«, beruhigte er ihn.

Okay, dachte sich Francesco, er lebte und er war in Sicherheit. Und er würde Veronika bald wiedersehen. Und ihr dann sagen, wie sehr er sie liebte.

58

Im Meetingraum des Polizeipräsidiums rauchten die Köpfe. Es war schon spät, doch keiner aus dem Team hatte bisher Anstalten gemacht, sich nach Hause zu verabschieden. Und das an einem Samstag. Sie waren fassungslos. Sollte es wirklich einen Zusammenhang zwischen dem über sechs Monate zurückliegenden Fall in Perl und den Anschlägen auf Veronika geben? Der Täter, ein Lehrer aus Perl, hatte sich damals in Tschechien vor einen fahrenden Bus geworfen. Die Beweislast gegen ihn war erdrückend gewesen. Sie hatten im Keller seines Hauses Verliese gefunden und jede Menge Bildmaterial zu den Opfern auf externen Festplatten.

Sie waren davon ausgegangen, dass er dies für sich dokumentiert oder mit Gleichgesinnten, die einem ähnlichen Fetisch folgten, geteilt hatte. Natürlich waren auch Fragen offen geblieben, die eigentlich noch geklärt werden mussten, aber bisher im Tagesgeschäft untergegangen waren. Bis heute hatten sie beispielsweise keinen direkten Zusammenhang zwischen dem Täter und den Opfern entdecken können. Er schien sie gezielt angesprochen zu haben, aber warum er gerade sie ausgesucht hatte, wusste man nicht. Sie hatten allesamt als Models gearbeitet, waren sogar in irgendeiner Form miteinander vernetzt gewesen. Aber zum Täter hatten die Ermittler nicht die geringste Verbindung gefunden.

Veronikas Stirn lag in tiefen Falten. Draußen war es schon länger dunkel, sie dachte an Francesco. Wenn die

Suchhundestaffel heute noch ausgerückt war, konnte sie nicht lange unterwegs gewesen sein. Ihre Gedanken hüpften zwischen Francesco und den neuen Erkenntnissen, die sich seit der letzten E-Mail vor ihr auftürmten, hin und her.

Sie fühlte sich gleichzeitig hilflos und trotzdem herausgefordert, sie mussten die Puzzleteile jetzt schnell zusammensetzen, bevor noch weitere Unglücke geschahen.

»Okay, lassen Sie uns kurz Revue passieren, was wir haben«, sagte Veronika mit fester Stimme in die Runde, »sonst kommen wir nicht mehr voran. Auch ich hab schon Mühe, meine letzten Gehirnzellen zu aktivieren.«

Es hatte keinen Zweck. Sie war hier die Chefin, es galt jetzt, alle noch mal zu motivieren, den Hintern zusammenzukneifen und sich die Führung dieser Truppe zurückzuerobern.

Im Augenwinkel sah sie, wie Becker leicht die Augenbrauen hochzog, aber dann zustimmend nickte.

»Wir haben hier einen Unbekannten, der auf jeden Fall mit unserem Täter aus Perl, Paul Oltmann, in Kontakt gestanden hat. Wie hat dieser Unbekannte die Bilder erhalten? Hat Oltmann sie ihm geschickt? Oder sind das eigene Aufnahmen? Wieso schickt er uns die jetzt? Was ist die Botschaft dahinter? Weissmann, schauen Sie im damaligen Bericht der IT-Forensik nach. Wenn ich mich richtig erinnere, haben die Kollegen ewig lange Listen mit Verbindungsdaten zusammengestellt, die sich mal jemand in Ruhe genauer anschauen wollte. Das wäre jetzt dringend nötig. Vielleicht gibt es dort einen Hinweis?«

Weissmann erstarrte kurz angesichts der kniffeligen Arbeit, die ihn erwartete, verzog sich dann aber widerstandslos in sein Büro.

Nach einem Blick auf seinen Laptop informierte Becker das Team über die Rückmeldungen aus der Pathologie und von der Hundestaffel. Beim letzten Punkt fühlte er sich sichtlich unwohl. Bei Veronika meldete sich unterdessen das schlechte Gewissen, dass sie es immer noch nicht zum Winterberg geschafft hatte – weder in die Pathologie noch zu Langner.

»Thiel hat mal alle bisher vorliegenden Berichte für uns kurz zusammengefasst. Bezüglich unseres Mechanikers schreibt er, dass sie immer noch auf die Analyseergebnisse der Abwehrspuren unter dessen Fingernägeln warten. Die Datenbank scheint gerade etwas langsam zu sein. Er schließt sich aufgrund der Hämatome unserer Einschätzung an, dass Kovar gestoßen wurde. Frau Hart, er hat Ihnen die Mail in Kopie geschickt. Bei den beiden Frauenleichen hat er zwei unterschiedliche Todesursachen festgestellt. Die erste ist im Pulverbach ertrunken, er vermutet, dass sie aufgrund der Verletzungen, die ihr davor zugefügt wurden, darunter zahlreiche Knochenbrüche und innere Verletzungen, bewusstlos war und deshalb keine Chance mehr hatte, als der oder die Täter sie im Wasser ablegten. Er betont, dass man aufgrund der Massivität der Verletzungen nicht ausschließen solle, dass es sich um mehrere Täter handelt. Beim zweiten Opfer wurde der Kehlkopf zertrümmert, was am Anfang des Übergriffs passiert sein musste. Laut Thiel sind die meisten Verletzungen bei ihr post mortem entstanden, zumindest deuten die unterschiedlichen Einblutungen darauf hin. Auch hier spricht die massive Brutalität gegebenenfalls für mehrere Täter, konstatiert er. An beiden Opfern konnte er zusätzlich DNA und Fasern sicherstellen, die jetzt in die Analyse gehen.«

Becker schaute in die Runde.

»Leute, die Zeit drängt. Wir haben hier zwei Fälle parallel zu bearbeiten, bei beiden ist es sehr wahrscheinlich, dass bald wieder zugeschlagen wird. Wir müssen jetzt alle Kräfte mobilisieren und uns aufteilen. Wir sind aber eindeutig zu wenige Personen. Ich schlage also vor, dass wir Verstärkung anfordern, egal von wo. Ich würde das mit Lothar Klein besprechen, das bekomme ich schon durch. Wäre das für Sie okay, Hart?«

Veronika nickte. Zwar wollte sie eigentlich nicht, dass Becker und ihr direkter Vorgesetzter sich ohne sie besprachen, aber sie durften jetzt keine weitere Zeit mehr verlieren. Und einen Vorteil hatte es ja auch. Die zwei verstanden sich so gut, dass es wahrscheinlich keine längeren Diskussionen über die Verstärkung geben würde. Immerhin etwas.

Veronikas Handy vibrierte. Eine WhatsApp-Nachricht von Theresa. Die hatte ihr doch schon gefühlt eine Million Botschaften auf ihrer Mailbox hinterlassen. Sie seufzte genervt und klickte die Nachricht an. In Millisekunden setzte ihr Herzschlag aus und ihr wurde speiübel. Nein, bitte nicht!

Hey, hab versucht, dich zu erreichen. Irgendein Irrer ist in meine Wohnung eingebrochen, als ich auf dem Klo saß. Konnte gerade noch rechtzeitig die Tür zuschließen. Der hat alles kurz und klein geschlagen, mein Sofa aufgeschlitzt und die Wände zerkratzt. Deine Kollegen sagen, dass da auf jeden Fall ein Messer im Spiel war. Die Welt da draußen ist so krank. Ich bin jetzt auf der Wache in der Graf-Johann-Straße. Kannst du herkommen? Ella ist auch auf dem Weg und holt mich ab. Ich wohne erst mal bei ihr die nächsten Tage. Meinst du, das ist Zufall oder hat das etwas mit deiner Geschichte zu tun? Ich weiß nicht, was ich den Beamten hier erzählen darf. Meld dich doch bitte mal. Kuss, T.

Veronikas Herz raste, wieder kämpfte sie gegen die aufsteigenden Tränen.

»Ich muss los, ich leite Ihnen gleich die Nachricht weiter, die ich gerade erhalten habe. Unser Unbekannter hat wieder zugeschlagen. Diesmal bei meiner Freundin Theresa Schulz zu Hause. Sie ist bei den Kollegen in der Graf-Johann-Straße, ich bin in spätestens einer Stunde wieder da.«

Sie spurtete los, mit quietschenden Sohlen über den Kautschukbelag im Flur, die Treppen hinab, durch die Eingangshalle und über den Parkplatz. Sie rannte, ohne auf irgendetwas um sie herum zu achten, die knapp 500 Meter bis zur Wache, in der ihre Freundin wartete. Sie hörte nur ihren Atem und das Aufschlagen ihrer Schuhsohlen auf dem Asphalt. Wann würde sie aus dem Albtraum endlich erwachen?

GELDWÄSCHE

59

Köder geschluckt, dachte sie hämisch lächelnd, als sie die Nachricht von ihrem Informanten auf dem Handy las. Dimitri hatte ihr den direkten Kontakt vermittelt, er schien langsam von ihrer Geschichte genervt zu sein und wollte nichts mehr damit zu tun haben. Er hatte ihr nur mitgegeben, den nicht auch noch zu verschleißen. Was soll's, dachte sie sich. Dann eben nicht. Sie war Corinna Petrova, sie würde schon alleine auf den letzten Metern klarkommen.

Der Gedanke, dass sich diese dämlichen Beamten jetzt den Kopf darüber zerbrachen, wo die Bilder aus dem Jenseits herkamen, ließ ein wohliges Kribbeln aus ihrem Bauch emporkriechen.

Gut, das mit dieser dusseligen Freundin war schiefgelaufen, sie war eigentlich fest entschlossen gewesen, die Alte ins Gras beißen zu lassen. Sie hatte sie eine gefühlte Ewigkeit von draußen beobachtet, wie sie da an ihrem Handy herumspielte und mit sich selbst sprach. Die Terrassentür war ein Witz gewesen. Aber es konnte ja keiner ahnen, dass die auf dem Klo so schnell reagieren würde. Für die Wohnung war eine Renovierung fällig, das war klar. Inklusive neuer Möbel. Corinna beschloss, die Aktion als Teilerfolg zu verbuchen und abzuhaken.

Die Bullen hatten jetzt erst einmal genug damit zu tun, in der Vergangenheit herumzuwühlen. Und der Italo-Lover war sicherlich auch bald hinüber, schließlich war es schon fast 40 Stunden her, dass sie sich mit ihm getroffen und ihn auf seine letzte Reise geschickt hatte. An den konnte sie auf jeden Fall einen Haken machen.

Sie schaute auf ihre Liste.

»Na, wer von euch möchte als Nächstes sterben?«, flüsterte sie mit rauer Stimme vor sich hin. Sie zündete sich eine Zigarette an und betrachtete die Namen, die sie vor sich auf ein kariertes Blatt Papier geschrieben hatte, durch den blauen Zigarettenrauch.

So viele waren es gar nicht, denn die Kommissarin schien nichts von einem großen Freundeskreis zu halten. Da gab es noch eine Freundin, Ella Wegner, die als Grundschullehrerin arbeitete und auf jedem einzelnen Foto auf der Webseite nur dümmlich in die Kamera strahlte. Außerdem hatte Corinna den Namen des Exfreundes, ein Physiotherapeut aus Frankfurt, sowie die Adresse von Veronikas Mutter in einem Kaff in Nordhessen ausfindig gemacht. Das Internet war wirklich ein Quell der Freude, vor allem, wenn die Leute jedes Detail von dem publik machen mussten, was sie in ihrem beschissenen kleinen Leben bewegte.

Um selbst Hand anzulegen, würde sie für beide ein gutes Stück fahren müssen, darauf hatte sie eigentlich wenig Lust. Hier reichte sicher auch eine kleine Aufmerksamkeit per Post, die sie einfach in Saarbrücken oder im benachbarten Luxemburg aufgeben würde. Warum nicht auch Veronika Hart als Absender draufschreiben? Als letzten Gruß, sozusagen. Sie dachte da an ein paar Gramm Rizin, das im Darknet ohne Probleme zu beschaffen war. Von diesem, aus den Samen des Rizinusbaums, auch bekannt als Wunderbaum, gewonnenen Pulver reichten schon 70 Mikrogramm, also die Größe eines Salzkorns, um einen Menschen langsam und qualvoll sterben zu lassen. Mit Rizin kannte sie sich aus, denn sie hatte darüber alles gelesen, was es im Internet gab. Eines Tages, das hatte sie sich geschworen, würde sie sich an Yevgeni rächen. Sie wollte ihm das Pulver untermischen und zusehen, wie er endlich verreckte, und dabei in seine flehenden Augen blicken, wenn er sich mit Schaum vor dem Mund unter den größten Schmerzen, die man sich vorstellen konnte, vor ihr krümmte. Die Augen, die sie sonst immer nur arrogant fixiert hatten. Die Augen, die sie klein gehalten, die dabei zugeschaut hatten, wie die Säure ihre Haut zerfressen hatte. Wie ihr Gesicht sich zusammengezogen hatte wie geröstete Hähnchenhaut und eine riesige offene Wunde zurückblieb.

Aber so weit war sie noch nicht.

Sie trank das Glas Wodka, das vor ihr auf dem Tisch stand, mit einem Schluck aus. Morgen war Sonntag. Ruhetag. Dann eine neue Woche, neues Glück. Wieder lächelte sie.

Neben den Namen Ella Wegner schrieb sie »Montag«, neben den Exfreund und die Mutter »Dienstag«. Unter dem Vorbehalt, dass das Rizin bis dahin bei ihr eingetroffen war. Sie hatte es bereits bestellt und hoffte, die Lieferung am Montag zu erhalten. Dann kritzelte sie »Veronika Hart« auf ihre Liste. Blieb also der Mittwoch.

»Das klingt doch nach einem Plan«, raunte sie vor sich hin und lehnte sich zufrieden zurück.

60

Erschöpft und ausgelaugt betrat Veronika den mittlerweile verwaisten Besprechungsraum ihrer Abteilung. Es war kurz vor Mitternacht. Nur Becker saß noch an dem großen Tisch und tippte verbissen auf seiner Tastatur. Auch er sah müde aus, als er sie anblickte.

»Ich habe sie nach Hause geschickt«, antwortete er auf ihren fragenden Blick. »Niemand von denen war noch in der Lage, einen klaren Gedanken zu fassen. Es war sinnlos. Die mussten ins Bett, aber alle haben versprochen, gleich morgen früh mit frischem Elan durchzustarten.«

Veronika nickte erschlagen und ließ sich in einen der Stühle fallen. Es war sicher das Beste. Jetzt schaute Becker sie fragend an.

»Ich will eigentlich nicht drüber reden«, murmelte Veronika seufzend. »Das ist alles ein endloser Albtraum. Ein Glück, dass Theresa immer und überall ihr Handy dabeihat, selbst auf dem Klo. Und dass sie sich rechtzeitig einschließen konnte. Nicht auszudenken, was alles hätte passieren können.«

Wieder seufzte sie und fuhr dann fort.

»Das ist alles meine Schuld. Der Student, Langner, Francesco, Theresa. Wer kommt als Nächstes? Ich hab irgendeinen von diesen Irren da draußen geärgert und jetzt hängen alle mit drin. Nur ich laufe quicklebendig durch die Gegend. Wenn ich mich auf den Stuhl im Fernsehstudio gesetzt hätte, dann wäre den anderen nichts passiert.« Sie vergrub ihr Gesicht in den Händen.

Becker wusste keine Antwort darauf. In seiner über 30-jährigen Karriere bei der Polizei war ihm so eine Situation noch nie in dem Ausmaß untergekommen. Es hatte Drohungen gegeben und tätliche Angriffe auf Kollegen, aber so perfide und persönlich war bisher niemand vorgegangen. Sosehr er zu Beginn eine Chance für sich und seine Karriere gewittert hatte. Jetzt hatte er nur noch Mitleid mit Veronika Hart. Das hatte sie nicht verdient. Das wünschte man niemandem. Wenn er in ihrer Lage wäre, würde er durchdrehen. Allein der Gedanke, dass jemand seine Frau oder Töchter bedrohte, ließ ihn ausrasten.

»Es ist nicht Ihre Schuld, Hart. Da draußen ist ein kranker Idiot unterwegs, den wir dringend dingfest machen müssen. Sie haben ihn nicht provoziert, sondern sicher lediglich Ihren Job gemacht. So wie wir alle hier. Dieser Typ ist irre. Aber es ist in keinem Fall Ihre Schuld. Wir werden alles daransetzen, das Arschloch zu fassen. Diese Frau ist sicher der Schlüssel zu ihm. Wenn wir sie haben, wird sich alles andere ergeben. Und wenn ich ihn in die Finger bekomme, dann breche ich ihm höchstpersönlich alle Knochen. Wir sind hier ein starkes Team und wir müssen zusammenhalten.«

Veronika stiegen die Tränen in die Augen, sie war von ihren Emotionen überwältigt. Einerseits verzweifelte sie im Angesicht dieses Damoklesschwerts, welches über ihrem Leben und ihrem Umfeld baumelte. Auf der anderen Seite rührte sie das Plädoyer, das ihr Kollege gerade gehalten hatte. So persönlich hatte sie ihn noch nie erlebt. Und sie hätte auch nicht die Hand dafür ins Feuer gelegt, dass er nicht sogar hinter ihrem Rücken gegen sie arbeitete. Sie atmete tief durch.

»Okay, Sie haben recht, Becker. Danke. Dann machen wir morgen weiter.«

Ihre Gedanken wurden jäh vom Vibrieren ihres Handys unterbrochen. Es war spät, noch mehr schlimme Überraschungen konnte sie nicht ertragen. Auf dem Display war eine lange Nummer zu sehen, die sie nicht kannte.

»0033, ist das nicht die Vorwahl von Frankreich?«, fragte sie zögernd. Becker nickte. Veronika zuckte mit den Schultern, tippte das grüne Hörer-Symbol an und meldete sich mit ihrem Nachnamen.

Was folgte, war eine emotionale Achterbahnfahrt mit extra hohen Loopings. Während sie den Worten am anderen Ende der Leitung lauschte, krallte sich ihre linke Hand an der Tischplatte fest, bis ihre Knöchel weiß hervortraten. Sie vergaß zu atmen. Ihr Mund fühlte sich staubtrocken an. Ihr wurde schwindelig.

Becker war aufgestanden und beobachtete mit Argusaugen ihre Reaktion. Er schien nichts Gutes zu ahnen.

»Wo ist er?«, presste Veronika gerade so heraus. Dann ein »Danke, ich komme«, bevor sie auflegte.

Jetzt liefen ihr die Tränen wie Sturzbäche über die Wangen. Ihre Unterlippe zitterte, sie umklammerte ihr Smartphone und schaute Becker ungläubig an.

»Sie haben ihn. Sie haben ihn gefunden. Francesco. Er lebt. Er liegt in Forbach im Krankenhaus. Sie haben ihn vor einer Stunde gefunden, eine Jugendgruppe ist auf einer Nachtwanderung auf ihn gestoßen. Ein Riesenglück, sagen sie.« Langsam schüttelte sie den Kopf, als würde sie versuchen, die neu gewonnenen Informationen in den richtigen Synapsen zu speichern.

Becker griff nach seiner Jacke, dann Veronikas Arm. »Kommen Sie, worauf warten Sie? Ich fahre Sie hin.«

61

Es juckte ihn wieder in den Fingern. Den ganzen Tag über hatte er sich über die Gedächtnislücken geärgert, die vergangene Nacht im Rausch entstanden waren. Er wollte den Moment mehr auskosten und vor allem mitbekommen, wenn sie das letzte Mal atmeten. Ihr Leben aushauchten. Erlöst wurden. Gegen Mitternacht setzte er sich in sein Auto und fuhr die bekannte Strecke in Richtung französischer Grenze. Es waren deutlich mehr parkende Autos zu sehen. Er hatte es fast befürchtet, dass die Zuhälter ihre Sicherheitsmaßnahmen verstärken würden. Es standen auch nicht so viele Mädchen an der Straße wie sonst immer. Lediglich zwei bis drei trippelten nervös von einem Fuß auf den anderen. Die hatten bestimmt auch die Hose voll. Aber es hatte keinen Zweck, das Adrenalin pumpte durch seine Adern. Er konnte jetzt nicht einfach unverrichteter Dinge zurückkehren.

Als er das dritte Mal vorbeifuhr, verfiel er ins Schritttempo und schaute sich das Angebot genauer an. Eines der Mädchen fiel ihm sofort auf. Die Angst war ihr ins Gesicht geschrieben, ihr Blick schwankte zwischen schüchtern und panisch. Sie erschien ihm wie ein emotionales Wrack. Genau die Richtige für ihn.

Er hielt an und sie beugte sich ins geöffnete Fenster. »Was darf es heute für dich sein, Süßer?«, fragte sie in einem gespielt verführerischen Ton, aber mit dünnem Stimmchen.

Er ließ sich auf das Spiel ein.

»Was hast du denn im Angebot?«

»Na ja, das Übliche eben. Französisch für 25 Euro, halbe Stunde Verkehr in deinem Auto 50 Euro, wenn du ins Hotel willst, wird es teurer.« Sie war sichtlich nervös, schaute sich immer wieder um.

»Okay, steig ein. Wir fahren ein Stück.«

Er sah, wie sie zögernd zu einem der parkenden Autos blickte. Sie schien auf die Zustimmung ihres Zuhälters zu warten. Er beobachtete im Rückspiegel, wie dieser nur gelangweilt nickte. Dann stieg sie ein. Als Erstes fiel ihm ihr Geruch auf. Ein schwerer Duft nach Patschuli, wie eine verstaubte Blütenmischung. Er passte überhaupt nicht zu ihr. Wie alt sie wohl war? Er fragte sie.

»Ich bin 23«, antwortete sie ihm kurz angebunden.

»Okay, ich bin Oliver. Wo fahren wir hin? Ich habe das ehrlich gesagt noch nie gemacht.« Er versuchte ein Lächeln, während sie ihn weiter argwöhnisch anschaute. »Hier entlang, dahinten ist ein kleiner Parkplatz, dort können wir anhalten. Hast du schon entschieden, was du haben willst?«

Er wolle den Blowjob, sagte er ihr, weil er leider nicht viel Zeit habe. Sie schien sich langsam zu entspannen und machte sich ans Werk, sobald er angehalten hatte.

Noch nie hatte er sich so geekelt. Es war einfach nur widerlich. In seinen Gedanken schwirrten die Gewaltfantasien der letzten Tage. Er stellte sich vor, wie ihr Kiefer brach, wie er ihr in die Rippen trat und wie ihr Gesicht zuschwoll, die Lippen aufgeplatzt, die Nase blutig abgeknickt. In seinem Schritt passierte derweil nicht viel, er bat sie aufzuhören.

»Es tut mir leid, es liegt nicht an dir. Ich hab einfach nur viel Stress in letzter Zeit. Mach dir keine Mühe, du bekommst dein Geld. Erzähl mir lieber noch etwas von dir, bis wir wieder zurückmüssen.«

Sie schaute ihn verwirrt an, schien aber dann Mitleid mit ihm zu haben. Seine Wut wuchs, doch er unterdrückte sie mühsam.

»Was soll ich dir erzählen? Mein Name ist Chloe und ich bin wahrscheinlich die einzige Deutsche hier auf der Meile. Natürlich mag ich Sex, aber ich mache den Job hauptsächlich wegen der Kohle und weil ich mir die Zeit gut einteilen kann. Aber meistens ist es schon ziemlich ätzend, also nicht bei Leuten wie dir, verstehe mich nicht falsch. Solche Männer kommen leider viel zu selten vorbei.«

Sie redete ohne Punkt und Komma, wahrscheinlich, um die Nervosität zu kompensieren, die sie den Abend über begleitet hatte. Er beobachtete dabei ihre leicht schiefen Schneidezähne, über die sie sich ständig mit der Zunge fuhr, wenn sie sprach.

»Ich habe einen kleinen Sohn, er ist vier Jahre alt. Wenn ich arbeite, ist er bei meiner Schwester. Für ihn mache ich das hier. Ich kann sonst nicht viel, habe meine Ausbildung zur Altenpflegerin abgebrochen, als er geboren wurde. Und danach war es schwierig mit den Jobs. Er war auch so oft krank als kleines Kind, dann ist es schwer mit normaler Arbeit.«

Das wollte er alles nicht hören. Was sollte diese Mitleidstour? Das reichte. Er zog seinen Geldbeutel aus der Hose und gab ihr 30 Euro.

Sie quatschte weiter, bis er sie wieder an der Stelle aussteigen ließ, wo er sie aufgegabelt hatte. Was für ein Reinfall. Erleichtert begrüßte sie ihre Kolleginnen und reihte sich wieder ein. Er fuhr mit quietschenden Reifen davon und parkte seinen Wagen, wie gewohnt, auf dem Parkplatz des großen Spaßbades in knapp zwei Kilometer Entfernung.

Er zog sich um, schnürte seine Laufschuhe und setzte sich die Stirnlampe auf. Eine kleine Runde würde ihm jetzt guttun, den Weg kannte er blind.

Er aktivierte seine Laufuhr und joggte los. Wie magisch zog es ihn zurück an den Ort des Geschehens. Aus der Ferne hörte er schon die leicht quietschende Stimme von Chloe, wenn sie wirklich so hieß, und wie sie ihren Kolleginnen irgendetwas Belangloses erzählte.

Er schaltete seine Lampe aus und lauschte, ganz in ihrer Nähe. Er konnte warten.

62

»Ey, hab ich schon gesagt, dass ich keinen Bock mehr auf die Schlampe habe? Was sollen wir denn noch alles für die erledigen? Sind wir etwa ihre Laufburschen? Die braucht Respekt vor uns, Alter. Yevgeni hätte die Hure einfach umbringen sollen, dann hätten wir jetzt nicht so einen Stress«, schnaubte Yuri gehässig vor sich hin, bevor er sich die nächste Line Koks in die Nase zog. Sein Bruder nickte zustimmend und trank sein Glas Wodka-Red-Bull mit einem Zug aus.

Selbst wenn sein Vater Corinna nicht mehr bei allem unter die Arme griff, so hielt er trotzdem immer noch schützend die Hand über sie. Beschwerden ließ er nicht zu, er schickte seine Söhne damit jedes Mal zum Teufel.

Sie wussten ja, was sie erlebt hatte. Kannten ihre Familie, ihre Brüder und sogar ihren Exfreund, den alle in der Clique immer beneidet hatten. Wenn Familien so eng verbunden waren, dann verlor man sich nicht aus den Augen. Als Corinna von zu Hause weggegangen war, hatte sie den Kontakt zu ihrem Lieblingsonkel Dimitri aufrechterhalten. Sie war die Tochter, die er nie hatte. Und schon immer eine unerwünschte Konkurrenz in den Augen seiner Söhne.

Yuri war nicht zu bremsen, während er die nächste Line mit seiner Kreditkarte bearbeitete.

»Ich meine, was bildet die sich ein? Kommt hier mit ihren albernen Rachespielchen und mischt sich in unsere Geschäfte ein. Die soll doch endlich wieder in das Loch verschwinden, aus dem sie gekrochen ist. Wenn die sich wenigstens nützlich machen würde. Es gibt bestimmt irgendwelche Freier mit kranken Fantasien, dann könnte sie doch in einem unserer Häuser noch was bringen. Der Körper und vor allem die Titten sind ja nicht schlecht. Musst halt was über die Fresse ziehen«, lallte er vor sich hin und lachte über seinen letzten Satz.

»He, stell dir mal vor. Wir ziehen der so eine Papiertüte über den Kopf und malen ein Lachgesicht drauf.«

Beide lachten schallend und klopften sich dabei auf die Schenkel, während sich die Wirkung der Drogen mit der des Alkohols vermischte, den sie über den Abend getrunken hatten.

Plötzlich wurde Aleksander ernst.

»Ich hab's. Ich weiß, wie wir die loswerden. Ich hab ihre Brüder als Kontakte bei vk.com, du weißt schon, das russische Facebook. War da ewig nicht mehr drin, aber wir sollten denen einfach mal eine kleine Grußbotschaft schicken. Mit Liebesgrüßen von ihrer kleinen Schwester. Die haben sicher noch ein Hühnchen mit der zu rupfen. Wie war das noch mal? Haben die sie nicht sogar selbst gefickt? Oder das Stück nur verkauft? Ist ja egal. Was meinst du? Geile Idee, oder?«

Yuri nickte weggetreten. Ihm war alles egal. Hauptsache, die verschwand aus seinem Leben und er konnte sich wieder um das Geschäft kümmern. Er hatte den ganzen Abend an der Straße verbracht, um auf ein paar abgehalfterte Tussen aufzupassen. Jetzt hatte er einen Kumpel postiert, der sie nachher nach Hause fahren sollte. Er konnte ja nicht jeden Drecksjob selbst erledigen.

»Mach einfach. Find ich gut. Und bestell den Deppen viele Grüße von mir. Wenn sie ihr Schwesterchen besuchen, sollen sie hier vorbeischauen. Gibt dann eine Runde Mädels für alle.«

Aleksander nickte zufrieden über die Zustimmung, surfte kurz auf seinem Smartphone und schickte die Nachricht ab. Ein schneller Blick auf ihre Profilseiten zeigte ihm, dass die Brüder alle wieder in Hamburg lebten und ihrem Vater bei den Geschäften zur Hand gingen. Hat er sie also aus dem Wladiwostoker Arbeitslager zurückgeholt, die Verlierer, dachte er sich schmunzelnd. Er selbst hätte sich von seinem Vater niemals so behandeln lassen, da war er sich sicher. Sosehr er ihn auch respektierte, aber eher wäre er abgehauen und hätte sich seine eigene Existenz aufgebaut, als sich nach Russland zurückschicken zu lassen. Lieber tot unter der Brücke, als für die Familie Drecksarbeit in Russland zu erledigen.

Zufrieden schenkte er sich einen weiteren Longdrink ein. Er war jedem überlegen, er hatte die Macht. Wenn er klatschte, tanzten die Puppen.

Er war sich sicher, dass sich ihr Problem in wenigen Tagen gelöst haben würde.

»Lass uns wetten, Alter. Spätestens Mittwoch ist die Schlampe hier weg. Ich geb ihr drei Tage.« Doch Yuri hob nur grinsend den Daumen.

Die Wette galt.

63

Es war drei Uhr morgens, als der Computer endlich die Ergebnisse des DNA-Abgleichs ausspuckte. Thiel war auf der abgewetzten Ledercouch in seinem Büro eingeschlafen. Momentan war Hochkonjunktur in der Pathologie. Erst diese Mordanschläge, dann der tote Mechaniker und jetzt noch zwei totgeprügelte arme Seelen. Das war kein schöner Anblick. Doch der Fall von Veronika Hart machte ihn besonders betroffen. Er verfolgte die Ereignisse zwar aus der Ferne, dennoch versuchte er, jede noch so kleine Spur und jedes Indiz in Windeseile zu analysieren, um nicht noch mehr Zeit zu verlieren. Jetzt war ja auch noch ihr Freund entführt worden. Außerdem hatte ihm Theresa Schulz, seine Kollegin hier auf dem Winterberg, eine Nachricht geschrieben, dass sie zu Hause überfallen worden war. Es schienen alle im Visier des Täters zu sein, die zu Veronikas Umfeld gehörten. War auch er Teil davon?

Würde man ihm irgendwann auflauern? Seit er vor knapp einem Jahr die Lungenkrebsdiagnose erhalten hatte, hatte das Leben in seinen Augen kein großes Gewicht mehr. Seit Monaten kämpfte er im Verborgenen mit den Auswirkungen der Krankheit. Machte bei den Kollegen in der Uniklinik Homburg eine Immuntherapie, die sein Leben noch ein wenig verlängern sollte. Er hatte Glück, dass er bei seinem behandelnden Arzt auf viel Verständnis und die nötige Diskretion zählen konnte. Er bekam stets Termine spätabends und vor dem Wochenende, sodass er im Normalfall mit den akuten Nebenwirkungen zu Hause kämpfen konnte.

Er hatte aber dennoch abgebaut und war sich sicher, dass ihm jeder ansah, dass etwas mit ihm nicht stimmte. Aber niemand hatte ihn bisher darauf angesprochen. Lag es an seiner Autorität oder an der Distanz, die er sich zu jedem aufgebaut hatte, der sich in seinem beruflichen Umfeld bewegte? Es gab nur eine Handvoll Leute, die von der Krankheit wussten und auf deren Verschwiegenheit er zählen konnte. Er hatte einfach keine Lust auf mitleidige Blicke und übertriebene Fürsorge. Er kümmerte sich selbst darum.

Aber jetzt widmete er seine Aufmerksamkeit den Treffern in der DNA-Analyse-Datei des BKA. Dort hatte er die Spuren, die am Tatort des toten Mechanikers gefunden worden waren, abgeglichen.

In der Datei, die zu INPOL gehörte, dem zentralen Informationssystem der Polizei, wurden die Daten von Verdächtigen und Verurteilten gespeichert. Außerdem jegliche an Tatorten gefundene Spuren. In diesem Fall gab es zu den Hautfetzen, die er unter den Fingernägeln des Toten sicherstellen konnte, einen Treffer.

Auf dem angezeigten Foto blickte ihn ein Mann mit kantigem Gesicht und weit auseinanderstehenden dunklen Augen an. Die Stirn wurde von einem hohen Haaransatz umrahmt. Der Name, der unter dem Foto stand, passte zu den anatomischen Merkmalen, die ihm als Erstes ins Auge gestochen waren. Sokolov, Aleksander. Darunter eine Liste mit Vorstrafen, die sich sehen lassen konnte: räuberische Erpressung, Körperverletzung, Anstiftung zur Körperverletzung, Hehlerei, Drogenhandel. Außerdem stand er unter Verdacht, Frauen zur Prostitution zu zwingen und illegale Kämpfe mit immensen Wetteinsätzen zu veranstalten. Und er war zuletzt in Saarbrücken gemeldet. Mit etwas Glück würden die Kommissare ihn dort aufspüren können.

Bei den DNA-Spuren im Fall der toten Frauen hatte er weniger Glück. Dazu gab es in der Datenbank keinerlei Treffer. Entweder der Täter war ein unbeschriebenes Blatt oder er war noch nie erwischt worden. Diese Spuren führten also weiterhin ins Nichts.

Blieb Sokolov, den sie so schnell wie möglich dingfest machen mussten. Ein Blick auf die Uhr ließ aber seine Hoffnung schwinden, dass schnell in diesem Fall in den nächsten zwei bis drei Stunden heißen würde. Dann eben so bald wie möglich.

Rasch tippte er eine Mail mit den Ergebnissen in den PC. Seine Finger wollten den Gedanken nicht so schnell folgen. Dann schickte er noch eine SMS an Veronika Hart und ihren Kollegen Sven Becker. Er wusste von beiden, dass sie mit ihrem Handy am Ohr schliefen, und hoffte, dass die Nachricht eine zeitnahe Reaktion auslösen würde.

Er lehnte sich in seinem Bürostuhl zurück. Ihm war leicht schwindelig. Jetzt blieb erst einmal nichts mehr zu tun. Die Kollegen von der Polizei waren am Zug. Sein Blick fiel auf die noch eingedellte Couch, auf der er eben aufgewacht war. Es lohnte sich nicht mehr, nach Hause zu fahren. Ein paar Stündchen Schlaf schadeten sicher nicht, es könnte morgen ein ereignisreicher Sonntag werden.

64

Sie wusste nicht, ob sie in dieser Nacht überhaupt ein Auge zugemacht hatte. Wenn, dann war sie an Francescos Bett kurz eingeschlafen, aber sie hatte keine Ahnung, wie lange.

Auf jeden Fall hätte sie ewig an seiner Seite ausharren können, so erleichtert fühlte sie sich in diesem Moment. Als hätte ein fester Würgegriff, der die ganze Zeit ihr Herz umschlossen gehalten hatte, endlich losgelassen. Und mit der Erleichterung schlich sich auch die Müdigkeit ein. Was für ein Tag.

Francesco hatte schrecklich ausgesehen, wie ein Gespenst in den gelblichen Krankenhauslaken. Seine Augen waren tief eingefallen, die Lippen verkrustet, die Hände aufgeschürft. Um das linke Handgelenk war ein strahlend weißer Verband gewickelt. In seinem rechten Arm steckte eine Infusion, die ihn unablässig tropfend mit der Flüssigkeit versorgte, die sein Körper jetzt so dringend benötigte. Er war fast 40 Stunden weg gewesen.

Veronika hatte seine Hand genommen und sie zart geküsst, während sie fast lautlos seinen Namen geflüstert hatte. Er hatte die Augen geöffnet und sein erlöster Blick hatte ihr gesagt, dass alles gut werden würde. In diesem Moment fiel der gesamte Ballast von ihr ab, heftige Schluchzer brachten ihren Körper zum Beben. Francesco war noch zu schwach zum Sprechen, doch er streichelte ihre Hand und schaute sie unentwegt an, bis sie sich beruhigt hatte. Dann erzählte sie ihm alles, wie groß ihre Angst gewesen war und wie sehr sie ihn liebte. Mit den anderen

Ereignissen wollte sie ihn nicht belasten, deshalb verlor sie sich in wilden Plänen und Träumen, die sie umsetzen würden, wenn es ihm wieder besser ging.

Lächelnd hatte er die Augen geschlossen, und auch Veronika war wahrscheinlich irgendwann eingeschlafen, seine Hand immer noch fest umklammert.

Als sie um kurz nach sechs Uhr morgens auf den Krankenhausflur trat, hatte sie nicht damit gerechnet, dass Becker auf sie wartete. Ehrlich gesagt hatte sie ihn sogar fast vergessen, so sehr hatte sie sich auf Francesco konzentriert. Doch er saß tief in einen Sessel gerutscht, die Beine weit von sich gestreckt, mit überkreuzten Armen und dem Kinn auf der Brust schlafend im Eingangsbereich, während die Frühschicht im Krankenhaus um ihn herum schon eifrig mit der Arbeit begonnen hatte.

Eine tiefe Ruhe erfüllte sie. Francesco war in Sicherheit und sie war nicht allein im Kampf gegen dieses Monster. Sie schaute auf ihr Handy und entdeckte Thiels Nachricht. Er hatte einen Treffer in der DNA-Datenbank.

Besser konnte der Tag doch nicht starten.

Sanft weckte sie Becker und auf dem Weg zurück nach Saarbrücken hielten sie an ihrer Lieblingsbäckerei kurz vor der deutschen Grenze, in der sie regelmäßig frische Croissants und Baguette kaufte. Manchmal brachte sie auch Eclairs mit, nach denen sie fast süchtig war. Das waren knochenförmige Spritzteigteile mit Pudding gefüllt und mit einer geschmacklich passenden Glasur versehen. Neben einem starken Kaffee für Becker und sich kaufte sie noch zwei Tüten Croissants und einen großen Karton dieser süßen Köstlichkeiten für ihr Team. Heute standen die Zeichen auf Durchbruch.

Becker war dankbar für den heißen Kaffee, der ihn heute über den Tag retten würde. Seine Glieder schmerzten von der unbequemen Haltung, in der er die Nacht verbracht hatte, aber ein Blick auf seine Chefin sagte ihm, dass es jede Minute wert gewesen war.

Auch er hatte mittlerweile die Nachricht von Thiel gelesen und aus dem Auto heraus organisierte er eine Einsatztruppe, die den Sokolovs in der nächsten Stunde einen Besuch abstatten würde. Er kannte den Namen, beide Brüder waren erst gestern im Präsidium gewesen und hatten zu den toten Prostituierten ausgesagt. Das zweite Opfer war eine von ihren »Angestellten« gewesen. Er war gespannt, was die jetzt mit dem Mechaniker zu tun hatten.

Außerdem fragte er per E-Mail bei der Staatsanwaltschaft schon einmal nach einem richterlichen Beschluss für die Durchsuchung der Wohnung und der Geschäftsräume der polizeibekannten Brüder. Er wusste, dass jeder Einzelne mehr Dreck am Stecken hatte, als er tragen konnte. Jetzt musste man es ihnen nur noch beweisen, und diese Spuren waren ein erster großer Schritt dahin.

Auch wenn er sich keinen Reim auf die Zusammenhänge machen konnte, so war er doch sicher, dass er die Daumenschrauben kannte, die er bei ihnen drehen musste, um sie zum Reden zu bekommen.

Diese Wichser würden nicht davonkommen.

65

Natürlich hatte er noch zugeschlagen. Die Gelegenheit war einfach günstig gewesen. Nach endlosem und vor allem sinnlosem Gequatsche hatte sich Chloe kurz zum Pinkeln ins Gebüsch verzogen. Wie vulgär sie doch war. Einfach widerlich. Allein die Hygiene, wie sollte er sich das vorstellen? Sie pinkelte in die Prärie und bediente dann noch einen Kunden. Dieser Moment hatte jegliche Hürden in ihm gerissen. Ihm, der selbst so penibel war. Seine Nackenhaare hatten sich allein bei dem Gedanken daran aufgestellt. Er wusste, dass er dieses Mal weniger Zeit haben würde. Wenn sie nicht schnell vom Pinkeln wieder auf die Straße kam, würden die nach ihr suchen. Doch es ging ihm bei ihr nicht um den Rausch. Er wollte ihre Augen sehen, wenn sie starb. Die Erlösung in ihrem Gesicht, wenn sie realisierte, dass es vorbei war. Sie sich nicht mehr wehren musste.

Er hatte sich von hinten an sie herangeschlichen, als sie gerade wieder den Rock glattstrich. Mit einer Hand über ihrem Mund hatte er ihren Schrei ersticken können und sie dann weiter durch das Gestrüpp gezogen. In seinen Ohren machten sie einen Höllenlärm, doch er hörte keine Reaktion von der anderen Seite des Gebüsches.

Sie wehrte sich wie ein Tier, kratzte ihn und versuchte, ihm mit ihren Fingernägeln in die Augen zu stechen. Das lernten sie also auf der Straße. Doch er presste seine Arme wie einen Schraubstock immer fester um sie herum. Sie krallte sich fest, riss an seiner Kleidung, bis sie auf dem schmalen Waldweg angekommen waren. Dann war es so weit.

Er drehte sie um, knipste die Stirnlampe an, die sie direkt in die Augen blendete. Sie versuchte, ihr Gesicht abzuwenden. Doch sein rechter Arm umschlang ihren Kopf, die Hand lag schwer auf ihrem Mund. Kein Ton entwich. Mit der linken Hand drückte er ihre Kehle zu. Sie begann zu röcheln und zu husten. Doch er drückte immer weiter, die weiche Struktur der Luftröhre und des Kehlkopfes gab unter seinem Druck nach. Er beobachtete ganz genau ihre Augen, die ihn panisch anstarrten. Er erhöhte den Druck. Ihr Blick verlor den Halt. Immer wieder drehten sich die Pupillen weg. Auch er hielt die Luft an. Nur ja nicht den Moment verpassen. Das nächste Mal würde er eine Kamera mitnehmen, um es aufzuzeichnen und sich wieder und wieder anzuschauen.

Doch der Moment blieb aus. Irgendwann schwand der Widerstand aus ihrem Körper, sie hörte auf, sich in seinem Griff zu winden. Ihre Augen blieben verdreht, leicht aus dem Gesicht hervorstehend. Keine Erkenntnis. Keine Erlösung. Nichts.

Enttäuscht ließ er sie fallen. Wo er stand. Bewegte sie nicht weg. Positionierte sie auch nicht anders. Nur weg hier, schoss ihm durch den Kopf. Er knipste die Stirnlampe aus und lief seine gewohnte Runde zu Ende. Diesen bitteren Geschmack des Misserfolgs musste er erst einmal verarbeiten.

66

Becker hatte die Leitung des Sokolov-Einsatzes übernommen. Mit drei Polizeifahrzeugen bahnten sie sich in den frühen Sonntagmorgenstunden den Weg zu den Sozialbauten der Bellevue, eines Viertels, welches mit seinem klangvollen Namen über den größtenteils trostlosen Zustand der Bauwerke und Bewohner in einigen seiner Straßenzüge hinwegtäuschte.

Während die Anspannung unter den Einsatzbeamten stieg, kreisten Beckers Gedanken um die vergangenen 24 Stunden. Wie schnell sich alles gewandelt hatte, insbesondere seine Einstellung zu Hart und die Betrachtung seiner eigenen Situation in der Truppe. Er hatte während dieser Nacht in der Krankenhauslobby lange darüber nachgedacht, wie er weiter verfahren sollte. Er hatte ihr zwar seinen Rückhalt zugesichert, doch es wäre ein Leichtes, ihr jetzt den beruflichen Todesstoß zu geben oder sie zumindest für ein paar Monate ins Off zu schicken. Aber entsprach das wirklich seinen Wertvorstellungen? Auch wenn er Frauen bei der Polizei lange nicht ernst genommen hatte. Heute war er Mitte fünfzig und am Anfang seiner Karriere hatte es deutschlandweit kaum Kommissarinnen im Dienst gegeben.

Schreibkräfte, Streifenpolizistinnen, Übersetzerinnen, Politessen, Verwaltungsmitarbeiterinnen. Okay. Aber Frauen an der Front? Wie stellten sie sich das vor? Konnten die es denn mit den härtesten Verbrechern überhaupt aufnehmen?

Doch seit seine eigenen Töchter zu intelligenten, erfolgreichen jungen Frauen herangewachsen waren, sah er die Welt etwas anders. Wie würde er reagieren, wenn ein alter Stoffel wie er seinen Mädchen das Berufsleben zur Hölle machte?

Den würde er sich ordentlich zur Brust nehmen.

Nein, jetzt galt es, diese Arschlöcher ein für alle Mal festzusetzen. Egal, was letztendlich als Motiv dahintersteckte. Sie hatten schon genug Schaden angerichtet und Angst und Schrecken verbreitet.

Das Team stand voll hinter ihnen, er hatte ihre Gesichter während des kurzen Team-Meetings heute in aller Frühe beobachtet. Nur Schneider war etwas blass um die Nase gewesen. Deswegen hatte er ihn in sein Auto beordert. Er saß schräg hinter ihm auf dem Rücksitz, Becker beobachtete ihn im Rückspiegel. Er sah wirklich nicht gut aus. Mit schweißnasser Stirn massierte er unablässig seine Fingerknöchel. Seine Augen zuckten nervös in alle Richtungen. Der junge Kollege schien sich so unwohl zu fühlen, dass er im Autositz versinken wollte. Irgendetwas stimmte nicht mit ihm. Ob er überarbeitet war? Oder Angst vor dem Einsatz hatte?

»Was ist los, Schneider? Alles okay bei Ihnen?«

Dieser zuckte panisch zusammen und nickte schnell.

»Ja, ja. Alles in Ordnung. Mir ist nur etwas flau im Magen. Ich sollte nachher besser im Auto bleiben und Ihnen den Rücken freihalten. Nicht, dass ich denen vor die Tür kotze.«

Er versuchte ein Lächeln, doch es blieb wie eine verzerrte Grimasse in seinem Gesicht hängen. Beckers Instinkt sagte ihm, dass hier etwas faul war. Er hatte Schneiders erschrockenen Blick gesehen, als er eben verkündet hatte, dass sie den Sokolov-Brüdern einen Besuch abstatten würden. Er schien in sich zusammenzufallen, jegliche Spannung war aus seinem Körper gewichen, als er die Namen gehört hatte.

»Wir sind da, Chef«, unterbrach der Kollege am Steuer seine Gedanken. Er würde sich nachher darum kümmern. Jetzt hatten sie hier erst einmal einen Job zu erledigen.

»Okay, Schneider bleibt am Auto und sichert die Umgebung. Wir drei gehen rein. Die anderen verteilen sich um das Gebäude. Sichert die Hinterausgänge und Kellertüren und behaltet die Fenster im Blick.« Er schaute in die Runde, alle nickten.

Sie standen vor einem dunklen Mehrfamilienhaus aus den 50er-Jahren. Mit Wellblech über den Balkonen, einem Meer von Satellitenschüsseln an den Geländern und ein paar verdorrten Büschen zwischen Straße und Hauseingang. Die Namensschilder an den Klingeln deuteten darauf hin, dass Anonymität in diesem Haus großgeschrieben wurde. Die Buchstaben waren entweder durch einen Wasserschaden unleserlich oder gar nicht erst vorhanden. Mit den Augen wanderte er die Fassade hoch. Wo versteckt ihr euch, ihr Bastarde?

In dem Moment öffnete sich knarzend die Eingangstür und eine alte Frau schob ihren Rollator in Zeitlupe über die Schwelle. Sie warf den Polizisten einen feindseligen Blick zu, wie gewohnt waren sie hier in der Gegend keine willkommenen Gäste.

Weissmann, der ebenfalls mit ihm im Auto gesessen hatte, zeigte der Frau das Foto der Sokolovs und fragte nach der Wohnung der Familie. Ihre offene Ablehnung war deutlich spürbar, dennoch gab sie ihnen recht gleichgültig Auskunft: »Zweiter Stock, linke Tür. Grüßen Sie diese Nichtsnutze von mir. Die bringen nichts als Ärger.

Nur Sauferei und Drogen. Davon haben wir hier mehr als genug.« Sie verzog ihren zahnlosen Mund zu einem falschen Grinsen und rollte davon.

»Na, dann werden wir die Herren mal zum Verhör abholen«, sagte Becker und trat in den dunklen Hausflur.

67

Sein Schädel schien zu platzen. Ein dumpfes Pochen gegen die Schläfen verriet ihm, dass es wohl doch ein paar Gramm und Drinks zu viel gewesen waren. Normalerweise vertrug er einiges, aber das pelzige Gefühl im Mund verstärkte die Übelkeit im Magen. Es fühlte sich an, als wäre seine Zunge mit Samt überzogen. Mit altem, staubigem Samt, der schon länger im Keller vor sich hin gammelte. Als er den Kopf drehte, wusste er, warum. Die drei Flaschen vor ihm auf dem Couchtisch waren alle leer. Scheiße. Jeder von ihnen hatte eineinhalb Flaschen von dem Zeug weggezogen, das war ordentlich. Es graute ihm schon vor dem Tag. Für seinen Bruder und ihn gab es keine Sonntage. Es würde anstrengend werden, das wusste er. Sein Vater hatte sie gebeten, ein paar Geschäftsfreunden einen

Besuch abzustatten und sie mit Nachdruck an ihre finanziellen Verpflichtungen zu erinnern. Außerdem musste die Sache mit den Arabern geklärt werden. Sein Vater war ausgeflippt wegen Valeria. Er streckte sich stöhnend, um an sein Handy zu gelangen, das völlig versifft auf der Glasplatte des Tisches lag. Er musste blinzeln, um in diesem Zustand die Nachricht zu entziffern, die ihm auf dem Display entgegensprang.

»Chloe ist tot. Keine Ahnung, die ist vom Pinkeln nicht mehr wiedergekommen, da hab ich sie gesucht und auf dem Weg gefunden. Erwürgt, würde ich sagen. Hab anonym die Polizei gerufen und die anderen weggeschafft.«

Nein, nicht das auch noch. Er schluckte Gallenflüssigkeit herunter und schälte sich langsam aus dem tiefen schwarzen Ledersessel, in dem er die Nacht verbracht hatte. Sein Bruder lag bäuchlings auf der Couch und hatte eines der Stoffkissen vollgesabbert. Mit dem Fuß schubste er ihn an der Schulter an.

»Ey, Aleks. Wach auf, du Spacko. Wir müssen los. Es hat Chloe erwischt. So ein Scheiß. Jetzt mach schon!«

Doch sein Bruder gab nur ein missmutiges Grummeln von sich. Wenn diese Übelkeit nicht wäre. Er brauchte jetzt unbedingt etwas Salziges zu essen, das würde ihm helfen, wieder einen klaren Gedanken zu fassen.

Was waren das für Geräusche im Treppenhaus? Zog einer dieser Assis über ihnen endlich aus?

Sein Bruder und er wohnten in dieser Bude schon, seit ihr Vater sie vor die Tür gesetzt hatte. Finanziell könnten sie sich mittlerweile weit Besseres leisten. Aber das entsprach nicht der Lebensweise, die ihr Vater für sie vorgesehen hatte. Hier in Deutschland lebten sie auf kleinem Fuß, ja nicht auffallen. Sein Vater war in Frankreich mit einem kleinen Handwerksbetrieb gemeldet, sein Bruder betrieb das Box-Studio, seine Mutter arbeitete für eine Reinigungsfirma. Das Geld, das ihre anderen Geschäfte so abwarfen, wurde fein säuberlich ins Ausland transferiert. Am Schwarzen Meer wartete eine stattliche Villa darauf, dass seine Eltern dort ihren Lebensabend verbringen würden – und zwar so feudal, wie es sich für einen erfolgreichen Geschäftsmann aus Deutschland gehörte.

Er hörte Flüstern im Flur. Sein Gehirn wollte nicht in Gang kommen. Dann klingelte es an der Tür. Diese Wichser. Was störten die ihn so früh am Morgen?

Yuri riss die Tür auf. »Kann man hier nicht mal in Ruhe …?« Er brach ab, als er in den Lauf einer Pistole starrte. Sein körperlicher Zustand ließ keine weitere Reaktion zu. Die vermummten Beamten drängten ihn zurück in die Wohnung. Ihnen folgte der Kommissar, dem er gestern erst bei seiner Aussage wegen Valeria gegenübergesessen hatte. Wie war noch mal sein Name? Im Wohnzimmer stießen sie auf seinen Bruder, der sich ungläubig am verkaterten Kopf kratzte.

»Yuri und Aleksander Sokolov. Sie stehen im Verdacht, den Tod von Arthur Kovar verursacht oder mitverschuldet zu haben. Wir nehmen Sie hiermit in Gewahrsam. Ihre Rechte kennen Sie ja sicher in- und auswendig. Sie dürfen natürlich schweigen. Alles, was Sie sagen, kann und wird vor Gericht gegen Sie verwendet werden. Sie haben das Recht auf einen Anwalt, und so weiter. Wenn Sie uns bitte folgen? Oder brauchen wir die Handschellen?«

Yuri war bewusst, dass es für die Beamten nicht besser hätte laufen können. Die Wohnung stank bestialisch nach Alkohol, und dessen Ausdünstungen und sie waren beide in einem derart desolaten Zustand, dass keine große Gegenwehr zu befürchten war. Wenn er jetzt seinen Vater anrufen würde, dann wäre alles zu spät. Der war in der Lage, sie vor den Augen der Polizei zusammenzuschlagen oder gleich zu erschießen.

»Ich gehe davon aus, dass Sie mit einer Hausdurchsuchung einverstanden sind?«, wandte der Kommissar sich weiter an sie.

Die beiden schauten sich verwirrt an, sie bemühten sich, ihre Gedanken auf die Reihe zu bekommen.

»Ihr Schweigen werte ich jetzt mal als Zustimmung. Kollegen, wir suchen nach allem, was mit dem Tod von Kovar in Verbindung gebracht werden kann. Oder mit weiteren Taten, die mit dem Gesetz in Konflikt stehen könnten. Und bitte, seien Sie vorsichtig mit dem Mobiliar, wir wollen doch nicht, dass etwas kaputt geht«, fügte der Kommissar mit einer gehörigen Portion Sarkasmus hinzu.

Sie versuchten noch nicht einmal zu widersprechen. In der folgenden halben Stunde beobachteten sie wie kleine Kinder mit großen Augen das Geschehen um sie herum. Bis die Wirkung des Alkohols langsam nachließ und die Lichter in ihren Gehirnen wieder anknipste. Sie konnten nicht verhindern, dass die Beamten bündelweise Bargeld, teure Uhren und einige Waffen ans Tageslicht beförderten. Bevor sie sich wieder gefangen hatten, gab der Kommissar das Zeichen, sie zum Präsidium zu bringen. Yuri mochte gar nicht daran denken, was ihnen jetzt blühte.

68

Beschissener hätte so ein Sonntag nicht beginnen können. Ihr alter Radiowecker hatte sie mit der Nachricht geweckt, dass man einen Francesco L. nach fast zwei Tagen in einem französischen Bunker entdeckt hatte. Der Saarbrücker sei entführt und von einer Jugendgruppe auf Nachtwanderung gefunden worden.

Sie war außer sich. Solche Versager! Diese Mistkerle! Warum hatten sie ihn nicht sofort getötet? Musste sie denn alles selbst machen? Sie überlegte, ins Krankenhaus zu marschieren und ihn persönlich umzulegen. Er sollte sterben. War das so schwer zu kapieren?

Die Wut kroch in ihr hoch wie ein Schwelbrand. Sie ballte die Hände zusammen, grub ihre Fingernägel tief in ihre Handballen, bis sich Blutstropfen auf der verletzten Haut bildeten. Ruhig bleiben, Corinna, mahnte sie sich. Es ist nichts verloren.

Wer lebt, kann immer noch sterben.

Was für ein Spruch, den sollte sie sich tätowieren lassen.

Mit den Fingerspitzen fuhr sie über die Namen, die in gedrungener Schreibschrift auf ihrer Liste standen. Bei Francesco Leone und Theresa Schulz hatte sie das gewünschte Endergebnis nicht erreicht. Sie hatte ihnen einen Schrecken eingejagt, aber sie lebten. Das war ein unverzeihlicher Fehler.

Sie war frustriert. Wie mühsam das alles erschien. Würde es ihr wirklich Spaß machen, diese Liste weiter abzuarbeiten, oder sollte sie einfach gleich zuschlagen und sich dann aus dem Staub machen? Auf die Sokolov-Stümper würde sie sich nicht mehr verlassen.

Die Nachricht über diese missglückte Aktion verhagelte ihr nachhaltig die Laune.

Sie griff zum Handy und durchforstete die sozialen Netzwerke. Wenn sie die Bilder ihrer ehemaligen Weggefährtinnen auf Instagram sah, wie sie sich als Models und Influencerinnen bestmöglich in Szene setzten und von ihren Boyfriends ablichten ließen, auf jedem Topevent in der ersten Reihe posierten, dann kam ihr die Galle hoch.

Auch bei diesem Projekt hatte sie ihr Endziel nicht erreichen können. Paul, der Schlappschwanz, hatte bei der Hälfte aufgegeben. Zu viele Fehler. Zu dumm.

Auf den Profilseiten der kleinen Kommissarin und ihrer Freundinnen war es ungewöhnlich still. Keine Kommentare oder Likes auf irgendein süßes Hundevideo, alles wirkte wie in Schockstarre. Sie lächelte. Wenigstens hielten sie ihr Maul.

Sie legte ihr Handy weg und griff nach einem langen Küchenmesser, um sich eine Grapefruit aufzuschneiden. Mehr frühstückte sie seit Jahren nicht. Schwarzer Kaffee und Grapefruit, für andere Grund einer Säurehölle im Magen, aber ihrer war durch die Fehlernährung der letzten zehn Jahre Schlimmeres gewohnt. Dazu eine Handvoll Zigaretten und der Tag konnte starten.

Sie beschloss, ihre Pläne zu ändern. Wenn dieser Italiener irgendwo in der Nähe im Krankenhaus lag, dann ließ sich das sicher leicht rausfinden. Es konnte ja nicht schaden – und wenn sie dann doch spontan Lust verspürte, ihn aus dem Weg zu räumen, dann wusste sie wenigstens, wo sie ihn finden würde.

Sie lächelte leicht und griff wieder nach ihrem Handy,

auf dem in diesem Moment eine Nachricht auf dem Display erschienen war.

Von einer unbekannten Nummer.

Als sie die wenigen Zeichen las, die in kyrillischer Schrift aufpoppten, blieb ihr Herz stehen. Das Küchenmesser fiel mit einem dumpfen Schlag auf den Boden. Das Blut rauschte in ihren Ohren. Ihr Gehirn weigerte sich, die Informationen, die ihre Augen übermittelten, zu verarbeiten und einzusortieren. Ihr Körper stand unter Schock.

Sie las in Dauerschleife die Nachricht:

»Wir wissen, wo du bist, kleines Schwesterlein.«

Sie atmete flach, ihr Magen rebellierte. Ein Blick auf die Nummer bestätigte ihre Angst. +7. Die russische Vorwahl. Aber wie war das möglich? Wie hatten ihre Brüder sie gefunden? Oder steckten die Sokolovs dahinter und verarschten sie nur? Selbst wenn sie sie wirklich verärgert hatte, würden sie ihr das antun? Sie kannten doch die Geschichte.

Sie selbst hatte ihre Brüder seit dem Vorfall nicht mehr gesehen. Sie wusste nur, dass ihr Vater sie nach Russland geschickt hatte. Es gab niemanden sonst auf der Welt, der in ihr eine solche körperliche Angst auslöste. Selbst wenn sie sich immer einredete, dass sie die Geschehnisse an ihrem Geburtstag nur stärker gemacht hatten, so hatte sie doch immer wieder Flashbacks, die sie in ihr Trauma zurück katapultierten.

Sie musste herausfinden, ob das echt war. Ob sie sie tatsächlich aufgespürt hatten. Oder ob das alles nur ein böser Scherz war.

Mit zitternden Händen hob sie das Messer vom Boden auf. Strich mit ihren Fingern über die lange Klinge. Nie wieder wollte sie sich in eine solche Situation begeben.

Lieber würde sie sterben, als ihren Brüdern noch einmal ausgeliefert zu sein.

Fest umklammerte sie den Griff.

Sie musste Dimitri anrufen. Er würde sie beschützen können.

69

Sein Oberkörper schmerzte bei jedem Schritt, aber die Vorfreude, endlich wieder aktiv an der Polizeiarbeit teilzunehmen, machte die kleine Einschränkung wett. Er hatte sich heute Morgen selbst aus dem Krankenhaus entlassen, es war einfach nicht mehr zum Aushalten gewesen. Sonntags waren sowieso keine Behandlungen vorgesehen, und als ihm Sylvia Meyer heute Morgen geschrieben hatte, dass ein großer Einsatz vor ihnen lag, stand sein Entschluss fest. Warum sollte er weiter im Bett liegen? Die Musik seines Bettnachbarn hatte ihm am Ende mehr Kopfschmerzen bereitet als die Gehirnerschütterung. Und er wollte sich endlich wieder nützlich fühlen. Seiner Freundin hatte er dazu nur die halbe Wahrheit erzählt. Eine kurze Nachricht, dass er entlassen worden war und wieder arbeiten durfte – das sollte erst einmal reichen. Vor den Diskussionen am Abend graute es ihm schon. Aber jetzt musste er sich erst einmal auf Stand bringen.

»Mensch Max, was machst du denn hier?«, begrüßte ihn Sylvia Meyer überrascht. Sie hatte im Büro die Stellung gehalten und bereitete gerade das zweite Team-Meeting des Tages vor.

»Ich habe dir nicht geschrieben, damit du alles stehen und liegen lässt und deinen Krankenhausaufenthalt abbrichst. Aber ich freue mich, dich zu sehen.«

Gerade noch rechtzeitig konnte er abwehren, dass sie ihm in die Arme fiel. Dazu waren seine gebrochenen Knochen noch nicht bereit.

Sie wurde rot. Er hatte sie schon länger im Verdacht, dass sie ein wenig mehr Interesse an ihm hatte, als es beruflich notwendig war.

»Wo sind denn all die anderen? Kaum bin ich mal ein paar Tage weg, kehrt hier der Schlendrian ein«, versuchte er scherzend, die Situation ein wenig aufzulockern.

Gerade, als sie zu einer Erklärung ausholte, kamen Veronika Hart und Sven Becker in den Meetingraum. Die beiden sahen aus, als hätten sie seit Tagen kein Auge zugemacht. Tiefe Augenränder und rote Pupillen sprachen für sich. Aber ihre Blicke hellten sich verwundert auf, als sie den verletzten Kollegen vor sich stehen sahen.

»Langner, was machst du denn hier? Hat man dich etwa entlassen?«, polterte Becker gleich los. Aber man sah ihm an, dass er sich freute, den jungen Kommissar auf beiden Füßen vor sich zu sehen.

»Ach was«, lachte Langner, »wo denkst du hin? Ich muss doch mal schauen, was hier so getrieben wird, während ich mich da oben auf dem Berg ausruhe.«

Veronika lächelte ihn an und rügte ihn, dass das eine gesundheitliche Kamikaze-Aktion sei, schob aber hinterher, dass sie doch froh um jeden Mann sei, der ihre Ermittlungen jetzt unterstützte. Und wenn auch nur im Hintergrund. Die Ereignisse hätten sich überschlagen und die versprochene Verstärkung sei immer noch nicht da.

Becker berichtete Langner kurz von ihrem Einsatz und dass der im Zusammenhang mit den Manipulationen an seinem Auto stehe.

Ein Kollege von der Streife kam herein:

»Leute, ich hab wieder etwas für euch. Die Spurensicherung ist schon unterwegs. Wieder eine Prostituierte, fast die gleiche Stelle wie beim letzten Mal.«

Veronika und Becker schauten sich an. »Noch eine? Der Täter verliert wohl die Nerven«, bemerkte Becker seufzend.

Veronika bat Sylvia Meyer, sich ans Telefon zu hängen und sich live von der Spurensicherung berichten zu lassen, was es an Beobachtungen gab. Und irgendjemand aus dem Team musste sich vor Ort ein Bild machen. Außerdem sollte sie die Sitte informieren, sie mussten so schnell wie möglich wissen, unter wessen Schutz das Mädchen stand.

Chloe Dietrich, der Name hatte auf dem Ausweis des Opfers gestanden.

Langner sprang ein und bot an, den Kontakt zur Sitte zu übernehmen. Er hatte vorher dort gearbeitet und kannte die Kollegen gut. Veronika wirkte dankbar.

Zwei Rechercheure stießen zu der kleinen Gruppe dazu. Ihr Chef hatte Wort gehalten, obwohl sie nicht begeistert aussahen, an einem Sonntag zum Dienst zu erscheinen.

Veronika gab ihnen genaue Anweisungen, welche Informationen sie am dringendsten für die weiteren Ermittlungen brauchten.

Die Angaben zu den Sokolov-Brüdern müssten für das gesamte Team ausgedruckt werden. Außerdem wollten sie wissen, ob man die beiden mit den getöteten Mädchen aus dem Perler Fall in Verbindung bringen konnte. Gab es Kontakte zu den Heimatstädten der Opfer oder zum Täter direkt? Wenn die im Rotlichtmilieu verankert waren, war der Weg zu Pornografie nicht so weit. Könnte doch sein, dass sie sexuellen Fetisch beim letzten Mal als Motiv zu schnell ausgeschlossen hatten.

Um halb zehn war der Meetingraum voll besetzt. Becker war mit dem Eilantrag nach Verstärkung bei seinem Handballkumpel und Dezernatsleiter Lothar Klein doch erfolgreich gewesen. Vier weitere Kollegen trafen ein und warteten gespannt darauf, von der Hauptkommissarin auf den Stand der Ermittlungen gebracht zu werden. Ihr Chef persönlich ließ es sich nicht nehmen, der Sitzung beizuwohnen. Alle hatten Max Langner herzlich willkommen geheißen, doch er spürte die nervöse Anspannung, die diese beispiellose Situation allen abverlangte.

Veronika atmete tief durch, bevor sie anfing, von den Ereignissen der letzten zwölf Stunden zu berichten. Immer wieder ging ein leises Raunen durch die Reihen, einige Kollegen schrieben eifrig mit. Sylvia Meyer verteilte die Unterlagen.

»Wir müssen heute mehreren Pisten folgen«, erklärte Veronika. »Die Sokolovs sitzen im Vernehmungsraum. Wir haben die DNA von einem der beiden unter den Fingernägeln von Arthur Kovar sichergestellt. Darauf nageln wir sie fest. Parallel sitzen die Rechercheure an möglichen Verbindungen zwischen den Sokolovs und dem Perler Fall. Man sagt doch, das Saarland sei ein Dorf. Jetzt müssen wir herausfinden, wie das hier alles zusammenhängt. Ich will wissen, ob diese Typen Kontakte zu Modelkreisen hatten. Wir brauchen dringend die Verbindungsdaten vom Perler Täter. Weissmann, geben Sie Ihren Stand an einen der neuen Kollegen. Ich brauche Sie bei den weiteren Ermittlungen an vorderster Front.«

Langner beobachtete, wie Philipp Weissmann bei diesem Satz einige Zentimeter wuchs. So ein Klugscheißer.

Er schaltete sich ein.

»Ich war während der Zeit im Krankenhaus auch nicht untätig. Einer der Sokolov-Brüder hat meinen Zimmernachbarn besucht. Die hatten einen illegalen Wettkampf organisiert mit irgendwelchen durchgedopten Zuchtbullen, der etwas aus dem Ruder gelaufen ist. Das war Freitagmorgen, wenn ich mich richtig erinnere. Er war alleine da, weil sein Bruder noch irgendetwas am Deutsch-Französischen Garten zu erledigen hatte. Vielleicht hat das ja was mit den Prostituiertenmorden zu tun?«

Veronika zuckte zusammen.

»Freitagmorgen? Deutsch-Französischer Garten? Das Hotel. Der Fahrer des Wagens. Weissmann, holen Sie die Videoaufnahmen aus der Tiefgarage und vergleichen Sie sie mit den Fotos der Sokolovs. Überprüfen Sie gleich mit, welche Fahrzeuge auf die Vögel angemeldet sind. Es würde mich jetzt nicht wundern, wenn wir denen das auch noch nachweisen könnten. Bingo. Danke, Langner. Mord und Entführung mit versuchtem Mord. Da kommt einiges zusammen.« Becker übernahm an der Stelle, er hatte gerade einen Zettel von einem der Assistenten aus einer anderen Abteilung zugesteckt bekommen.

»Okay, wir brauchen jemanden, der uns schnellstmöglich die Unterlagen der Spurensicherung besorgt. Die Leiche, die heute Nacht gefunden wurde, war ebenfalls eine von Sokolovs Angestellten. Wir müssen gleich mal testen, ob sie das schon wissen. So wie ich die einschätze, vergreifen die sich nicht an ihrer eigenen Ware. Was denkst du, Max?«

Max schüttelte den Kopf. Das war eher unüblich im Saarbrücker Milieu. Die Mädels schafften an, bis nichts mehr ging.

»Wir brauchen außerdem wieder Infos zu Freiern, auffälligen Autos, alles, was den Herrschaften komisch vorkam. Ich kann mir vorstellen, dass man in der Branche nach den letzten Vorfällen die Sicherheitsmaßnahmen verstärkt hat. Wer telefoniert die Damen durch, die gestern schon mal da waren?«

Meyer hob den Arm, was ihr genervte Blicke aus der Runde einbrachte. Sie war aber auch immer bemüht und berichtete:

»Ich habe eben übrigens mit den Kollegen von der SpuSi telefoniert. Sie sagen, dass man eine Laufuhr in der Nähe des Tatorts gefunden habe. Sie schicken sie gleich vorbei, damit die IT-Forensik sie auswerten kann. Soll ich den Kollegen Bescheid geben?«

Veronika nickte ihr dankbar zu und beorderte einen der neuen Kollegen an ihre Seite.

»Gut«, schloss sie die Sitzung, »Becker und ich kümmern uns um die Befragung der beiden Brüder. Mal sehen, was wir aus denen herausbekommen. Wir treffen uns um 13.00 Uhr wieder hier zu einem Update. Wenn sich Teams gebildet haben, reicht es, wenn einer dazukommt. Wir dürfen keine Zeit mehr verlieren.«

Klein warf ein anerkennendes Nicken in die Runde und schlüpfte aus der Tür. Frei nach dem Motto: Nicht geschimpft ist genug gelobt. Aber so kannten sie ihren Chef.

70

Natürlich hatte sie Dimitri nicht erreichen können. Erst hatte er sie weggedrückt und dann antwortete nur noch die Mailboxansage auf ihre Anrufe.

Die Nervosität hatte sie seit der kryptischen Nachricht heute Morgen nicht mehr losgelassen. Wie ein Raubtier in Gefangenschaft war sie den ganzen Vormittag in ihrer Wohnung umhergeschlichen. Hatte in den russischen sozialen Netzwerken versucht, etwas über ihre Brüder herauszufinden. Sie waren in Hamburg, das konnte sie sehen. Sie hatte sogar kurz überlegt, ihren Vater anzurufen, sich dann aber doch nicht getraut. Zu groß war damals seine Enttäuschung gewesen, dass sie sich von ihm abgewendet hatte, obwohl er doch seine Söhne bestraft und nach Russland verbannt hatte.

Und wenn die Nachricht nur ein Scherz der Sokolovs war? Es war ihnen zuzutrauen mit ihren Spatzenhirnen. Sie hoffte es, denn alles wäre besser, als wenn ihre Brüder wirklich mit ihr in Kontakt getreten wären.

Doch weder Yuri noch Aleksander erreichte sie auf ihren Scheißhandys. Hatten die sich jetzt alle gegen sie verschworen?

Sie zündete sich eine Zigarette an. Die Wievielte war das für heute? Ein Päckchen hatte sie mindestens schon seit dem ersten Kaffee geraucht.

Ihr Handy klingelte. Dimitris Nummer erschien auf dem Display. Endlich.

»Dimitri, ich wollte …«, meldete sie sich, wurde aber abrupt unterbrochen.

»Halt die Fresse! Wegen deiner Scheiße fahren meine Jungs jetzt in den Knast ein. Ist dir klar, in was du uns da reingezogen hast? Nur wegen deinem kleinlichen Racheschei߸ diesen verdammten Plänen, die zu nichts geführt haben. So etwas wird niemals wieder gutzumachen sein, du gottverdammte Schlampe! Die Bullen haben die Jungs am Haken, das war's. Da läuft einer rum und murkst uns die Huren ab und ich lass auch noch zu, dass die beiden in deine wirre Rache verwickelt werden. Wir können einpacken. Aber eins kannst du mir glauben, so leicht kommst du nicht davon, du Miststück. Du gehst mit uns unter. Du hast alles kaputt gemacht«, brüllte er sie an.

Corinna versagten die Beine. Was sagte er da? Yuri und Aleksander waren aufgeflogen? Selbstverständlich würden die keine Sekunde zögern, sie auszuliefern. Wenn sie damit einen Teil ihres Arsches retten konnten. Sie war geliefert. Diese Schwachmaten, wie war man ihnen auf die Schliche gekommen?

Sie blieb stumm, wagte nicht, Dimitri zu widersprechen. Sie wusste, dass ihr Kredit bei ihm aufgebraucht war. Familie ging ihm über alles und sie war wie ein Teil davon gewesen. Aber das hier führte zu weit. Dimitri hatte so lange eine schützende Hand über sie gehalten, aber wenn es auf Kosten seiner Söhne ging, dann war mit ihm nicht zu spaßen.

Sie musste dringend verschwinden. Sie brauchte noch Infos, traute sich aber nicht, ihn zu fragen, seit wann die beiden bei der Polizei waren. Oder ob Dimitri wusste, dass ihre Brüder sie kontaktiert hatten.

Nein, er würde ausrasten. Sie konnte froh sein, dass er nicht vor ihrer Tür stand.

»Es tut mir leid, Dimitri«, hauchte sie ins Telefon. »Ich wollte euch nicht in Schwierigkeiten bringen. Es ist aus dem Ruder gelaufen. Es war anders geplant. Wenn ich etwas tun kann, dann lass es mich bitte wissen. Willst du, dass ich mich stelle?«

Er ließ sie nicht weitersprechen. Seine Stimme klang brüchig, sie spürte, dass er nervlich am Ende war.

»Verschwinde aus unserem Leben. Hau ab und lass dich nie wieder blicken. Du hast uns nur Unglück gebracht, genau wie deiner Familie. Ich hätte es wissen müssen. Du bist verflucht. Mach, dass du wegkommst!«, presste er hervor und legte auf.

Corinnas Herz schlug bis zum Hals. Es war vorbei. Schuld war diese elendige Kommissarin. Die sollte schon lange kalt im Leichenschauhaus liegen.

Sie stürmte in ihr Schlafzimmer und packte das Nötigste in zwei große Segeltuchsäcke, die sie noch aus ihrem alten Leben begleiteten. Da sie nicht mehr viel an Klamotten besaß, war sie schnell fertig. Laptop, Kippen und Kosmetik stopfte sie obenauf und verließ überstürzt ihre Wohnung.

Schon wieder auf der Flucht.

Als sie die Taschen gerade in den Kofferraum ihres Opel Corsa geworfen hatte, ließ sie ein Knirschen im Kies hinter ihr herumfahren. Dimitri, schoss es ihr durch den Kopf.

Doch ihr Körper schaffte keine halbe Drehung, als ihr ein baumwollartiger schwarzer Sack über den Kopf gezogen wurde. Ihr blieb die Luft weg. Alles um sie herum war komplett dunkel.

Sie wurde brutal gepackt und in ein Auto verfrachtet, welches neben ihrem gestanden haben musste. Warum hatte sie nicht darauf geachtet? Wer war das? War das doch Dimitris Racheakt? Hätte er sie dann vorher noch angerufen?

Sie lag auf dem Rücksitz, das Fahrzeug roch neu wie ein Mietwagen, die Hände waren ihr hinter dem Rücken zusammengebunden worden. Ein raues Seil schnitt in ihre Handgelenke.

»Was soll das? Wo bringt ihr mich hin? Ich will mit Dimitri sprechen. Sofort«, rief sie und versuchte, die aufkeimende Panik in ihrer Stimme zu unterdrücken. Doch sie erhielt keine Antwort, sondern wurde ruckartig zurückgeworfen, als sie sich in Bewegung setzten. Corinna versuchte, sich zu merken, wann sie wo abbogen, verlor aber schnell die Orientierung. Sie wohnte einfach zu kurz hier in Stiring-Wendel.

Heiße Tränen der Wut und Verzweiflung stiegen ihr in die Augen. Ihre Angst war gewichen, sie war sich sicher, dass Dimitri ihr nur eine Lektion erteilen und sie irgendwo hinbringen wollte, wo man sie nicht finden und wo sie keinen Schaden mehr anrichten würde. Vielleicht ja auch, um sie vor der Polizei zu schützen, wenn seine Söhne nach zehn Sekunden Verhör auspackten.

Doch dann begann einer ihrer Entführer mit leiser, ruhiger Stimme zu sprechen. Alles in ihr erstarrte. Die Angst rammte sich schlagartig in ihre Eingeweide und erzeugte eine dumpfe Übelkeit.

»Na, Schwesterlein? Hast du uns denn gar nicht vermisst?«, hörte sie eine vertraute Stimme auf Russisch sagen.

Das war doch nicht möglich. Ihre Brüder hatten sie tatsächlich gefunden. Und Corinna war sich sicher, dass die Sokolovs dahintersteckten.

»Was wollt ihr von mir?«

Ihre Stimme klang brüchig. Sie versuchte, keine Schwäche zu zeigen. Ob es ihr gelang?

»Wir sind hier, um dir einen Besuch abzustatten. Wo wir uns doch so lange nicht mehr gesehen haben«, säuselte eine weitere Stimme eiskalt. Ihr zweiter Bruder. Sie atmete flach. Ihre Gedanken überschlugen sich. Was hatten sie mit ihr vor? Sie musste versuchen zu fliehen, aber wie?

Das Auto hielt. Vielleicht eine Ampel? Mit aller Kraft fing sie an, von innen an die Autotür zu treten und zu schreien. Ihre Füße trommelten gegen die Fensterscheiben. Falls dort draußen jemand war, musste man sie hören. Doch nichts bewegte sich.

Sie vernahm nur das kehlige Lachen ihrer Brüder, die sich über ihren Anfall köstlich amüsierten. Sie konnte nicht wissen, dass sie bereits an einer Kreuzung mitten im Wald standen und sich ihre Brüder nur nicht einig waren, in welche Richtung sie abbiegen sollten. Ein anderer Mensch, der Corinna hätte zur Hilfe kommen können, war weit und breit nicht zu sehen.

»Schwesterchen. Immer noch der gleiche Jähzorn. Jetzt beruhig dich mal. Wir drei haben noch eine Rechnung offen. Auch wenn dein Stecher Yevgeni schon ganze Arbeit geleistet hat. Jemand, der nicht seine Schnauze halten kann, muss bezahlen. Kapiert?«

Corinna atmete tief durch. Hatten die etwa vor, sie umzubringen? Waren sie dazu fähig? Oder würden sie sie noch weiter verstümmeln? Ihre Gedanken wurden klarer. Sie hatten recht, sie musste sich beruhigen und herausfinden, was sie vorhatten. Sie hatte keine Ahnung, was sie in Wladiwostok erlebt hatten. Und skrupellos waren sie schon vorher gewesen. Sie machte sich auf das Schlimmste gefasst.

Tief durchatmen. Ein. Aus. Ein. Aus. Sie konzentrierte sich darauf, nicht den Verstand zu verlieren. Dann hielt das Auto an.

71

Er hatte versucht, bei der Festnahme möglichst unsichtbar zu bleiben. Sein Gesicht zu verdecken, als die Kollegen mit den Sokolovs aus dem Haus kamen. Ob sie ihn dennoch gesehen hatten? Er war einfach in den anderen Einsatzwagen eingestiegen und hatte, sobald sie am Präsidium angekommen waren, einen dringenden Anruf vorgetäuscht, um nicht mit den beiden irgendwo alleine bleiben zu müssen.

Sie würden ihn umbringen.

Der schlimmste Fall war eingetreten. Die Kollegen hatten jede Menge belastendes Material in der Wohnung gefunden. Und er hatte versagt. Er hatte nicht einmal daran gedacht, sie vorzuwarnen, so überrascht war er von der Aktion gewesen. Er hatte es nicht kommen sehen und hätte es sogar noch verhindern können, wäre er nicht wie gelähmt sitzen geblieben. Es war alles zu schnell gegangen. Er war noch nicht einmal kaltblütig genug gewesen, sich kurz aus dem Staub zu machen und eine warnende Nachricht abzusetzen. Er hatte gehofft, sie wären nicht da oder würden den Einsatz auch so früh genug bemerken, um zu türmen. Wie war er nur darauf gekommen?

Die hatten nicht die blasseste Ahnung gehabt, dass sie im Visier der Polizei waren. Pure Hybris.

In ihren Augen wäre er schuld daran. Er hatte es gewusst. Und Becker war er heute früh auch negativ aufgefallen. Alles war so knapp, war er wirklich stark genug? Erneut bildete sich kalter Schweiß auf seiner Stirn. Er brauchte etwas, sonst würde er durchdrehen. Er fingerte seinen Geldbeutel aus der Hose, nur nicht auffallen. Sie saßen alle wieder im Besprechungsraum und warteten auf Becker und Hart, die noch mitten im Verhör steckten. Mit dem Zeigefinger fuhr er in sein Geldscheinfach und fühlte das kleine Tütchen, welches mindestens ein halbes Gramm enthalten musste. Er biss sich auf die Unterlippe.

Er könnte jetzt kurz aufs Klo verschwinden und in zehn Minuten sähe die Welt schon wieder anders aus. Er wäre ruhig und souverän, wach und aufmerksam und nicht so ein elendiges Wrack wie jetzt.

»Mensch, Schneider. Brauchen Sie Wechselgeld?« Er schreckte zusammen, ließ seinen Geldbeutel fallen und hob ihn blitzartig wieder auf, wobei er mit der Schulter gegen den Tisch stieß. Vor Schmerz verzog er das Gesicht.

»Was ist denn mit Ihnen los?«, fuhr Becker, der ihn angesprochen hatte, fort. »Sie sehen ja aus wie der Tod auf Urlaub. Sind Sie sicher, dass Sie nicht nach Hause gehen wollen? Das kann ja keiner mit ansehen.«

Alle starrten ihn an und nickten zustimmend. Er hatte das Gefühl, dass sie Gedanken lesen konnten. Dass sie seine Schuld erkannten und ihn dafür verurteilten, getarnt hinter ihren verständnisvoll dreinblickenden Gesichtern. Er räusperte sich.

»Nein danke, es wird schon, denke ich«, brachte er krächzend hervor, doch er merkte gleich, dass das nicht überzeugen würde. Er atmete tief durch.

»Obwohl, es geht mir schon den ganzen Tag nicht so besonders. Vielleicht eine Grippe. Ich werde wohl besser nach Hause gehen und mich etwas hinlegen. Nicht, dass ich noch jemanden anstecke.«

Er versuchte, witzig zu klingen. Doch keiner lachte. Also stand er auf und verließ den Raum. Die Blicke der anderen bohrten sich in seinen Rücken. Er bekam Gänsehaut, als er am Verhörraum vorbeikam, in dem die Sokolov-Brüder auf die nächste Runde ihrer Befragung warteten.

Man wollte sie schmoren lassen. Und wenn er einfach die Tür öffnete und sie mit ihm rausspazierten? Sie müssten sich beeilen. Auf Höhe der Tür hielt er inne. Traute er sich das zu? Das würde seine Schuld ihnen gegenüber mildern. Er hörte leise Stimmen hinter der verschlossenen Stahltür. Der Beamte, der davor postiert war, musterte ihn argwöhnisch. Er könnte ihm etwas von einer Verlegung erzählen, dass er die beiden mitnehmen solle. Und dann?

Nein, es war unmöglich. Noch gab es eine geringe Chance für ihn, aus dieser Geschichte heil rauszukommen. Ab jetzt würde er den richtigen Weg wählen und nicht mehr davon abkommen.

Er nickte dem Kollegen vor der Tür zu und ging weiter. Hinaus auf den Parkplatz, wo er mehrmals tief durchatmete. Er schaute das Präsidiumsgebäude hoch. Waren das ihre Gesichter dort hinter dem Fenster? Beobachteten sie ihn? Nein, das war das falsche Stockwerk. Oder?

Er eilte zu seinem blauen 3er-BMW und entfloh der Situation.

Denk nach!

Doch wie von einem magischen Band gezogen führte ihn sein Weg ins Rotlichtviertel hinter den Saarterrassen, wo er sich in seinem Stammbordell zwei Gläser Wodka und endlich auch eine Line Koks genehmigte. Es musste eine schnelle Lösung her. Nur was?

72

Seine Uhr war weg. Der Pulsmesser mit GPS und allem Schnickschnack, mit dem er sein ganzes Leben überwachte, war seit heute Nacht nicht mehr auffindbar. Er hatte es nicht sofort gemerkt, erst heute Morgen, als er ihn anziehen wollte. Am Ende hatte ihn die Schlampe von seinem Arm gerissen, als sie sich wie eine Irre gewehrt hatte. Er war gleich mit dem Auto an der Stelle vorbeigefahren, doch das Polizeiaufgebot konnte er schon aus der Ferne erkennen.

Er verfiel in Panik. Wie würde er das erklären können, wenn sie die Uhr zu ihm zurückverfolgten? Ging das überhaupt? Er kramte in seinem Gedächtnis, was da in den AGBs und Produktbeschreibungen gestanden hatte. Er könnte sagen, dass er ein Kunde war und sie ihm die Uhr geklaut hatte. Oder dass er täglich dort joggte und sie am Vortag verloren hatte.

Er musste sich in jedem Fall etwas überlegen. Er hätte niemals gedacht, dass er bei dem, was er tat, auffliegen konnte. Er hatte doch nur Gutes im Sinn gehabt. Ihre Erlösung.

73

Die Spannung im Raum war kaum zu ertragen. Veronika und Becker bemühten sich nach Kräften, die Ermittlungen in beiden Fällen effizient zu dirigieren. Das Team tat sich schwer, die Anschläge und die Prostituiertenmorde voneinander zu trennen, wo es doch nun auch noch das verbindende Element der Sokolovs gab. Immer wieder versuchten sie, weitere Parallelen zu finden. In der Zwischenzeit war der Vater der beiden Brüder mit einer Armada windiger Anwälte im Präsidium aufgetaucht und wütete durch die Gänge. Angriff schien in seinen Augen die beste Verteidigung, zumindest stellte er sich selbst als Geschädigten dar. Aber darum kümmerten sich freundlicherweise die Kollegen von der Sitte, die sich selbst ironisch als alte Bekannte von Dimitri Sokolov bezeichneten.

Veronikas Team hatte noch einmal die Ergebnisse aus dem Perler Fall zusammengetragen. Die Fotos und Videos, die der Täter damals von seinem Rechner aus verschickt hatte, waren nicht weiterverfolgt worden, nachdem man ihn identifiziert hatte. Der mediale Druck war immens und die Version des Einzeltäters am plausibelsten gewesen. Mögliche Mitwisser waren erst einmal außen vor geblieben und sollten später untersucht werden. Man war davon ausgegangen, dass es sich um einen Fetisch gehandelt hatte und der Täter das Bildmaterial mit anderen Liebhabern des »Feedens«, also des Zwangsernährens, geteilt hatte. Doch weitere Ermittlungen versandeten. Rückblickend verstand Veronika nicht mehr, warum dieser Aspekt hinten runtergefallen war. Ihr Magen verkrampfte sich und in ihr wuchs ein ungutes Gefühl.

Und wenn der Täter gar nicht allein gehandelt hatte? Nicht auszudenken, wenn sie so etwas Wichtiges übersehen hätten. Glücklicherweise hatte Klein weitere IT-Forensiker zusammentrommeln können, sodass sich die Experten aufteilen konnten:

Während sich die einen die Fitnessuhr von dem Prostituiertenmord vorknöpften und versuchten, die Daten daraus zu extrahieren, analysierten die anderen die Datenströme von damals im Detail.

Tobias Wilhelm, den alle nur »de Nerd« nannten, berichtete kurz dem Team, was sie bisher, auch dank einer neuen Software, die sie aktuell testeten, herausfinden konnten.

Der Täter hatte über einen längeren Zeitraum nur mit einer Person über einen Kommunikationsdienst in Kontakt gestanden. Die Daten wurden verschlüsselt verschickt und im Hintergrund dynamischen IP-Adressen zugeordnet. Aber dank der neuen Software, mit der sie seit einigen Stunden die Prozesse analysierten, konnten sie die letzte IP-Adresse des Empfängers und damit dessen Sitz lokalisieren. Jetzt warteten sie nur noch auf die näheren Informationen zur IP-Adresse. Auf die fragenden Blicke seiner Kollegen hin erklärte Wilhelm:

»Sie müssen sich das so vorstellen. Eine IP-Adresse ist wie eine digitale Postadresse zu verstehen, mit der man sich jedes Mal ins Internet einloggt. Mit einigen Mühen und Bescheiden der Staatsanwaltschaft, was sonntags immer schwierig ist, lassen sich über Provider und Netzanbieter weitere Kontaktdaten zur Person dahinter herausfinden. Der Chef hat sich aber dahintergeklemmt und versucht, da Druck zu machen.«

In Veronika wuchs die Ungeduld. Auch wenn das alles hätte schon viel früher passieren können oder müssen, so war das vielleicht das entscheidende Puzzleteil zur Lösung ihres Falls. Aber die Zeit des Wartens zog sich wie Kaugummi dahin.

»Okay, danke Ihnen. Dann hoffe ich, dass wir hier bald Näheres erfahren. Und was hat die Laufuhr an Informationen ausgespuckt?«

Laut Bericht des anderen Forensik-Duos gab es keine Zweifel, dass die Uhr dem Mörder der drei jungen Frauen gehörte. Sie hatten die Bewegungsdaten mit den Tatorten und Todeszeitpunkten abgeglichen und jeweils Übereinstimmungen gefunden.

»Wir haben es hier mit einem sehr sportlichen Täter zu tun. Er läuft fast täglich mindestens zehn Kilometer, und wenn Sie mich fragen, in einer sehr guten Zeit. Anhand der Vitaldaten, die er in seine Uhr eingetragen hatte, wissen wir, dass er ein Mann ist, 43 Jahre alt, 1,88 Meter groß und 78 Kilo schwer.«

Bei der letzten Aussage fasste sich der Kollege an seinen eigenen Bauchansatz, der etwas über den Hosenbund hinausragte, und seufzte.

»Er hat außerdem einen Profilnamen hinterlegt. Wir versuchen gerade herauszufinden, wer dahinterstecken könnte. Abfrage beim Dienstleister läuft also. Mal sehen, wie schnell die reagieren.«

Veronika war immer wieder verblüfft, wie transparent sich Menschen im Internet machten. Dabei nahm sie sich nicht aus. Sie fürchtete, dass der Täter in ihrem Fall die Verbindungen zu Francesco und Theresa auch nur herstellen konnte, weil sie so aktiv in den sozialen Netzwerken waren und sie dort offensichtlich einiges verband. Was für ein Wahnsinn.

74

Als Erstes nahm sie den Geruch von frischem Waldboden wahr, als ihre Brüder sie aus dem Auto zerrten. Wo hatten sie sie hingebracht? Der weiche Grund unter ihren Füßen gab leicht nach, als sie nach vorne geschubst wurde. So als würde sie auf einem federnden Teppich laufen. Als Kind hatte sie es immer geliebt, in den Wäldern kreuz und quer zwischen den Bäumen umherzurennen und sich dann auf den weichen Boden fallen zu lassen. Sie konnte durch den schwarzen Stoff über ihrem Kopf rein gar nichts sehen und es fehlte ihr komplett die zeitliche Orientierung. Wie lange waren sie gefahren? Fünf Minuten? Eine halbe Stunde?

Als sie zum wiederholten Mal über umherliegende Äste gestolpert und hingefallen war, rissen sie ihr mit einem Ruck den Sack vom Kopf. Sie brauchte einige Momente, bis sich ihre Augen blinzelnd an das helle Licht gewöhnt hatten. Da waren sie. Die Gesichter ihrer einst engsten Vertrauten. Der Helden ihrer Kindheit, die dieser an ihrem 13. Geburtstag so abrupt ein Ende bereitet hatten. Knapp zehn Jahre lag das zurück. Eine lange Zeit, in der sie einander nicht mehr begegnet waren.

Und die hatte Spuren hinterlassen. Ihr ältester Bruder Sergej, der damals die Fäden gezogen hatte, war nicht dabei. Nur die beiden Mittleren, Jegor und Michail, schauten sie jetzt unverwandt an und starrten auf ihre vernarbte Gesichtshälfte. Sie hatten den jungenhaften Charme von damals verloren, waren hart und kantig geworden. Die stahlblauen Augen, die sie alle von ihrem Vater geerbt hatten, lagen tief in ihren Augenhöhlen. Körperlich glichen sie sich mit ihren breiten, trapezförmigen Rücken und den muskulösen Armen. Nicht so Mucki-Buden-Muskeln wie die Sokolovs, sondern durchgestählte Körper, die von jahrelanger harter Arbeit zeugten.

Die beiden hatten ihre Strafe verbüßt, daran zweifelte Corinna nicht. Das Leben bei ihrem Onkel in Wladiwostok war sicher kein Zuckerschlecken gewesen. Dafür hatte ihr Vater gesorgt.

Nun standen sie sich gegenüber. Ihre Geschichte hatte die Gesichter der drei gezeichnet. Jeder von ihnen hatte Schuld auf sich geladen und dafür gebüßt. Bei Corinna war nur die Reihenfolge verkehrt.

»Weiß Papa, dass ihr hier seid?«, fragte sie in die Stille.

Jegor lachte nur verächtlich. »Klar, wir sollen dich herzlich grüßen und dir sagen, dass er keine Tochter mehr hat.« Er spuckte dabei auf den Boden.

Corinnas Augen brannten. Jetzt nur keine Schwäche zeigen!

»Was wollt ihr jetzt tun? Mich umbringen? Oder habt ihr wieder ein paar Freunde im Gepäck, die Bock haben, mich stundenlang zu vergewaltigen? Ich war damals ein Kind, ihr Wichser. Ist euch das klar? Ich hoffe, dass es euren Töchtern irgendwann genauso geht, damit ihr endlich kapiert, was ihr da getan habt.«

Michails Ohrfeige traf sie mit voller Wucht.

»Halt's Maul, du Schlampe. Du willst mir doch jetzt nicht erzählen, dass du es damals nicht darauf angelegt hast? Mit deinen kleinen Tittchen und dem aufreizenden Getue. Du fandest es doch witzig, wenn die Typen dich angeglotzt haben. War doch dann kein großes Ding, du hast doch deine Aufmerksamkeit bekommen. Und dann heulend zu Papa rennen, du miese kleine Schlange.« Wieder hob er die Hand, doch Jegor hielt ihn zurück.

»Lass gut sein. Wir sind nicht hier, um über alte Zeiten zu reden.«

Sein Blick wurde wieder eiskalt.

»Auf Sex ist hier keiner aus, schon gar nicht mit dir. Hast du dich mal angeschaut? Bei der Hackfresse kriegst du doch keinen mehr ab. Uns hat interessiert, was du hier so treibst in deiner Freizeit. Die Sokolovs waren ja megagenervt von dir. Haben irgendetwas von Racheaktion gefaselt, die du hier abziehst. Fanden wir spannend und wir hatten gerade nichts zu tun. An wem rächst du dich denn so?«

Jegor schaute sie herausfordernd an.

»Ich hoffe, die Geschichte gefällt uns, denn wenn nicht, dann haben wir hier noch ein kleines Präsent für dich. Yevgeni hat ja nicht ganze Arbeit geleistet, dafür haben wir dir ein bisschen Batteriesäure mitgebracht, um dein Gesicht wenigstens in einen einheitlichen Brei zu verwandeln.«

75

Es war die Stunde der IT-Forensiker. Die Informationen kamen Schlag auf Schlag rein. Ihr Vorgesetzter hatte alle Hebel in Bewegung gesetzt und die Dienstleister waren trotz des Wochenendes auf Zack. Zufrieden hielten die Informatiker die Ergebnisse ihrer Anfrage in den Händen.

»Wir hatten enormes Glück, unsere Zielperson verfügte, wie bereits erwähnt, über eine dynamische IP-Adresse, das heißt, dass sich diese täglich verändert hat. Die Information, wem welche Adresse zugeordnet war, wird bei den Providern aber vorgehalten. Die reguläre Speicherfrist von IP-Adressen beträgt sechs Monate, wir lagen mit diesem Fall nur knapp darunter. So konnten wir eine der letzten IP-Adressen, mit denen er in Kontakt stand, nun eindeutig zuordnen. Uns hat ebenfalls in die Karten gespielt, dass unser Täter und sein Gegenüber offensichtlich keine wirklichen IT-Profis waren, sonst hätten sie das Tor-Netzwerk benutzt. Dabei verschleiert man seine eigene virtuelle Identität, indem man Tausende Computer überall auf der Welt wie eine vielschichtige Zwiebelhaut verwendet. Es ist dann fast unmöglich, das zu knacken.«

Veronika rutschte nervös auf ihrem Stuhl herum. Das Engagement in allen Ehren. Aber sie brauchte jetzt Fakten, keine IT-Nachhilfe. Der Kollege merkte die Unruhe und kam zum Punkt:

»Auf jeden Fall wissen wir jetzt, dass der IP-Anschluss auf eine gewisse Corinna Petrova, wohnhaft in Bremen, lief. Eine schnelle Abfrage ergab, dass die Wohnung vor einigen Wochen aufgelöst wurde. Die Suche nach ihrem aktuellen Aufenthaltsort läuft.« Alle im Team atmeten auf. Ein Name. Sie hatten endlich eine Person. War das die Frau auf dem Entführungsvideo? Wie hing sie mit dem Perler Fall zusammen? Vielleicht gab es einen Mann, Freund oder Mitbewohner, der das Netz mitbenutzt hatte?

»Okay, was wissen wir über die Person? Ich will eine detaillierte Recherche. Wer ist das? Wo kommt sie her? Was treibt sie an? Wer übernimmt?«, fragte Becker in die Runde.

Sylvia Meyer hob aufgeregt die Hand.

»Ich habe mir den Namen sofort geschnappt und durch die Datenbank laufen lassen. Sie stammt aus einer Hamburger Familie russischen Ursprungs, der man Kontakte in die Unterwelt nachsagt. Zumindest ihre Brüder und ihr Vater sind keine unbeschriebenen Blätter. Wenn Sie mich fragen, dann spielen die in der obersten Liga der organisierten Kriminalität. Sie selbst ist nie polizeilich in Erscheinung getreten.«

»Sehr gute Arbeit und vor allem schnell, danke Meyer. Recherchieren Sie weiter und rufen Sie bei den Kollegen in Hamburg an, vielleicht wissen die mehr zu der Person, als in der Datenbank steht. Und organisieren Sie ein Foto, wir müssen wissen, ob diese Petrova in die Entführung verwickelt war. Wenn das Russen sind, dann stehen sie möglicherweise in Verbindung zu den Sokolovs hier. Wenn man schon in der gleichen Branche unterwegs ist. Becker und ich knöpfen uns die beiden jetzt noch mal vor und sprechen sie direkt auf Frau Petrova an. Bisher haben sie sich ja eher maulfaul gezeigt und auf die Opferrolle plädiert, aber das werden wir ändern. Ach so, und befragen Sie die junge Frau, die sich damals noch rechtzeitig retten konnte, ob ihr der Name etwas sagt.«

Veronika war voll in Fahrt. Hatten sie etwa die Schlüsselfigur entdeckt?

Becker schaltete sich ein.

»Die anderen teilen sich bitte auf, wir haben von der Sitte die Autonummern der Freier zugeschickt bekommen, die gestern am Deutschmühlental von den Zuhältern notiert wurden. Wenigstens so weit hat das Überwachungssystem funktioniert. Fahrt dorthin, holt die Typen ab und bringt sie umgehend hierher. Wir fangen mit denen an.«

76

Die waren doch irre. Wie präsent die Schmerzen, die ihr Exfreund ihr zugefügt hatte, sie nachts noch in ihren Träumen quälten. Vor allem die während der monatelangen Behandlungen im Anschluss, verursacht durch die Hauttransplantationen, die zahllosen Operationen, das Eincremen der wulstigen Haut, die immer wieder aufriss. Ihr lief ein kalter Schauer über den Rücken.

Sie wollten also wissen, was sie hier trieb? Was hatte sie schon zu verlieren. Ihre Brüder würden die Ersten sein, die

die ganze Geschichte hörten. Feindselig blickte Corinna sie an. Dann erzählte sie von den Schlampen, die nach dem Anschlag einfach so ihr Leben weitergelebt hatten. Die sogenannten Freundinnen, von denen sich kaum eine später bei ihr gemeldet hatte. Berichtete von ihrem Plan, jede Einzelne von ihnen zu zerstören und von ihrem Handlanger Paul, der bei zumindest dreien ganze Arbeit geleistet hatte, bis er versagte und alles abrupt endete. Obwohl sie noch nicht fertig war. Schuld an dem Versagen war in ihren Augen die Kommissarin. Auch wenn Paul durch seine Fehler selbst unter Druck geraten war. Sie erklärte ihnen, wie sich die Enttäuschung darüber bei ihr im Nachgang zu einem unbändigen Hass entwickelt hatte – und dass Veronika Hart die perfekte Zielscheibe dafür gewesen war. Deshalb stand sie als Nächstes auf ihrer Abschussliste. Sie war der Grund dafür, warum Corinna ins Saarland gezogen war, die Sokolovs kontaktiert und sie um Hilfe gebeten hatte. Doch ihre Pläne waren nicht aufgegangen und mit mehr Aufwand verbunden gewesen als zunächst vorgesehen. Deswegen waren alle genervt von ihr.

»Was mir jetzt noch fehlt, um für immer und ewig abtauchen zu können, ist der Tod der Bullentussi. Veronika Hart.« Sie presste den Namen zwischen den Zähnen durch. »Es gibt niemanden auf der Welt, den ich mehr hasse, noch nicht einmal euch.«

Ihre Brüder nickten anerkennend. So viel Boshaftigkeit hatten sie ihrer kleinen Schwester nicht zugetraut. Was für ein Monster. Michail fand als Erster Worte.

»Respekt, Schwesterchen. Da hast du ja ganz schön viel Energie reingelegt, in die Nummer. So wie ich das sehe, brauchst du hier professionelle Hilfe. Und wozu hat man denn Brüder?«

Corinna traute ihren Ohren nicht. Eben noch wollten sie ihre zweite Gesichtshälfte mit Säure verätzen und jetzt sollte sie sich auf ihre Brüder bei der Umsetzung ihres letzten Racheakts verlassen?

Auch Jegor schaute seinen Bruder ungläubig an.

»Spinnst du? Wir sind doch nicht hier, um uns in irgendeinen Tussen-Fight reinziehen zu lassen. Ich mache mir für so etwas die Finger nicht schmutzig. Ich dachte, wir verbreiten ein bisschen Angst, wedeln mit der Säure rum und hauen dann wieder ab.«

Doch Michail wiegelte ab. Er war der Ältere von beiden und hatte somit das Sagen, so war das in der Familie Petrov.

»Ach was, es wird doch nicht so schwer sein, so eine kleine Kommissarin aus dem Weg zu räumen. Dann hat sie ihre Ruhe, verpisst sich auf irgendeine Hippie-Insel und geht niemandem mehr auf den Sack. Alle sind zufrieden.«

Corinnas Rücken wurde steif, als Michail auf sie zukam und ihr den Arm um die Schultern legte.

»Und jetzt erzähl mal, Schwesterchen. Was genau ist dein Plan und wie können wir helfen?«

Sie stakste neben ihm zum Auto zurück, immer noch ungläubig, dass sie sich keinen weiteren Spaß erlaubten. Aber was blieb ihr anderes übrig, als das Spiel mitzumachen? Und so erzählte sie stockend, was sie sich vorgenommen hatte.

77

Nach nur zwei Minuten hatten Yuri und Aleksander Sokolov alle Schuld ihr zugeschoben: Corinna Petrova. Sie war die Auftraggeberin hinter dem manipulierten Auto und Francescos Entführung. Außerdem hatte sie sich in die Putzkolonne des Saarländischen Rundfunks eingeschleust. Warum? Das wussten die beiden beim besten Willen nicht. Mit dem Tod von Arthur Kovar wollten sie nichts zu tun haben. Zwar hätte es ein Handgemenge gegeben, aber vom Balkonsturz wussten sie nichts. Sie hatten auch keinerlei Erklärung für die von innen verschlossene Balkontür. Warum er in ihrem Dienst stand, dazu wollten sie keine Auskunft geben. Er habe ihnen lediglich einen Gefallen geschuldet, sagten sie. Auf der Stirn des Anwalts, der wie ein Häufchen Elend an ihrer Seite saß, bildeten sich langsam kleine Schweißperlen. Er versuchte mit aller Macht, das Gespräch immer wieder auf Corinna Petrova zu lenken.

Becker und Veronika Hart unterbrachen die Befragung erneut. Auch wenn die Sokolovs jede Menge Dreck am Stecken hatten, so galt ihr größeres Interesse der neuen Unbekannten, die als Drahtzieherin hinter den Anschlägen auf Veronika auch eine Verbindung zu dem Perler Fall haben musste. Doch worin bestand diese?

Außerdem war es Zeit, sich auf den neuesten Stand bringen zu lassen, was die Befragungen zu den Prostituiertenmorden ergaben. Dieses zweigleisige Fahren war für das gesamte Team eine große Herausforderung. Vor allem, weil es immer noch unklar war, ob es zwischen beiden Fällen eine weitere Verbindung gab.

Schließlich waren die Sokolovs auch bei der Mordserie involviert, selbst wenn sie nicht unbedingt als Täter infrage kamen beziehungsweise für die ersten beiden Morde ein Alibi vorweisen konnten.

Veronika, Becker und die anderen versammelten sich zum dritten und sicher nicht zum letzten Mal an diesem Tag vor dem Whiteboard, um die bisherigen Ermittlungsergebnisse zu teilen und alle offenen Fragen zu identifizieren.

Sylvia Meyer berichtete, dass sie noch auf einen Rückruf der französischen Kollegen wartete, die sie in der Zwischenzeit um Amtshilfe gebeten hatte. Die Adresse von Corinna Petrova, die die Sokolovs ihnen genannt hatten, wurde gerade von den Kollegen vor Ort überprüft. Darüber hinaus habe sie erfahren, dass ein Auto auf Petrova zugelassen war. Max Langner kümmerte sich um die Fahndung nach dem Fahrzeug.

»Was, der ist immer noch hier? Wäre es nicht besser, wenn er sich ein bisschen ausruht?«, fragte Veronika beunruhigt. Sie brauchten zwar jede Hand, aber er hatte erst vor wenigen Tagen einen schweren Verkehrsunfall gehabt. Damit durfte man nicht spaßen. Sie nahm sich vor, ihn gleich im Anschluss an das Meeting nach Hause zu schicken. Zur Not würde Becker ein Machtwort sprechen müssen.

Weissmann berichtete, dass sie gemeinsam mit den Kollegen von der Bereitschaft bereits fünf Personen ins Präsidium bringen und befragen konnten. Einige hatten ausgesagt, dass es zu einem Revierkampf zwischen Sokolov und den Arabern, die von der französischen Seite der

Grenze aus agierten, gekommen sei. Man vermutete, dass es sich bei den Morden um Einschüchterungsaktionen gehandelt habe, wenn auch sehr heftiger Art.

Veronika haderte mit dieser Information, die ihnen ja nicht neu war. Aber die Härte, mit der die sogenannten Einschüchterungsaktionen durchgeführt wurden, erschien ihr einfach nicht glaubwürdig. Und dann so schnell hintereinander und jedes Mal aus dem Hinterhalt?

Außer beim ersten Fall, wo der Freier ohne das Mädchen aus dem Wald gefahren kam, war kein Fahrzeug beobachtet worden. Autonummer oder Ähnliches hatte sich damals aber keine der Damen gemerkt. Da stimmte was nicht.

Doch Weissmann fuhr fort: »Unter den Zeugen ist ein Mann, der von den Zuhältern bei unserem letzten Opfer kurz zuvor als Freier beobachtet wurde. Auf mich wirkt er gar nicht wie ein typischer Kunde des Straßenstrichs. Er ist Banker, scheint ordentlich Geld zu verdienen und ist eine Sportskanone. Das sieht man auf den ersten Blick. Und damit passt er ins Profil. Alter, Statur und Körpergröße stimmen mit den Werten auf der Fitnessuhr überein. Er selbst ist schwer zu durchschauen. Wenn ihr mich fragt, eher so Typ Pokerface. Die Befragung scheint ihm nichts auszumachen, er ist die Ruhe selbst. Er hat auch gleich zugegeben, die Dienste unseres Opfers in Anspruch genommen zu haben. Wir haben ihn bisher allerdings noch nicht auf die Uhr angesprochen, das wollte ich Ihnen überlassen.

»Okay, das übernehmen wir gleich, danke Weissmann«, schaltete sich Becker ein. Veronika nickte ihm zu, was für eine Erleichterung das wäre, wenn ihnen in dem Fall tatsächlich schon der richtige Fisch ins Netz gegangen wäre. Doch ihre Gedanken schweiften wieder ab.

Wer war diese Corinna Petrova? War sie auch ein Opfer von Paul Oltmann? Oder hatte sie eine aktivere Rolle?

Einer der Rechercheure kam in den Raum und berichtete, dass er Zeitungsartikel über Corinna Petrova im Internet gefunden habe.

Der Name sei in einem Bericht über einen Säureanschlag vor knapp zwei Jahren aufgetaucht. Da war sie das Opfer. Der Täter sei ihr Exfreund gewesen, ebenfalls im Hamburger Milieu kein Unbekannter. Ihren Beruf als erfolgreiches Model konnte sie trotz zahlreicher OPs und Behandlungen nicht mehr fortführen.

Jetzt schaltete sich Max Langner ein, der gerade den Raum betreten hatte: »Das ist ja ein Zufall. Haben die Opfer damals nicht auch als Models gearbeitet, bevor sie in die Fänge des Täters gerieten?«

War das der Schlüssel?

78

Er saß fest. Seit einer Stunde harrte er in diesem Vernehmungsraum aus und wartete darauf, dass er endlich gehen konnte. Lange würde er dieses Schauspiel nicht mehr aufrechterhalten können. Sie hatten ihm gesagt, es sei eine Routinebefragung und er sei vorgeladen, weil man sein Autokennzeichen notiert hatte. Das hätte er sich ja denken können, dass diese Schwachmaten irgendwelche Sicherheitsvorkehrungen getroffen hatten. Aber er hatte das Mädchen ja ordnungsgemäß wieder an ihrem Platz abgeliefert. Sie konnten ihm also gar nichts.

Und von der Uhr hatten sie auch nicht gesprochen. Vielleicht hatte er Glück und jemand anderes hatte die Uhr gefunden und mitgenommen. Oder sie lag noch irgendwo unbemerkt und er könnte sie gleich, wenn er hier endlich fertig war, suchen gehen.

War ja nicht ganz billig gewesen, das Ding. So mit GPS und so. Nicht auszudenken, wenn sie in die Finger der Polizei gelänge. Da war fast sein ganzes Leben drauf.

Aber der junge Beamte hatte ihn so treudoof angelächelt, er war sich sicher, dass er bald hier rausmarschieren würde.

79

Konnte Petrova sogar die Drahtzieherin hinter den Perler Morden gewesen sein? Und wenn ja, was war ihr Motiv? Hatten die Frauen etwas mit dem Säureanschlag auf sie zu tun? Und wie kam Paul Oltmann, der Täter, ins Spiel? Und wieso in aller Welt hatte sie es jetzt auf Veronika abgesehen? Woher hatte sie das Wissen über die Kommissarin und ihr Umfeld?

Veronika hatte ein ungutes Gefühl bei den Fragen rund um ihr Privatleben. Sie fürchtete, dass ihre Freundinnen, Francesco und sie nicht ganz unschuldig daran waren, dass man so viel Detailwissen über sie herausfinden konnte. Sie selbst postete wenig, als Polizeibeamtin war das nicht gerne gesehen. Aber sie hatte dennoch ihr Profil behalten und ab und zu versuchte sie, etwas Berufsneutrales zu platzieren, oder eben ein paar generelle Einblicke in ihren Beruf zu geben, quasi als Öffentlichkeitsarbeit für die Polizeikarriere.

Einige Minuten später meldeten sich die französischen Kollegen auf Meyers Handy. Die Wohnung von Petrova war leer und sah aus, als wäre sie überstürzt verlassen worden. Der gesuchte Wagen parkte vor der Haustür, im Kofferraum, der unverschlossen war, zwei gepackte Reisetaschen. Der Schlüssel steckte in der Autotür. Es schien, als sei sie bei der Abreise gestört worden. Das Fahrzeug wurde beschlagnahmt und könnte bei Bedarf nach Deutschland überführt werden.

»Okay, das heißt, sie ist auf der Flucht. Jetzt müssen wir nur noch herausfinden, wo sie sich aufhält. Sie kann überall sein, wenn wir Pech haben, schon über alle Berge. Bitte Fahndung rausgeben, auch über Interpol. Den Grenzschutz sicherheitshalber ebenfalls informieren, wobei das bei der Nähe zu Frankreich und den vielen grünen Grenzen hier utopisch sein wird, erfolgreich umfassende Kontrollen durchzuführen«, ordnete Becker an.

Veronika stimmte ihm zu.

»Lassen Sie uns noch mehr über diese Petrova herausfinden, vor allem über die Verbindung zur Familie Sokolov. Ich würde vorschlagen, wir laden den Vater noch einmal ordentlich vor, der poltert ja sowieso schon den ganzen Tag durchs Präsidium. Mal sehen, was er dazu zu sagen hat. Meyer, Sie bleiben an den französischen Kollegen dran. Bitten Sie sie, die Wohnung zu durchsuchen und uns die Ergebnisse zur Verfügung zu stellen. Ideal wäre, wenn Sie gleich dazukommen könnten – dann kann man sich den Übersetzungskram sparen. Fragen Sie nach, okay?«

Sylvia Meyers Augen glänzten, sie schien die Aufmerksamkeit zu genießen.

»Becker, was halten Sie davon, wenn Sie unsere Sportskanone befragen und ich mich um Dimitri Sokolov kümmere? Sollten wir nicht weiterkommen, tauschen wir und erhöhen so noch mal den Druck. Weissmann, Sie kümmern sich um die Befragungen der restlichen Zeugen und fangen schon mal mit den schriftlichen Berichten an. Nehmen Sie sich noch einen Kollegen zur Hilfe. Okay, an die Arbeit. Es ist jetzt 17.00 Uhr. In drei Stunden treffen wir uns wieder zum Abschlussgespräch für heute, dann sehen wir weiter.«

Beim Herausgehen fragte sie Becker:

»Sagen Sie mal, wegen Schneider sollten wir noch einmal sprechen, oder? Der macht keinen guten Eindruck. Wie sehen Sie das?«

»Das stimmt, der gefällt mir schon seit einiger Zeit nicht, ich habe ihn jetzt länger beobachtet, vor allem, nachdem ich von einem Kontaktmann auf ihn angesprochen wurde. Er soll sich in seiner Freizeit in einschlägigen Etablissements aufhalten, vielleicht wäre auch ein unangekündigter Drogentest sinnvoll. Ich weiß nicht, ob es stimmt – aber sein Verhalten heute war schon sehr auffällig. Wir sollten wirklich zeitnah mal mit ihm reden.«

80

Sie hatten sich ein Zimmer in einem der »Formule 1«-Autobahnhotels in der Höhe von Forbach in Richtung Metz gemietet, in denen man ohne Angabe von Namen oder Adresse einchecken und bar bezahlen konnte. Corinna fühlte sich in der Anwesenheit ihrer Brüder extrem unwohl. Zu frisch war noch die Drohung, ihr restliches Gesicht ebenfalls mit Säure zu verletzen. Die Entführung. Die Auseinandersetzung. Und dann die Erinnerung an das, was sie ihr angetan hatten.

Doch die Angst trieb sie an. Sie wollte vor allem Michail nicht unnötig provozieren und seinen Ärger auf sich ziehen. Sie hatte ein wenig Hoffnung geschöpft, ihren Plan mit seiner Hilfe schnell in die Tat umzusetzen und dieses Kapitel abschließen zu können.

Auch Jegor war skeptisch, was den plötzlichen Enthusiasmus seines Bruders anging. Seit dem Vorfall vor zehn Jahren war Michails abgrundtiefer Hass gegenüber Corinna stetig gewachsen. Er hatte ständig davon gesprochen, dass sie dafür büßen würde. Für ihn lag die gesamte Schuld bei ihr. Jegor und Sergej sahen das mittlerweile anders, sie hätten die Sache am liebsten auf sich beruhen lassen. Deshalb war Sergej auch nicht mitgefahren. Jegor war nur hier, um seinen Bruder im Auge zu behalten, er vertraute ihm in diesem Fall nicht im Geringsten.

Er beobachtete die beiden, wie sie auf dem Bett saßen und Pläne schmiedeten. Corinna schien sich nicht wohlzufühlen, immer wieder schaute sie verunsichert zu Michail hin. Doch es gab keine Alternative, sie musste mitspielen.

Sie berichtete von dem Kommissar Björn Schneider aus Veronika Harts Team, der sie aus erster Hand mit Informationen versorgte, und von seinen Schwächen. Für Michail war er der Schlüssel, er konnte sich ihn gut als Lockvogel vorstellen, um die Kommissarin und ihr gottverdammtes Team aus dem Weg zu räumen. Dabei schwebte ihm Sprengstoff vor, um alle mit einem großen Knall ins Jenseits zu befördern.

Jegor schüttelte nur den Kopf. Er überlegte, ihren Vater mit einzuschalten, damit dieser ein Machtwort sprach. Aber Hamburg war weit weg und er riskierte, dass die Situation eskalierte. Nein, er war hier, um das Schlimmste zu verhindern. Nicht den Tod der Kommissarin, die war ihm völlig egal. Oder wer noch dabei draufging. Nein, er musste verhindern, dass sich sein Bruder im Wahn selbst in den Abgrund katapultierte. Dass er alles aufs Spiel setzte, was sie sich zu Hause aufgebaut hatten. Nur wegen einer fixen Idee, die sich in sein Hirn gebrannt hatte. Und er wollte auch seine kleine Schwester beschützen, wenigstens dieses eine Mal. Sie sollte endlich ihren Frieden finden.

Corinna suchte mit zitternden Fingern die Nummer des Informanten raus. Michail ergötzte sich an der Wirkung, die er auf seine kleine Schwester hatte. Sein Grinsen und sein stechender Blick verfehlten den gewünschten Effekt nicht. Alle tanzten wie immer nach seiner Pfeife.

MENSCHENFEIND

81

Er wusste nicht mehr, wie er nach Hause gekommen war. Im Club hatte er Letizia getroffen, eines der Mädchen, die immer nett zu ihm waren. Sie hatten zu viel getrunken und dann Sex gehabt. Wenn man das so nennen konnte, er war nur wegen ihr mit hochgegangen, damit sie keinen Ärger bekam. Bei ihm selbst funktionierte nicht mehr viel. Mit einer Rechnung von 950 Euro war er anschließend in ein Taxi gesetzt worden. Er erinnerte sich deshalb so gut an den Betrag, weil der Türsteher ihn zum Geldautomaten begleitet und dafür 50 Euro Trinkgeld verlangt hatte. 1.000 Euro. Weg. Einfach so. Versoffen und verhurt.

Er musste damit aufhören, sein Konto war massiv überzogen, er hatte mehrere Kredite laufen, die er nur mühsam abstotterte – zu horrenden Zinsen. Die Welt um ihn herum war dabei, auseinanderzubrechen. Es fehlte ihm nur ein fetter Gewinn im Kasino und alles wäre geregelt. Keine Schulden mehr, kein schlechtes Gewissen. Und er säße in der Karibik, die Füße im warmen Sand und einen Cocktail in der Hand.

Doch jetzt lag er im Halbdunkel seines Wohnzimmers, auf der verschlissenen Couch, die auch schon bessere Jahre gesehen hatte, und kämpfte mit den Nachwehen des Kokains und Wodkas. Seine Zähne schmerzten von den Drogen, er presste sie unbewusst ständig aufeinander, sein Rachen fühlte sich wund an und in seinem Kopf drehte sich unablässig ein Brummkreisel, der Schmerz und Schwindel hervorrief.

Dabei waren erst wenige Stunden vergangen, seit er das Präsidium fluchtartig verlassen hatte. Die Nacht würde bald anbrechen, vielleicht die Chance, alles irgendwie geradezubiegen. Neue Woche, neues Glück.

Sein Handy vibrierte in der Hosentasche. Unbekannte Nummer. Er meldete sich mit einem kurzen »Ja?«

Eine männliche Stimme am anderen Ende der Leitung eröffnete ihm, dass das Spiel noch nicht aus war. Dass er die Sokolovs vertreten würde, solange sie in Polizeigewahrsam waren, und dass jetzt seine Spielregeln galten.

Kalter Schweiß bildete sich auf seiner Stirn, als ihm der Fremde die neuen Regeln mitteilte: Morgen, Montag um 16.00 Uhr würden sie sich an den alten Silos am Sporthafen treffen. Diese lagen hinter dem Großmarkt und den Schlachtbetrieben. Dort sollte es weitere Instruktionen geben. So viel vorweg: Veronika Hart musste sterben. Und er, Björn Schneider, würde dafür sorgen, dass es auch klappte. Und wenn er sie selbst umbrachte.

Dann wurde das Gespräch unterbrochen.

82

Der Typ sah wirklich wie die Ruhe selbst aus. Nachdem Veronika den Vernehmungsraum betreten, sich vorgestellt und sich dann dem Zeugen gegenübergesetzt hatte, schaute sie ihm so lange in die Augen, bis er sich wegdrehte.

»Gibt es denn noch etwas?«, fragte er genervt. »Ich würde dann auch gerne nach Hause gehen. Eine Prostituierte aufzusuchen ist doch kein Verbrechen, oder?«

Sie nickte in Zeitlupe und warf einen Blick in ihre Unterlagen.

»Herr Plenske, da haben Sie völlig recht. Das ist kein Verbrechen. Ich interessiere mich eher für Ihre sportlichen Ambitionen. Man sieht ja auf den ersten Blick, dass Sie viel Sport machen. Was liegt Ihnen denn da so am meisten?«

Diese Frage irritierte ihn zutiefst. Zumindest, wenn Veronika seinen Blick richtig deutete. Er zögerte, verhaspelte sich, sie hatte ihn auf dem falschen Fuß erwischt. Bingo.

»Na ja, ich … Also ich gehe ziemlich oft ins Fitnessstudio, mache dort Cardio und Cross-Fit. Ansonsten laufe ich ziemlich viel. Da kann ich von der Arbeit in der Bank gut abschalten. Und Rennrad fahre ich auch noch, wenn es die Zeit zulässt. Am liebsten an der Saar entlang.«

»Oh ja, das ist eine wunderbare Strecke. Die fahre ich auch oft, wenn es passt. Die Zeit ist immer so ein Problem, nicht wahr? Der Tag hat einfach zu wenige Stunden«, gab Veronika ihm recht.

Was ihr Gegenüber, Oliver Plenske, nicht wusste, aber

vielleicht ahnte, war, dass die Kripo längst mehr Informationen hatte, als ihm lieb war. Weissmann hatte ihr kurz vor der Befragung noch einen Zettel mit der Auswertung von Plenskes Social Media Profilen zugesteckt. Einige der Läufe, die er auf seiner Facebookseite gepostet hatte, stimmten mit den Daten auf der Fitnessuhr überein. Das betraf die Zeiten, die durchschnittliche Herzfrequenz wie auch die GPS-Daten. Obwohl er die nächtlichen Runden, die auf der Uhr auftauchten und ihn mit den Morden in Verbindung brachten, nicht gepostet hatte, so konnten sie doch eindeutig nachweisen, dass es seine war, und dann hätte er ein echtes Problem. Ein DNA-Vergleich würde den Deckel zumachen, da war sich Veronika sicher. Nur wollte sie ihn so einfach nicht vom Haken lassen.

Seine Anspannung konnte er nach der letzten Anspielung nun nicht mehr verstecken. Wie ein Hase vor der Schlange kauerte er im Vernehmungsstuhl und beobachtete jede Regung in Veronikas Gesicht. Rote Flecken bildeten sich an seinem Hals.

Veronika holte zum nächsten Schlag aus und fuhr im Plauderton fort.

»Was mich ja wundert, Herr Plenske, ist, dass Sie keines von diesen modernen Fitnessarmbändern tragen. Jemand, der so viel Sport macht, überwacht doch in der Regel jeden seiner Schritte.«

Sie sah, wie er die Luft anhielt.

»Witzigerweise haben wir beim letzten Opfer eine solche Uhr gefunden. Und unsere IT-Forensiker hatten etwas Zeit, sich eingehend mit den Daten auf dieser Uhr zu beschäftigen. Und ich muss Ihnen sagen, die sportlichen Leistungen des Besitzers haben hier bei uns im Team ganz schön Eindruck gemacht.«

Sie ergötzte sich an seinem gequälten Blick, er schien fieberhaft zu überlegen, was er als Ausrede erwidern könnte.

»Uns ist aber auch aufgefallen, dass die Person sehr häufig mitten in der Nacht gejoggt ist, und zwar immer eine ähnliche Strecke. Verständlich, wenn der Tag so wenige Stunden hat. Die DNA, die wir an der Uhr sicherstellen konnten und die nicht vom Opfer stammt, war nicht in unserer Datenbank. Sonst hätten wir den Besitzer schnell ausfindig machen können.«

Entspannte er sich gerade wieder?

»Diese Person steht nämlich im dringenden Tatverdacht, in den vergangenen Nächten drei junge Frauen auf brutalste Weise ermordet zu haben. Weil Tatzeit und Tatort eindeutig auf dieser Fitnessuhr gespeichert waren.«

Er schien eindeutig Hoffnung geschöpft zu haben, oder wie sollte Veronika sein überhebliches Lächeln, welches sich ganz langsam wieder auf seinem Gesicht abzeichnete, deuten?

»Bevor ich Sie jetzt aber nach einer DNA-Probe frage, die Sie selbstverständlich verweigern können, ist uns noch ein weiteres kleines Detail aufgefallen, als wir uns Ihren Facebook-Account angeschaut haben. Die anderen Läufe, die sich auf der Uhr befinden, stimmen exakt mit denen überein, die Sie auf Ihrem Profil geteilt haben. Mit Ihrem Streben nach Anerkennung in der Community haben Sie uns ein ganzes Stück Arbeit abgenommen. Natürlich würde mich sehr interessieren, was diese armen Frauen Ihnen getan haben. Aber wir werden noch viel Zeit haben, im Nachgang darüber zu reden. Jetzt nehme ich Sie erst einmal fest. Alles andere klären wir mit dem Staatsanwalt und dem Haftrichter.«

83

Sylvia Meyer war es gelungen, die französischen Beamten spontan bei der Hausdurchsuchung von Corinna Petrovas Wohnung zu begleiten. Sie berichtete, dass sie jede Menge belastende Indizien sicherstellen konnten, vor allem im Auto der Verdächtigen. Neben einem Notizbuch, in dem sie akribisch ihre Beobachtungen über Veronika und ihr privates Umfeld notiert hatte, hatten die Kollegen zwei Packungen Natrium-Pentobarbital gefunden, ein Mittel, das zur Sterbehilfe eingesetzt wurde, sowie eine »Todesliste«, auf der die Namen von Veronikas Freundinnen Theresa Schulz und Ella Wegner sowie von Francesco, ihrer Mutter und ihrem Exfreund, inklusive Adressen, standen.

Meyer hatte alle Fundstücke abfotografiert und Veronika lief ein kalter Schauer über den Rücken, als sie die fein säuberlich gezeichneten Buchstaben vor sich sah. Diese Frau hatte es auf jeden einzelnen Menschen abgesehen, der ihr wichtig war. Aber wo war diese Corinna Petrova?

Meyer berichtete weiter, dass sie gemeinsam mit den Kollegen Anwohner und Nachbarn befragt hatten und erst einmal gegen eine Mauer des Schweigens gelaufen waren. Die Polizei war in dieser Gegend nicht besonders beliebt. Am Ende hatten sich aber doch zwei Jugendliche gefunden, die der deutschen Polizistin wohl imponieren wollten. Am Morgen hatten sie etwas beobachtet, als sie aus der Disco nach Hause gekommen waren.

Sie berichteten von einem silbergrauen Mercedes-Van, in den eine junge Frau gezerrt worden sei, nachdem man ihr einen schwarzen Sack über den Kopf gezogen habe. Die Frau habe weder geschrien noch sich gewehrt. Deshalb dachten sie, dass es sich um ein Rollenspiel oder etwas Ähnliches handelte. Außerdem wären sie zu betrunken gewesen, um das richtig einzuordnen. Alles sei sehr schnell gegangen.

»Ich frage mich manchmal, was denn passieren muss, damit mal jemand auf die Idee kommt, die Polizei einzuschalten. Rollenspiel, was für ein Scheiß«, ärgerte sich Meyer lautstark.

Oberkommissar Geiger, das Team ausnahmsweise unterstützte, berichtete von seinem Telefonat mit Kollegen aus dem Hamburger LKA 63 für deliktübergreifende organisierte Kriminalität, die er trotz der fortgeschrittenen Tageszeit noch erreicht hatte.

Zu der Familie Petrov gab es hauptsächlich Gerüchte und mutmaßliche Zusammenhänge mit größeren Straftaten. Sowohl der Vater als auch die Brüder der Gesuchten, die erst seit Kurzem wieder in Deutschland waren, gehörten zu den großen Fischen, an die man schwer herankam. Als der Kollege den Namen Sokolov erwähnte, wurden die norddeutschen Ermittler hellhörig. Dimitri Sokolov war lange im Umfeld von Andrej Petrov, dem Vater von Corinna Petrova, beobachtet worden. Man zählte ihn zu den engeren Vertrauten Petrovs, der sich um die Koordination der Handlanger und die Beschaffung von Frischware für die illegalen Bordelle kümmerte. Vor einigen Jahren war Sokolov von der Hamburger Bildfläche verschwunden. Man vermutete, dass er sich abgesetzt hatte oder einer Säuberungsaktion in den eigenen Reihen zum Opfer gefallen war. Allerdings wurde sein Platz so schnell neu besetzt, dass sich die Kollegen nicht weiter um seinen Verbleib gekümmert hatten. Und solange man keine Leiche fand und ihn niemand als vermisst meldete, fehlte der konkrete Ansatz.

84

Dimitri Sokolovs finsterer Blick, als er den Vernehmungsraum betrat, sprach Bände. Becker sah ihm an, dass hier für ihn gehörig etwas schiefgelaufen war. Er schien mit der Gesamtsituation unzufrieden zu sein. Auch sein Anwalt wirkte extrem gestresst. Wahrscheinlich hatte Sokolov im Vorfeld ordentlich Druck ausgeübt, damit dieser der Sache schnell ein Ende bereitete.

Becker stieg in das Gespräch gleich mit den Informationen der Hamburger Kollegen ein, die Sokolovs Laune nicht verbesserten und seinen Anwalt in sich zusammenfallen ließen. Für Letzteren war diese Geschichte eindeutig eine Nummer zu groß. Ob Sokolov sich den direkt von der Uni geholt hatte, fragte sich Becker.

Sokolov schien sich für den Frontalangriff entschieden zu haben. Wahrscheinlich wusste er bereits, dass seine Söhne die Familie reingeritten hatten.

Er bestätigte, dass er Corinna Petrova kannte. Er habe sie aufgenommen, weil sie ihn um Hilfe gebeten hatte. »Ich kenne sie seit ihrer Kindheit, ich bin so etwas wie ein väterlicher Freund. Sie hat es in ihrem Leben nicht immer leicht gehabt, wissen Sie? Als Mädchen in so einer Familie. Der Anschlag durch ihren Exfreund hat uns alle sehr schockiert. Als jeder sie fallen ließ, habe ich sie unterstützt. Mit ihrer Familie hatte sie ja schon einige Jahre zuvor gebrochen.«

Becker machte sich ein paar Notizen.

»Herr Sokolov, dann können Sie mir ja bestimmt auch sagen, was Frau Petrova genau in Saarbrücken wollte. Wobei sollten Sie ihr denn helfen? Hat sie Ihnen von ihren Plänen hier erzählt?«

Nein, das wisse er nicht, versicherte er mit Unschuldsmiene. Er habe ihr einen Job in der gleichen Reinigungsfirma besorgt, in der seine Frau arbeitete. Dort habe sie aber nach einigen Tagen das Handtuch geschmissen. Das habe ihn sehr geärgert, aber nicht weiter verwundert. Sie sei schon immer eine Prinzessin gewesen. Danach habe er sich nicht mehr um sie gekümmert. Mit seinen Söhnen habe sie mehr in Kontakt gestanden, obwohl es da wohl in letzter Zeit Meinungsverschiedenheiten gegeben habe. Wo sie abgeblieben sei, könne er nicht sagen. Wenn sie wirklich etwas mit den schrecklichen Taten zu tun habe, dann sei sie vielleicht abgetaucht, vermutete er.

Sokolov spielte den Ahnungslosen, den braven Bürger, der lieber einen leichten Zweifel auf seinen Söhnen ruhen ließ, als sich selbst in irgendeiner Weise zu belasten.

Sokolovs Anwalt blickte immer wieder verunsichert zwischen seinem Mandanten und Becker hin und her. Als wollte er prüfen, ob er diese Unschuldsnummer auch wirklich glaubte.

Was für ein Trauerspiel. Von einem silberfarbenen Van wusste Sokolov nichts, auch wenn er bei der Nachricht, dass Petrova mit einem Sack über den Kopf entführt worden war, leicht zusammenzuckte. Diese Info hatte Becker gerade noch rechtzeitig per SMS bekommen, bevor er die Vernehmung beendete.

»Und Sie wissen wirklich nicht, wer Frau Petrova entführt haben könnte? Haben Ihre Söhne vielleicht jemanden auf sie angesetzt, wenn es da Unstimmigkeiten gab?«

Becker merkte, wie Sokolov zögerte. Da war doch etwas im Busch. Wer waren diese Typen? Doch er schüttelte den Kopf.

»Da müssen Sie schon meine Söhne fragen, ich weiß von nichts.«

85

Das letzte Team-Meeting des Tages. Jedem Einzelnen der Kollegen sah man an, dass er auf dem Zahnfleisch ging. Sie würden an die Bereitschaft übergeben und auf Abruf in den Feierabend gehen. Hier konnte jeder eine Mütze Schlaf gebrauchen.

Becker machte deutlich, dass sie mit Dimitri Sokolov nicht weiterkamen. Er würde über Nacht bleiben und dann nach Hause gehen können. Morgen früh mussten sie sich dringend seine Söhne wieder vorknöpfen. Dieses Mal einzeln. Sie schienen nicht die hellsten Kerzen auf der Torte zu sein, irgendwann würden sie sich in Widersprüchen verstricken.

Die Fahndung nach Corinna Petrova und dem silberfarbenen Van lief derweil auf Hochtouren. Die Bundespolizei hatte gemeinsam mit den französischen Gendarmen Grenzkontrollen eingerichtet, es kam zu kilometerlangen Staus und Verzögerungen an den Grenzübergängen.

Das Bild, welches Veronika mit ihrem Team wie ein Puzzle nach und nach zusammensetzte, wurde immer deutlicher.

Meyer berichtete, dass es direkte Verbindungen zwischen den Opfern des Perler Falls und Corinna Petrova gegeben hatte. Alle waren bei der gleichen Agentur unter Vertrag und sogar lose befreundet gewesen.

»So hat es mir zumindest Jessica Bauer geschildert, das vierte Opfer, welches dem Täter in letzter Sekunde entkommen war. Sie war richtig schockiert, als sie hörte, dass Petrova hinter alledem stecken könnte.«

»Bitte seien Sie mit solchen Aussagen nach außen äußerst vorsichtig. Bevor wir nichts Konkretes wissen, sollten wir so etwas nicht kommunizieren. Das landet schneller im Internet, als uns lieb ist. Und wir müssen für uns auch erst einmal herausfinden, wo wir im letzten Fall die Details übersehen haben«, wandte sich Veronika an das gesamte Team. Sylvia Meyer wurde knallrot. Es war klar, dass der Rüffel ihr galt.

Veronika informierte das Team, dass sie den Fall der Prostituiertenmorde an die Staatsanwaltschaft übergeben hatte. Die DNA-Probe des mutmaßlichen Täters war auf dem Weg ins Labor, er hatte keinerlei Gegenwehr mehr gezeigt, als sie ihn mit den Fakten konfrontiert hatte. Was als Motiv dort dahintersteckte, würden sie in den nächsten Tagen sicher aus ihm herausbekommen. Aber jetzt mussten sie sich auf Petrova konzentrieren.

Doch das erst morgen. Sie schickte die Kollegen nach Hause und war selbst froh, als sie endlich wieder an die frische Luft trat. Es war ein intensiver Tag gewesen, die Dunkelheit lag schon über der Stadt. Sie würde noch kurz bei Francesco im Krankenhaus vorbeischauen und dann schlafen. Wenigstens ein paar Stunden in ihrem eigenen Bett die Augen schließen und ausruhen. Und wahrscheinlich bei Rocky eine Weile Abbitte leisten, weil sie so lange weg gewesen war und nur die Nachbarin ihn versorgt hatte, die freundlicherweise einsprang, wenn es bei Veronika eng wurde. Er würde definitiv sehr beleidigt sein.

86

Veronika Hart und Becker waren die Ersten im Büro und standen gerade über die neuesten Berichte der Gerichtsmedizin gebeugt, als Björn Schneider den Meetingraum betrat.

Er sah noch schlechter aus als gestern, falls das überhaupt möglich war. Tiefe, dunkle Augenringe, ein gehetzter Blick, aschfahle Haut. Wenn er lässig wirken wollte, dann misslang ihm das völlig. Er lief wackelig, wie auf einem schwankenden Schiff. Es war offensichtlich, dass hier etwas nicht stimmte. Die beiden wechselten vielsagende Blicke.

»Schneider, auf ein Wort in mein Büro, bitte«, sagte sie ihm und bedeutete Becker, sie zu begleiten.

Eigentlich hatten sie gerade wirklich Besseres zu tun, aber bei diesem Anblick konnten sie nicht untätig zuschauen. So war es eben manchmal. Solche Dinge passierten, wenn man sie am wenigsten brauchte.

87

Die Nacht war die schlimmste seines Lebens gewesen. Spät am Abend, kurz nach Veronikas Besuch, war ein Unfallopfer in sein Zimmer verlegt worden. Der junge Mann war frisch operiert worden und kämpfte in den frühen Morgenstunden mit den Nachwehen der Narkose. Er stöhnte und röchelte unentwegt. Laut Krankenschwester war er ungebremst durch die Windschutzscheibe geflogen und sie hatten im ersten Schritt sein Gesicht nur notdürftig zusammenflicken und seine Knochen wieder richten können. Aber die Schmerzmittel schienen ihren Dienst jedes Mal nach kürzester Zeit zu versagen, sodass in seinem Zimmer die ganze Nacht über ein reges Treiben geherrscht hatte.

Francesco hatte mitgelitten, jede einzelne Minute. Jetzt wollte er nur noch nach Hause. Es ging ihm gar nicht so schlecht. Gefühlte 20 Infusionen waren in der Zwischenzeit durch seine Adern geflossen. Wenn jetzt etwas hydriert war, dann er. Zu Hause würde er sich am besten erholen. Dann wäre auch der Beamte, den sie vor seinem Zimmer postiert hatten, endlich erlöst. Er verstand immer noch nicht, was das alles mit ihm zu tun hatte. Veronika hatte bisher nur rumgedruckst und nicht wirklich mit der Sprache herausgerückt.

Vor allem wollte er auf keinen Fall dabei sein, wenn die Angehörigen seines Zimmernachbarn in den Raum kämen, um die zusammengeflickten Überreste ihres Bruders, Sohnes oder Verlobten zu begutachten. Drama hatte er in den letzten Tagen genug gehabt.

Er schleppte sich in den Flur und bemühte sich, möglichst aufrecht zum Schwesternzimmer zu stolzieren. Maria, eine gebürtige Italienerin, hatte Dienst und schaute ihn mit großen Augen an, als er ihr seinen Plan vortrug. Die unter Landsleuten schnell hergestellte Verbrüderung half ihm, diesen zeitnah an den diensthabenden Arzt übermitteln zu lassen, der Verständnis für sein Anliegen zeigte. Nicht nur, dass er das Bett brauchte, denn draußen sorgten die letzten Sonnenstrahlen des Sommers für Hochkonjunktur von verunfallten Motorradfahrern oder wie Veronika immer sagte: Organe auf Rädern. Auch die ständige Präsenz des Polizeibeamten auf dem Flur verunsicherte einen Teil der Patienten, weil nicht klar war, wer vor wem beschützt werden sollte.

Aus medizinischer Sicht konnten sie ihn entlassen, die nötigen Papiere waren schnell erstellt. Und das alles noch vor dem Frühstück. Francesco war begeistert. Veronika, die er telefonisch schon auf dem Weg ins Präsidium erreichte, war es weniger. Es beunruhigte sie, ihn nicht mehr in den erfahrenen Händen der Ärzte zu wissen, sie verstand aber, dass er endlich nach Hause wollte. Sie veranlasste auf dem kurzen Dienstweg, dass der Beamte ihn dorthin begleiten würde und bis zum Abend bei ihm bliebe, bis sie eine andere Regelung gefunden hatten.

Wenige Minuten später betraten sein neuer Begleiter und er den Aufzug auf dem Weg in die Freiheit.

Fast gleichzeitig verließ eine junge Frau das Treppenhaus, eine dunkle Baseball-Mütze tief ins Gesicht gezogen, und ging zielsicher den Flur entlang. Dabei scannte sie die Namensschilder, die an den Türen der Patientenzimmer angebracht waren und jeden Tag von der Mittagsschicht, die in einer halben Stunde ihren Dienst aufnahm und gerade bei der Übergabe war, aktualisiert wurden.

Vor dem vorletzten Zimmer blieb sie stehen. »F. Leone« stand dort geschrieben. Ein leerer Stuhl vor der Tür signalisierte ihr, dass sie einen guten Zeitpunkt erwischt hatte. Als Aufpasser nehmen sie nie die besonders schlauen oder engagierten Bullen, dachte sie sich. Ein einfacher Rein-raus-Job für sie, dann war das Thema erledigt.

Sie betrat das Zimmer, das im Halbdunkel lag und aus dem ihr ein intensiver Geruch nach getrocknetem Blut und Desinfektionsmitteln entgegenschwappte. Erinnerungen an ihre eigene Zeit im Krankenhaus krochen in ihr hoch wie quälende Blutegel. Sie kämpfte gegen den Schwindel an. Du bist hier, um einen Job zu erledigen. Konzentriere dich gefälligst.

Da lag er, an einen Herz-Kreislauf-Monitor angeschlossen, das Gesicht von einem großen Verband fast komplett verdeckt. Da hatte Yuri wohl doch nicht so schlechte Arbeit geleistet. Fast ein wenig schade, ihn nicht doch noch ein paar Tage den Schmerzen ausgesetzt zu lassen. Verdammt, sah der übel aus. Ein freudiger Schauer lief ihr über den Rücken.

Die Zeit drängte. Ihr Bruder wartete vor dem Lieferanteneingang des Krankenhauses. Er hatte ihr gedroht, sie aufzuspüren und augenblicklich totzuschlagen, wenn sie nur einen Zentimeter von ihrem Schlachtplan abwich.

»Du willst ihn tot sehen, dann bring ihn gefälligst selbst um. Zeig mal, was du draufhast, Schwesterchen!«, hatte er ihr zugeraunt, bevor sie den Van verlassen hatte.

Deshalb war sie hier. Und sie hatte keine Zeit zu verlieren. Sie schnappte sich das Kissen, welches auf dem zweiten Bett im Raum lag, und drückte es auf das lädierte Gesicht. Knapp eine Minute presste sie mit aller Kraft auf Mund und Nase, bis das langgezogene Piepsen des Herz-Kreislauf-Monitors anzeigte, dass ihr Werk vollbracht war.

Jetzt schnell weg. Die ollen Schwestern würden, Übergabe hin oder her, dieses Geräusch nicht allzu lange ignorieren. Und so war es. Kaum war sie am Schwesternzimmer vorbei in Richtung Treppenhaus gehuscht, stürmte eine Schar weißgekleideter Krankenschwestern zu dem Patienten, der ihnen in Zukunft keine Arbeit mehr machen würde.

Ihr Herz hüpfte. Jetzt fehlte nur noch sie. Veronika Hart. »Wenn ich mit dir fertig bin, wird Saarbrücken eine neue kleine Kommissarin brauchen«, murmelte sie vor sich hin.

88

Die paar Stunden Schlaf hatten nicht geholfen. Er hatte mühsam versucht, sich von einem versoffenen Junkie in einen halbwegs anständigen Kripo-Beamten zu verwandeln. Er hatte immer noch Hoffnung, das Ruder drehen zu können. Nach zwei Ibuprofen, einer Koffeintablette und einer Flasche Mineralwasser sah die Welt wieder besser aus. Zufrieden betrachtete er sich im Spiegel, er sah zwar etwas müde, aber durchaus annehmbar aus.

Dass seine Vorgesetzten jetzt mit diesem Sechs-Augen-Gespräch um die Ecke kamen, war mehr als unangenehm. War es utopisch gewesen zu glauben, dass niemand bemerkte, was mit ihm los war? War es naiv? Er hatte gedacht, dass seine schauspielerischen Fähigkeiten ausreichten, um allen etwas vorzumachen.

Jetzt saßen sie da. Diese Einigkeit, die Hart und Becker da an den Tag legten, widerte ihn an. Am liebsten hätte er ihnen ins Gesicht geschrien, wie peinlich das war. Oder Veronika Hart berichtet, welche Nummern Becker abgezogen hatte, als sie mit ihren eigenen Baustellen beschäftigt war. Wie offensichtlich er sie diffamiert und an ihrem Stuhl gesägt hatte.

Sie wirkten wie die Eltern eines Schulschwänzers beim Lehrergespräch. Blickten verständnisvoll und gleichzeitig streng drein. Und warteten darauf, dass er von sich aus anfing, sein Leben vor ihren Augen auseinanderzubauen. Sich vor ihnen auszuziehen und seine Achillesferse offenzulegen. Er selbst war seine verfickte Achillesferse.

Die Stille zwischen ihnen war unerträglich.

Hart rutschte nervös auf ihrem Stuhl hin und her, schaute verstohlen auf die Uhr. Er wusste, dass sie dringendere Dinge zu erledigen hatten, auch wenn er über den aktuellen Stand der Ermittlungen nicht auf dem Laufenden war. Deshalb war er hier. Er musste wissen, wie viel sie wussten, um Petrova zu informieren. Für ein Mitarbeitergespräch war es auf jeden Fall für alle ein ungünstiger Zeitpunkt. Doch er hatte nicht darum gebeten.

Sie war es, die letztendlich das Schweigen brach.

»Hören Sie zu, Schneider. Wir haben nicht viel Zeit, aber wir machen uns große Sorgen um Sie. Jeder Polizeianwärter kann sehen, dass bei Ihnen etwas nicht stimmt. Sie sind komplett durch den Wind, an manchen Tagen kann man Sie kaum von unserer Stammkundschaft unterscheiden. Und wie man hört, scheinen Sie in Ihrer Freizeit auch nicht in den besten Lokalitäten zu verkehren. Dieser Job hier fordert von uns hundertprozentigen Einsatz. Jede offene Flanke kann tödlich enden. Die schiefe Bahn macht verletzlich, das kann ich Ihnen sagen. Auf jeden Fall ist sie irgendwann nicht mehr kontrollierbar. Und damit gefährden Sie nicht nur sich, sondern auch Ihre Kollegen.«

Becker warf ihr einen vielsagenden Blick zu. Daher wehte der Wind. Eines musste man der Hauptkommissarin lassen. Sie verlor keine Zeit. Geplänkel drumherum war nicht ihr Ding. Rücksicht auf Gefühle, Nachfrage nach Beweggründen. Fehlanzeige. Alles auf den Tisch und dann mitten in die Fresse. So würde sie ihn nicht für sich gewinnen. Er hatte einen Wissensvorsprung. Er wusste, dass sie die Nächste sein würde. Dass er sie ausliefern sollte. Sie hatte keine Ahnung, wie viel Macht man ihm verliehen hatte. Über sie und ihr Leben.

»Schneider, träumen Sie? Haben Sie dazu etwas zu sagen?«

Beckers Gesichtsfarbe wechselte langsam zu Dunkelrot, er wurde ungeduldig. Jetzt bloß aufpassen, den Bogen nicht zu überspannen. Er brauchte den Fuß in der Tür und die Informationen, sonst würde der Deal heute Nachmittag platzen.

Er bemühte sich, seine Stimme zu kontrollieren und jeden Anflug von Wut, Hass oder Angst, die sich in seinem Innersten einen harten Kampf der Emotionen lieferten, außen vor zu lassen.

»Es stimmt, es gibt einige familiäre Probleme, die ich regeln musste, das hat mich ziemlich mitgenommen. Meine Mutter liegt im Sterben. Es mag sein, dass ich das eine oder andere Mal zu tief ins Glas geschaut oder auf die falsche Art nach Ablenkung gesucht habe. Aber es ist hart, sie so dahinvegetieren zu sehen.« Jetzt brach seine Stimme doch, er glaubte die Geschichte fast selbst. Dabei war sie ihm spontan eingefallen. In Wahrheit wanderte seine Mutter gerade mit ihrer Zumba-Truppe durch den Harz. Das wäre schon eine sehr spezielle Art des Dahinvegetierens.

Aber seine Worte verfehlten ihre Wirkung nicht. Harts Blick wurde weich und er musste sich zurückhalten, sie nicht hämisch für ihre Leichtgläubigkeit auszulachen. Er setzte den jämmerlichsten Welpenblick auf, zu dem er imstande war.

»Und wie sieht es mit Drogen aus?«, blaffte ihn Becker an. Der hatte wohl kein Mitgefühl.

»Sie können mir doch nicht erzählen, dass Sie bloß ein paar Schnäpse so zurichten. Ich kenne die Auswirkungen zur Genüge. Einige Jahre im Rauschgiftdezernat und man erkennt einen Kokser hundert Meter gegens Licht.«

Schneiders Hirn ratterte. Ein Drogentest würde ihn definitiv entlarven, lügen war hier sinnlos. Aber das würde wahrscheinlich nicht sofort passieren. Es galt nur, den heutigen Tag zu überstehen, dann konnte er untertauchen.

Er musste einfach diesen Vertretungs-Sokolov davon überzeugen, dass es das Beste wäre, wenn er von der Bildfläche verschwände. Er brauchte dafür nur ein wenig Geld. Für einen Flug in die Karibik musste es reichen, alles andere würde er vor Ort regeln. Er schüttelte betreten den Kopf.

»Tut mir leid, da muss ich Sie enttäuschen, Becker. Ich habe Alkohol nie gut vertragen, deshalb die Nachwehen. Drogen rühre ich nicht an, das geht doch nicht in unserem Job. Aber da ist wohl jeder verschieden. Da kann sich auch der erfahrenste Polizist mal täuschen. Ich bin genauso loyal wie jeder hier im Raum, darauf können Sie sich verlassen.«

Das hatte gesessen. Becker kochte vor Wut. Seine Handknöchel wurden weiß, so sehr ballte er die Fäuste, die verkrampft in seinem Schoß lagen. Es war riskant gewesen, aber jetzt war sowieso alles egal.

Hart beobachtete die Szene ratlos. Ihre Gedanken waren schon wieder bei dem Fall. Schneider stand unter Beobachtung, wenn noch mal etwas vorfiel, dann gab es ein Disziplinarverfahren. Nur Becker schien nicht zufrieden zu sein. Seine Augen blitzten hasserfüllt auf den jungen Kollegen. Jetzt galt es zu deeskalieren.

»Meinetwegen, wenn das so ist, dann haben Sie ja sicher nichts gegen einen Drogentest. Ich lasse einen für morgen früh organisieren. Finden Sie sich bitte um 9.00 Uhr beim ärztlichen Dienst ein, dann sehen wir weiter.«

Schneider nickte und erhob sich zum Gehen.

»Ach so, und Schneider!«, hielt Veronika ihn zurück. »Das mit Ihrer Mutter tut mir leid. Ich wünsche Ihnen und Ihrer Familie viel Kraft.«

89

Was für eine Idiotin. Schneider nickte ihr artig zu, doch beim Herausgehen konnte er sich das Grinsen nicht verkneifen. Dabei stieß er fast mit Max Langner zusammen, der auf der Suche nach seiner Vorgesetzten war.

»Mensch, Björn. Was ist denn hier so witzig? Pass doch auf!«, rief der ihm nach, betrat aber dann zügig Veronikas Büro.

»Gut, dass ich euch gemeinsam antreffe. Es gab einen Vorfall im Krankenhaus. Auf den Zimmernachbarn von Francesco wurde ein Anschlag verübt. Die Krankenschwestern wurden durch den Herzmonitor alarmiert und haben ein Kissen auf seiner Brust gefunden. Es sieht so aus, als sei ihm das mit Gewalt aufs Gesicht gedrückt worden. Die Krankenschwestern haben angegeben, eine junge Frau gesehen zu haben, können aber nicht mit Sicherheit sagen, aus welchem Zimmer sie kam.«

Veronikas Herz setzte einen Schlag aus. Das war kein Zufall.

»Und, ist er tot?«, fragte Veronika, obwohl sie nicht sicher war, ob sie die Antwort hören wollte.

»Nein, glücklicherweise nicht. Sie konnten ihn zurückholen. Er hat es wahrscheinlich noch nicht einmal mitbekommen, so starke Schmerzmittel hatte er intus. Aber die französischen Kollegen haben die Ermittlungen aufgenommen. Die Spuren werden sie mit uns teilen, sobald sie die unbekannte Person identifizieren konnten. Sie lassen uns aber auch Kopien der Kameraaufnahmen aus dem Krankenhaus zukommen. Aber ich gehe jede Wette ein, dass unsere Frau Petrova noch in der Nähe ist und weiter ihren Plan verfolgt. Veronika, wir dürfen dich jetzt nicht mehr aus den Augen lassen.«

Sie hatten keine Zeit zu verlieren.

90

Es kam ihr vor, als würde sich der Uhrzeiger in Zeitlupe bewegen. Noch zwei Stunden, bis sie sich mit diesem Bullen trafen. Michail hatte seinen eigenen Plan gefasst, den er nicht mit ihnen teilen wollte. Corinna war es leid, ihm alles aus der Nase zu ziehen. Sie hatte das Gefühl, dass er sie ständig beobachtete und sie auf die Probe stellte. Als müsste sie ihm etwas beweisen.

Jegor hielt sich zurück, starrte auf den kleinen Fernseher, der in ihrem Hotelzimmer an der Wand hing, und hielt sich an seiner Dose Coke Zero fest.

Am liebsten hätte sie ihn geschüttelt und ihn angefleht, irgendetwas gegen diese unerträgliche Stimmung zu unternehmen. Die Luft war zum Schneiden dick, Michail spielte mit seinem Klappmesser, vollführte Schattenkämpfe. Egal welche psychische Störung er hatte, sie war in jedem Fall massiv.

Das Klingeln eines Handys riss die drei aus ihrer Lethargie. Es lag zwischen ihnen mitten auf dem Bett. Die Männer schauten sich an, sie kannten die Nummer. Ihr Vater. Jegor schnappte sich das Telefon und antwortete. Es folgte ein langes Wortgefecht auf Russisch, in dem er versuchte, seinem Vater ihren Ausflug zu erklären. Corinna wurde übel. Sie konnte aus der Entfernung ihren Vater hören, wie er auf ihren Bruder einredete. Eine Stimme, die ihr so vertraut war und die sie, seit sie das letzte Mal sein Haus verlassen hatte, nicht mehr gehört hatte.

Am liebsten wäre sie jetzt in seine Arme geflüchtet, wie als ganz kleines Mädchen, hätte ihn um Verzeihung gebeten und sich darauf verlassen, dass er alles regelte. Dass er Michail einfing, sich um sie kümmerte und sie beschützte.

Sie fühlte sich ihren Brüdern schutzlos ausgeliefert. Dabei hatte sie selbst so viel Böses in sich.

Corinna versuchte, sich ihre Gefühlsregungen nicht anmerken zu lassen. Bloß keine Schwäche zeigen. Wenn sie Glück hatte, saß sie heute Abend im Zug nach Barcelona. Dann würde sie versuchen, wieder Kontakt mit ihrem Vater aufzunehmen und einen Neuanfang zu wagen. Es war so viel kaputt gegangen. So viele Leben waren für immer zerstört worden.

Sie hörte ihren Namen, Jegor hatte zugegeben, dass sie bei ihr waren. Sie hielt den Atem an. Am anderen Ende der Leitung war Stille. Warum sagte er nichts? Wollte er nicht mit ihr sprechen?

Jegor ließ seinen Blick auf ihr ruhen, während er lauschte, was sein Vater ihm in ruhigem Tonfall mitteilte. Dann war das Gespräch beendet.

In Corinna zerbrach etwas, ein letzter Rest Hoffnung, an den sie sich unbewusst geklammert hatte.

»Was hat er gesagt?«, fragte sie ihn zögernd.

»Was interessiert dich das?«, unterbrach Michail die beiden, als Jegor gerade zu einer Antwort ansetzte.

»Ich hab Kohldampf, lasst uns etwas zu essen holen, bevor wir den Versager treffen. Ich brauche Fleisch! Außerdem müssen wir checken, über welchen Grenzübergang wir sicher drüber können, ohne dass unser Todesengel hier auffliegt.«

Jegors sanfter Blick beruhigte sie. Er würde ihr sicher später erzählen, was ihr Vater gesagt hatte. Vielleicht war es gar nicht so schlimm. Jetzt mussten sie erst einmal versuchen, Michail zufriedenzustellen.

91

Becker ärgerte sich darüber, wie das Gespräch mit Schneider gelaufen war. Am liebsten hätte er ihn sofort suspendiert und ihm ein Disziplinarverfahren angehängt. Er traute ihm nicht. Und dann dieses aufsässige Verhalten mit dem Seitenhieb auf die Loyalität im Team. Er hatte ihn schon verstanden. Was glaubte der eigentlich, wer er war? Kam hier jeden Morgen an wie jemand, der die Nacht in der Ausnüchterung verbracht hatte. Und erzählte jetzt irgendetwas von einem familiären Drama. Nee, klar. Becker kannte diese Typen. In seiner Laufbahn waren ihm schon einige davon begegnet. Die, die dem schnellen Geld und den leichten Mädchen nicht widerstehen konnten. Deren Loyalität zu ihrem Dienstherrn nicht von hier bis zur Türschwelle reichte. Die sich in der Aufmerksamkeit der Möchtegern-Gangster sonnten, weil sie sich für wichtig und mächtig hielten. Die es genossen, eine Zeit lang hofiert zu werden. Und dabei nicht merkten, in welchen Teufelskreis sie gerieten. Den Kriminellen ging es nur darum, die Beamten schnell in ihre Schuld zu stellen. Dann war es vorbei mit den Extras. Dafür suchten sie sich die narzisstischen Jungpolizisten aus. Die aufblühten, wenn sie den Macker markieren konnten. Ein dickes Auto zu unschlagbaren Konditionen. Kostenlose Besuche bei den Damen des Hauses. Diese Burschen waren so einfach zu manipulieren, dass es schon beim Zusehen schmerzte.

Becker war sich sicher, dass auch Schneider in diese Falle getappt war. Mit seinem schnöseligen Auftreten, der solariumgebräunten Haut und den gestählten Oberarmen, die er in besseren Zeiten im Fitnessstudio täglich aufgepumpt hatte.

Frauen waren für diese Art von Manipulation nicht so anfällig. Zumindest hatte er das noch nie erlebt. Vielleicht waren sie doch die besseren Polizisten.

Veronika Hart telefonierte aufgeregt mit den französischen Kollegen. Corinna Petrova war eindeutig auf den Kameraaufnahmen im Krankenhaus identifiziert worden und nun wie vom Erdboden verschluckt. Man hatte gesehen, wie sie in einen silbernen Van gestiegen war. Die Fahndung lief weiter.

Die Spannung im Team war kaum auszuhalten. Jeder ging davon aus, dass sie wieder zuschlagen würde. Sie hatte ja offensichtlich ihren Plan nicht aufgegeben. Sie wussten nur nicht, wann und wen es treffen würde. Auf jeden Fall hatte Veronika die unangenehme Aufgabe übernommen, ihre Mutter und ihren Exfreund zu informieren, dass sie bei allem in nächster Zeit vorsichtig sein sollten, ohne sie dabei in Panik zu versetzen.

»Hart, können wir noch einmal kurz über Schneider

sprechen? Für mich sind da noch zu viele offene Fragen«, wandte er sich an seine Vorgesetzte, als sie fertig telefoniert hatte.

»Becker, ich weiß, das war eine komische Situation. Ich bin auch nicht ganz überzeugt von seiner Geschichte. Aber wir sollten uns jetzt fokussieren und erst schauen, was der Drogentest ergibt.«

»Ja, aber ich habe noch einmal den Verlauf des Falles Revue passieren lassen. Petrova hatte eindeutig Insiderwissen. Woher kam das? Wer ist die undichte Stelle? Wer wusste beispielsweise, dass Sie ein Auto im Fuhrpark gemietet hatten? Und wieso kamen die Hinweise zu dem Perler Fall zu diesem Zeitpunkt? Als hätte jemand gewusst, wie weit wir mit den Ermittlungen waren. Dass wir uns im Kreis bewegten. Da hat jemand mit uns gespielt, an der ganz langen Leine.«

Veronika hörte ihm aufmerksam zu. Er hatte recht. Über die Zusammenhänge hatte sie noch nicht nachgedacht. Die Zustände waren zwischendurch einfach zu chaotisch gewesen. Ständig neue Einschläge, die zu nah an ihr dran waren, ewiges Im-Dunkeln-Tappen, unzählige Unbekannte. Nur der Blick für das große Ganze hatte gefehlt.

»Mein Gefühl sagt mir, dass Schneider mit drinhängt. Er hat sich rund um die Verhaftung der Sokolovs sehr auffällig verhalten. Es würde mich nicht wundern, wenn die ihn am Haken hätten. Ich will mir das genauer anschauen. Ich würde vorschlagen, wir befragen die Brüder separat. Sie mit Langner zusammen, ich mit Schneider. Dann beobachte ich seine Reaktion. Außerdem sollten wir ihn nicht aus den Augen lassen. Wenn er der Maulwurf ist, nimmt er vielleicht zu Petrova Kontakt auf und dann soll er uns gefälligst auch zur Lösung führen.«

Veronika war einverstanden. Es würde nicht schaden und war ein vertretbarer Ansatz. Es lagen alle Hinweise auf dem Tisch, Motive, Täterin, alles passte. Jetzt mussten sie sie nur noch finden. Sie fühlte sich wie ein kleines Kind, das ungeduldig auf den Beginn des Feuerwerks wartete, obwohl es wusste, dass davon eine große Gefahr ausging.

Beim nachfolgenden Verhör von Yuri Sokolov, der eine sehr schlechte Nacht in der Zelle verbracht zu haben schien, reichten Becker zwei Minuten mit Schneider in einem Raum, um seine Vermutung zu bestätigen.

Es waren nicht nur die süffisante Miene und der vielsagende Blick, den Sokolov ihm zuwarf, die implizierten, dass die beiden sich nicht zum ersten Mal begegneten.

Björn Schneider bekam keinen einzigen geraden Satz heraus. Seine Stimme war rau, kippte immer wieder in eine höhere Tonlage. Er kratzte sich die Haut rund um seine Fingernägel blutig und kaute auf der Unterlippe. Er schien am liebsten mit dem Stuhl verschmelzen zu wollen.

Nach einer Viertelstunde konnte es Becker nicht mehr mit ansehen und schickte ihn raus. Ein knappes, aber schneidendes »man sieht sich« von Sokolov als Verabschiedung reichte ihm als finale Bestätigung. Schneider war der Maulwurf.

Einige Minuten später suchte er ihn in seinem Büro auf, doch sein Schreibtisch war leer.

»Meyer, wo ist der Schneider?«, rief er der Kollegin im Nebenraum zu.

»Der ist gerade raus. Hat irgendetwas von Termin gemurmelt. Wenn Sie mich fragen, kann man mit dem heute sowieso nichts anfangen. Wie der wieder rumlief.«

Becker schaute auf die Uhr. Halb vier. Die Zeit war heute wieder verflogen. Er schnappte sich seine Jacke und machte sich auf den Weg zum Parkplatz. Vielleicht erwischte er ihn noch.

Und tatsächlich, Schneider bog gerade in die Mainzer Straße ab, als Becker an sein Auto trat. Zum Glück hatte der Feierabendverkehr schon eingesetzt und die Fahrzeugkolonnen schoben sich stadtauswärts in Richtung Ostspange und Stadtautobahn. Den dunkelblauen BMW, der sich knapp 50 Meter vor ihm eingereiht hatte, behielt er so immer im Blick.

Schneider fuhr in Richtung Ostspange. An einem Jaguar-Autohaus und einem dieser riesigen Möbelgeschäfte vorbei, deren Konzept Becker zum Leidwesen seiner Frau bis heute nicht verstanden hatte.

In der Ferne sah Becker seinen Kollegen scharf links in Richtung alte Großmarkthalle und Sporthafen abbiegen. Das war eine Sackgasse, jetzt wurde es brenzlig. Hier standen aus alten Zeiten noch Silo-Ruinen, in denen vor einigen Jahren ein recht hippes Café-Bar-Konzept integriert worden war. Wenn man zur alternativen Szene Saarbrückens gehörte, dann traf man sich hier. Oder wenn man die Schnauze voll hatte von den durchgestylten Kneipen mit den immer gleichen Sonnenschirmen am Sankt Johanner Markt, dem Ausgehspot in der saarländischen Hauptstadt.

Becker parkte vor einer dieser Event-Hallen, in denen regelmäßig große türkische Hochzeiten gefeiert wurden, und ging zu Fuß weiter. Aus der Ferne beobachtete er, wie Schneider sich immer wieder nervös umschaute und in Richtung Silos lief. Mit wem traf er sich hier?

Bevor er auf einen größeren Platz kam, bog Becker in das brachliegende Industriegebiet ab und versteckte sich zwischen zwei Palettenstapeln, von denen er einen freien Blick auf die Plattformen vor den Silos hatte.

Von dort schickte er Hart eine kurze WhatsApp-Nachricht mit seinem Standort. Egal was passierte, er würde hier sicher gleich Verstärkung brauchen.

Vor dem Café, das glücklicherweise heute geschlossen hatte, trat Schneider in nervöser Erwartung von einem Bein auf das andere. Beckers Handy vibrierte, seine Nachricht war angekommen. Er hoffte, dass sich die Kollegen gleich abfahrbereit machten und auf weitere Instruktionen warteten. Er atmete tief durch und sah, wie Schneider von einem auf den anderen Moment erstarrte und in Richtung Sporthafen schaute. Becker folgte seinem Blick.

Von dort näherten sich zwei Personen. Ein stämmiger, grimmig dreinblickender Mann mit kurzgeschorenen Haaren und kantigem Gesicht. Und eine schlanke, hochgewachsene junge Frau, die eine dunkle Schirmmütze trug. Die beiden kamen direkt auf Schneider zu.

Becker war sich sicher: Bei der Frau musste es sich um Petrova handeln.

Die gesuchte Person stand nur knapp hundert Meter von ihm entfernt. Zur Sicherheit fingerte er nach seiner Dienstwaffe. Da war sie. Fest verankert in ihrem Halfter.

Schneider schien alles andere als souverän mit der Situation umzugehen. Er sah aus, als würde er sich gleich in die Hose machen. Zögerlich ergriff er die Hand, die ihm der Hüne selbstgefällig hinhielt. Sein Körper versteifte, als er der jungen Frau ins Gesicht blickte und erkannte, wen er da vor sich hatte. Die Person, die hinter den Perler Morden steckte und die auch in den letzten Tagen die Fäden in der Hand gehalten hatte.

Becker beobachtete, wie er sich bemühte, lässig zu wirken, dabei aber stetig vor ihnen zurückwich.

Becker tippte in sein Handy. Ohne Verstärkung war kein Zugriff möglich. Auf Schneider würde er nicht zählen können. Er schickte die Nachricht ab, dann spürte er die Klinge, die sich langsam in seinen Rücken bohrte.

Scheiße.

In Zeitlupe drehte er sich um, bis er in die eisblauen Augen eines kantigen Kraftprotzes blickte, der ihn sehr an den Hünen erinnerte, der gerade bei Schneider stand.

Er war knapp einen halben Kopf größer als er selbst.

»Na, wen haben wir denn da?«, fragte dieser mit ausgeprägtem russischem Akzent.

»Wir hatten keine weiteren Gäste zu unserer Party erwartet. Aber wenn du schon mal da bist, dann bist du hiermit herzlich eingeladen, eine Runde mit uns zu spielen.«

Becker ließ sein Handy fallen, als sein Gegenüber ihm blitzschnell den linken Arm umdrehte, ihm die Waffe aus dem Halfter löste und ihn vor sich her in Richtung Silo schubste. Keine Frage, das hatte er nicht zum ersten Mal gemacht.

Bis auf Schneider schien sich die kleine Gruppe nicht an dem neuen Gast zu stören. War das etwa Hoffnung in Schneiders Blick? Oder doch nur Resignation?

Der zweite Hüne richtete das Wort an Becker.

»Was für eine Überraschung. Wir wussten gar nicht, dass unser kleiner Freund hier so beliebt ist. Du siehst aus, als wärst du auch von dieser grünen Gurkentruppe. Schwesterchen, was meinst du? Wenn der hier ist, ist doch deine kleine Kommissarin sicher nicht weit. Der alte Mann hier hat bestimmt schon Verstärkung angefordert. Wie praktisch, dann müssen wir nur hier auf die Lieferung auf dem Silbertablett warten. Und dank dieses Schmuckstücks hier«, er wiegte Beckers Dienstwaffe, eine Heckler & Koch P10, in der Hand, »müssen wir uns noch nicht einmal die Hände schmutzig machen. Mit ihren 13 Patronen können wir euer gesamtes Team auslöschen. Peng! Peng! Das wird ein Spaß.«

Was für ein Arschloch, dachte Becker und überlegte fieberhaft, wie er Hart und die anderen warnen konnte. Von Waffen hatte er nichts geschrieben. Er hoffte nur, dass sie nicht gleich mit Blaulicht und Tamtam hier einlaufen würden.

Aus Schneider war jegliches Leben gewichen. Wie ein Zombie stand er in sich versunken da.

92

»Was zur Hölle?«

Beckers Nachrichten waren kryptisch gewesen. Was hatte er in der alten Industriebrache am Hafen zu suchen? Zuerst schrieb er, dass er Schneider gefolgt war und dass etwas nicht stimmte. In seiner zweiten Botschaft stand:

»Schneider trifft Petrova, eine weitere unbekannte Person. Zugriff möglich.«

Jetzt antwortete er nicht mehr.

Veronika trommelte ihr Team zusammen. Es ging los. Wenn sie Glück hatten, dann war dieser Albtraum gleich vorbei und Becker hatte recht gehabt – Schneider war der Schlüssel zur Lösung.

In mehreren Fahrzeugen machten sie sich auf den Weg in Richtung Hafen. Im Sommer hatte sie ein paar schöne Abende mit den Mädels am Silo verbracht, eine wirklich chillige Location. Wenn nur dieser Feierabendverkehr nicht wäre. Sie klemmten sich das Blaulicht aufs Dach, ließen aber den Ton aus. Das würde zu viel Aufmerksamkeit erregen, und solange sie nicht wussten, was genau vor Ort los war, wollten sie Becker nicht unnötig in Gefahr bringen.

Sie entdeckten sein Auto neben einer großen Veranstaltungshalle. Schneiders BMW stand knapp hundert Meter weiter in einem Wendehammer. Die beiden konnten also nicht weit weg sein.

Neben Veronika, Weissmann und Meyer waren vier Kollegen von der Streife dabei. Langner war im Büro geblieben, er war noch zu angeschlagen, um bei einer solchen Aktion eine wirkliche Hilfe zu sein. Sie stimmten sich kurz ab und verteilten sich dann über das Gelände.

Oder hätte sie gleich das mobile Einsatzkommando anfordern sollen? Blieb ihnen genug Zeit? Ohne zu wissen, was da genau los war, konnte sie die Situation nicht richtig einschätzen. Mit den zwei Personen plus Schneider würden sie wohl fertigwerden. Sie hoffte auch auf den Überraschungseffekt.

Veronikas Herz schlug bis zum Hals. Zum Glück war das Gelände voller Überreste aus der industriellen Nutzung, sodass sie sich gut verstecken konnten. Sie hoffte, dass von dort die Situation wenigstens übersichtlich war. Von ihrem Posten hatten sie beste Sicht.

Da standen sie. Vor dem Café saßen Schneider und Becker auf einer Bierbank. Vor ihnen hatten sich drei Personen postiert, von denen einer eine Waffe auf die beiden gerichtet hatte. Wo kam diese Pistole her? Von Schneider?

Veronika gab den anderen ein Zeichen, dass sie die Zielobjekte ausgemacht hatte. Sie schienen auf etwas zu warten. Sie überlegte hin und her. Sollte sie doch Verstärkung rufen? Wie lange würde die Situation so ruhig bleiben? Auf wen warteten die? Auf sie? Nein, sie mussten zugreifen. Jetzt oder nie.

Sie gab das Zeichen.

Weissmann und ein Kollege von der Streife traten mit vorgehaltenen Waffen aus ihrem Versteck hervor und forderten den Unbekannten auf, seine fallen zu lassen. Zwei weitere Kollegen traten hinzu.

Sofort löste sich ein Schuss, dann ein weiterer. Der Streifenpolizist knickte ein. Er schien am Bein getroffen worden zu sein. Millisekunden später taumelte einer der unbekannten Männer, hielt sich den Bauch. Noch ein Schuss. Die anderen hatten ihre Positionen verlassen und stürmten auf die Szene los. Auch Veronika rannte.

Der bewaffnete Mann schoss wie wild um sich. Neben ihr ging Meyer zu Boden. Auch Veronika hatte ihre Waffe am Anschlag und drückte mehrfach im Laufen ab. Sie traf ihn am Hals. Er ließ die Pistole fallen und stierte sie unverwandt an, während Veronika den Lauf weiterhin auf sein Gesicht hielt. Das Blut schoss aus seiner Halsschlagader. Veronika jagte ein Schauer nach dem anderen über den Rücken. Diese Augen.

Dann kippte er zur Seite. In den Augenwinkeln beobachtete Veronika, wie die junge Frau wegrannte. Sie hatte sich Beckers Waffe geschnappt.

Veronika schaute in die Runde. Meyer lag am Boden und hielt sich den Arm, einer der Kollegen kümmerte sich um sie. Auch der Streifenpolizist, der als Erster zu Boden gegangen war, wurde von Weissmann versorgt, der bereits am Telefon hing. Schneider hatte ein Loch in der Stirn und lehnte gegen die Wand, als würde er die letzten Sonnenstrahlen genießen. Auch Becker war getroffen worden, er blutete aus dem Bein.

Sie fing seinen Blick auf.

»Los, Hart, hinterher. Lassen Sie sie nicht entwischen. Wir kommen hier schon klar.«

Sie nickte und spurtete los. Da vorne rannte sie.

Corinna Petrova, die ihr das Leben in den letzten Tagen zur Hölle gemacht hatte. Die es auf alles abgesehen hatte, was ihr wichtig war. Und die hinter den brutalen Verbrechen gegen die drei Mädchen steckte, die in den letzten zwei Jahren in Perl ermordet worden waren.

Die beiden rannten am Zaun des Sporthafens entlang. Veronika war schneller, sie konnte einige Meter gutmachen. Sie konzentrierte sich auf jeden Schritt, hörte nur ihre Atmung und die Tritte auf dem geschotterten Weg. Jetzt nur nicht hinfallen. Wo wollte die nur hin?

Der Weg machte eine scharfe Biegung an einer Landzunge, die in die Saar reinragte, darauf stand ein kleines Steinhäuschen.

Im Kopf versuchte Veronika nachzuvollziehen, wie oft der Schütze mit Beckers Waffe geschossen hatte. Sie dachte an ihr Team. Effizient war der Schütze gewesen. Aber wie viele Schüsse hatte er abgegeben? Was hatte diese Petrova jetzt an Munition noch zur Verfügung?

Sie näherten sich der Landzunge. Rechts von ihr befanden sich die Stege des Sporthafens, die jeweils mit einem Eisengitter vor unliebsamen Besuchern geschützt waren. Links von ihr ragte eine Böschung einige Meter hoch. Es gab keine Möglichkeiten, hier Schutz zu suchen. In Veronikas Kopf überschlugen sich die Szenarien.

Noch schien sie zu weit weg zu sein, um zu schießen. Veronika war nur froh, dass keiner der sonst üblichen Hundespaziergänger vor ihnen lief.

Das war eine Sache zwischen ihnen beiden. Wie ein Showdown in einem alten Western. Nur ohne den staubigen Boden und die dramatische Musik.

Veronikas Lungen schmerzten. Wann war sie das letzte Mal so lange gesprintet? Auch ihre Gegnerin wurde langsamer. Na, immerhin.

Dann erreichte Petrova die Landzunge, bremste ab, drehte sich gemächlich um und richtete ihre Waffe auf Veronika.

Okay, es war so weit. Wie konnte sie so dämlich sein und ihre schusssichere Weste im Büro vergessen? Dafür würde es einen berechtigten Rüffel von Klein geben. Wenn sie heil hier rauskam.

Veronika verringerte ihr Tempo und zielte mit ihrer Waffe ebenfalls auf Petrovas Oberkörper, der sich unablässig hob und senkte.

Auch ihr Herz pumpte, noch waren sie knapp 50 Meter voneinander entfernt.

Wo waren die Scharfschützen, wenn man sie brauchte?, dachte sich Veronika.

Schritt für Schritt näherte sie sich. Es würde gleich darum gehen, welche sich zuerst zutrauen würde, auf diese Distanz zu schießen, und welche die größte Genauigkeit an den Tag legen würde.

Veronika blickte Corinna Petrova unverwandt ins Gesicht. Sie entdeckte die Narben, die sich durch die Anstrengung des Laufens dunkelrot gefärbt hatten. Die Haare hingen strähnig um ihren Kopf, die Mütze hatte sie auf dem Weg verloren.

Sie sah, wie die Waffe in Petrovas Hand zitterte, auch wenn ihr Blick versteinert war. Wie viel Hass darin lag.

In der Ferne heulten die Sirenen der Krankenwagen auf, die sich um ihre Kollegen kümmern würden.

Es war alles so schnell gegangen. Wie viele Meter fehlten ihr noch? Sollte sie es wagen zu schießen? Schließlich waren sie sich beide ausgeliefert. Nirgendwo würden sie sich verstecken können. Petrova hätte die Möglichkeit gehabt, sich in dem Steinhaus zu verschanzen, doch sie hatte sich für die direkte Konfrontation entschieden. Sich Auge in Auge gegenüberzustehen.

Okay. Veronika atmete tief durch. Zielte auf Petrovas Bein. Und schoss.

Fast zeitgleich löste sich ein Schuss aus deren Waffe und streifte Veronika am Oberarm. Ein paar Zentimeter weiter links und sie wäre tot. Was für ein Irrsinn, ohne kugelsichere Westen loszuziehen.

Ein dicker Blutschwall quoll aus der enganliegenden Jeans von Corinna Petrova, doch die verzog keine Miene.

Ich brauche sie lebend, jagte es Veronika durch den Kopf. Sie wird für alles, was sie getan hat, im Gefängnis büßen.

Trotz des Schmerzes im Arm war sie wieder einige Meter vorangegangen. Den Blick fest auf die Augen der anderen geheftet.

Warum gab sie nicht auf?

Sie zielte auf den Arm. Wieder ein Schuss. Und ein

zweiter als Antwort gleich hinterher. Sie traf Petrova in die Schulter, deren Schuss ging knapp an Veronikas Ohr vorbei. Okay, der sollte sie umbringen. Das Adrenalin in ihrem Blut ließ sie alles andere ausblenden.

Kurz nachdem sie abgedrückt hatte, ließ Petrova die Waffe fallen. Sie schien den richtigen Muskel verletzt zu haben. Veronika näherte sich jetzt schnelleren Schrittes.

»Stehen bleiben! Corinna Petrova. Sie sind verhaftet. Geben Sie auf. Das bringt doch alles nichts.«

Aber Corinna Petrova gab nicht auf. Langsam schleppte sie sich in Richtung Saar.

»Nein, bleiben Sie stehen!«, schrie Veronika wieder und rannte los. Den Schmerz im Arm hatte sie komplett ausgeblendet.

Corinna starrte sie an, verzog ihren Mund zu einem diabolischen Grinsen, streckte ihr den Mittelfinger ihres unverletzten Arms entgegen und ließ sich seitlich ins Wasser fallen.

»Scheiße!«

Veronika schälte sich aus der Jacke, schlüpfte aus den Schuhen und sprang hinterher.

Ihr Arm weigerte sich, in dem Tempo zu kraulen, welches sie vorlegen wollte. Sie sah den nassen blonden Schopf von Petrova vor sich in der Strömung. Wie sie langsam versuchte, ans andere Ufer zu gelangen. Sie durfte ihr nicht entkommen.

Mittlerweile hatten einige Kollegen die Landzunge erreicht und beobachteten das Treiben im Wasser. Sie forderten die Wasserwacht zur Verstärkung an.

Beide Frauen kämpften gegen die Strömung und den Widerstand ihrer nassen Klamotten. Und das geschwächt von ihren Verletzungen.

Veronika war nur noch eine Armlänge von Petrova entfernt. Sie bekam ihre Haare zu fassen und zog mit aller Kraft daran, während sie versuchte, unter Wasser einen Tritt auf das verletzte Bein zu platzieren.

Ihre Gesichter verharrten für einen kurzen Moment eine Handbreit voneinander entfernt. Veronika sah den puren Hass, der ihr entgegenflackerte.

»Gib auf, verdammte Scheiße!«, prustete sie. Lange würde ihre Kraft nicht mehr reichen.

Corinna bekam ihren Arm zu greifen und drückte fest auf die Schusswunde. Veronika wurde kurz schwarz vor Augen. Wann kam denn endlich die Verstärkung? Doch sie lockerte den Griff um Petrovas Nacken nicht, mit dem sie versuchte, sie mit sich zu ziehen. Die holte tief Luft und tauchte unter. Veronika versuchte, mit abzutauchen, doch Petrova entglitt ihr. Nach Luft schnappend kam sie wieder an die Oberfläche und suchte hektisch ihre nähere Umgebung nach ihr ab. Petrova war nicht aufzufinden. Dafür kam die Wasserschutzpolizei und fischte Veronika endlich aus dem Wasser, die völlig erschöpft und unterkühlt vom Boot aus weiter nach Petrova Ausschau hielt.

»Wir übernehmen jetzt, Frau Hauptkommissarin. Sie müssen sich ausruhen, Sie haben viel Blut verloren«, versicherte ihr ein junger Beamter, der sie an einen der Schauspieler aus der alten Baywatch-Serie erinnerte.

Dann wurde sie ohnmächtig.

EPILOG

Corinna Petrovas Leiche wurde in Höhe der Westspangenbrücke in einer Schleusenanlage gefunden. Sie war ertrunken. Die Gerichtsmedizin vermutete, dass sie kurz nach dem Abtauchen ohnmächtig geworden war, weil sie durch die zwei Schusswunden ebenfalls sehr viel Blut verloren hatte. Man wunderte sich, wie sie dennoch so lange hatte durchhalten können.

Veronikas Streifschuss war schnell versorgt und glücklicherweise war auch keiner der anderen Kollegen wirklich ernsthaft verletzt. Schneider war das einzige Todesopfer in ihren Reihen. Was einige hinter vorgehaltener Hand als beste Lösung für ihn handelten, nach all der Schuld, die er auf sich geladen hatte.

Dennoch gab es ein internes Ermittlungsverfahren wegen grober Fahrlässigkeit gegen Veronika. Sie hätte ihr Team niemals derart ungeschützt in die Situation laufen lassen dürfen. Es war schließlich Becker, der sich vor sie stellte und versicherte, dass er unvollständige Informationen über seinen Alleingang übermittelt und die Lage selbst falsch eingeschätzt hatte. Das Verfahren wurde eingestellt.

Francesco kümmerte sich während Veronikas Krankenschein rührend um seine Freundin. Gemeinsam päppelten sie sich wieder hoch und verbrachten noch einige sonnige Spätsommertage auf dem Grundstück seines Onkels am französischen Stockweiher.

Trotz der Entspannung hatte Veronika Mühe, die Eindrücke von ihrem bisher persönlichsten Fall aus ihren

Gedanken zu verbannen. Immer wieder schreckte sie in der Nacht hoch, vergewisserte sich, dass es Francesco gut ging. Auch die eisblauen Augen von Petrova verfolgten sie in ihren Träumen.

Obwohl sie sich selbst im Leichenschauhaus von deren Tod überzeugt hatte, fiel es ihr schwer, nicht überall neue Gefahren zu wittern. Lange hatte sie noch das Gefühl, verfolgt zu werden.

Den Sokolov-Brüdern konnten sie den Mord an Arthur Kovar schließlich nachweisen. Sie hatten in der Wohnung so viele eindeutige Spuren hinterlassen, dass ihr Anwalt ihnen zu einem Geständnis riet.

Ihr einziger Trost war, dass die Verhaftung und spätere Verurteilung von Oliver Plenske für die Morde an den Prostituierten, die er nach eigenen Aussagen von ihrem Schicksal hatte erlösen wollen, wieder Ruhe ins Geschäft brachte. Man einigte sich mit den Arabern und für jeden blieb ein ausreichendes Stück vom Kuchen übrig.

Plenske, der jetzt neu in der Täterdatenbank aufgeführt wurde, konnte im Nachgang ein weiterer Mordfall zur Last gelegt werden, den er viele Jahre zuvor in Italien an einem jungen Mädchen begangen haben sollte. Dafür erwartete ihn nun ein separates Verfahren.

Als Veronika ins Büro zurückkehrte, fand sie ein völlig verändertes Team vor. Diese extreme Erfahrung hatte sie zusammengeschweißt, sie waren zu einer festen Einheit verschmolzen.

Und Becker bot ihr das Du an. Er sei der Sven.

DANK

Veronika Harts zweiter Fall konnte nur entstehen, weil ich sagenhafte Unterstützung auf unterschiedlichsten Ebenen hatte, für die ich mich an dieser Stelle vor allem bei meiner Familie und Freunden ganz herzlich bedanken möchte. Besonders danken möchte ich Stefan, der mir den Rücken freigehalten hat und stets an meiner Seite war, wenn es darauf ankam. Meiner Mutter, für ihr konstruktives Feedback und den moralischen Beistand und meinem Vater, dessen Gedächtnis sich aus dem Staub gemacht hat, doch der sich immer noch daran erinnern kann, dass ich ein Buch geschrieben habe. Dein Stolz macht mich unendlich glücklich! Außerdem Kerstin K. und Martin M. Danke für euren Support.

Ein dickes Dankeschön geht auch an meine Leserinnen und Lesern. Eure vielen positiven Rückmeldungen haben meine Idee, Veronika Hart weiter ermitteln zu lassen, substanziell gefestigt. Für euch ist dieses Buch geschrieben, ich hoffe, ihr habt eine spannende Lektüre. Außerdem danke ich dem Gmeiner-Verlag und allen voran meiner Lektorin Teresa Storkenmaier für die erneute reibungslose Zusammenarbeit.

Bedanken möchte ich mich nicht zuletzt bei den Mörderischen Schwestern Rhein-Neckar, für den warmherzigen Empfang, die tollen Gespräche und die Motivation – allen voran Ingrid, Kirsten und Heidi. Danke für eure Freundschaft und die gemeinsame Passion.

Dies ist erst der Anfang … Eure Greta R. Kuhn